佐藤勝明
小林　孔

続猿蓑五歌仙評釈

ひつじ書房

目次

芭蕉の生涯と『続猿蓑』　佐藤勝明……1
連句とその詠み方・読み方　佐藤勝明……15
『続猿蓑』五歌仙分析……33
凡例……35
「八九間」歌仙……39
「雀の字や」歌仙……83
「いさみ立」歌仙……121
「猿蓑に」歌仙……175
「夏の夜や」歌仙……213
『続猿蓑』の成立　小林　孔……261
あとがき……283

芭蕉の生涯と『続猿蓑』

佐藤勝明

■伊賀の宗房時代

松尾芭蕉は、寛永二十一年（一六四四）、伊賀上野の松尾与左衛門家に次男として生まれている。もちろん、生まれた時から芭蕉であったわけではなく、幼名を金作、長じて宗房《むねふさ》を名乗るようになり、通称は甚七郎ないし忠右衛門であった。松尾家は、無足人（無給の准士分）階級の末裔とされるものの、実態は農民にほかならず、家には父母のほか、長兄と一姉三妹のいたことが知られている。十三歳の時に父が亡くなり、兄が跡を継いだため、宗房としては自活の道を探らねばならず、十代の後半、士大将《さむらい》である藤堂新七郎家に奉公に上がる。もしも宗房が長男であれば、農民として生涯を送った可能性が高く、後の俳諧師芭蕉は生まれなかったことになる。

新七郎家には、宗房より二歳年長の良忠という嫡男がいて、俳諧を好み、京の北村季吟《きぎん》に師事し、蟬吟《せんぎん》という俳号をもっていた。宗房は、主としてこの人の話し相手をしていたらしく、蟬吟の影響を受け、俳諧を始めるようになったと考えられる。二十一歳になった寛文四年（一六六四）、貞門の重鎮である重頼《しげより》が編んだ『佐夜中山集《さよのなかやま》』に宗房号で発句二句を採られ、これが俳壇への初登場ということになる。その二年後、頼りにしていた良忠は、幼児を残して病歿。仮にこの人が長命であれば、宗房はそのまま新七郎家にいた可能性も高く、そうであれば、やはり、俳諧師芭蕉の誕生はなかったかもしれない。

それからしばらくの動静は不明であるものの、当時の俳書類に「伊賀上野住宗房」として入集しており、新七郎家で働きながら（台所用人であったともされる）、俳諧を続けていたようである。菅原道真公七百七十年忌に当たる寛文十二年（一六七二）には、伊賀の人々の発句（自句を含む）を集めて左右三十番に組み合わせ、自身が判詞を書いた発句《ほっく》合《あわせ》の『貝おほひ』を作り、上野天神宮の菅原神社に奉納。この本は、後に江戸に出てから、出版されることになる。宗房が伊賀俳壇を主導する立場にあったことを伝えるに十分な一事であり、句や判詞からも豊かな文学的才能が感知される。この年は、宗房の二十九歳に当たり、而立《じりつ》（三十歳）を前に、一つの大きな決断がなされることになる。すなわち、江戸への移住であり、異説はあるものの、この年に江戸へ出たと見られている。

■桃青時代から芭蕉時代へ

江戸では、日本橋で町名主を務める小沢太郎兵衛（俳号は得入《とくにゅう》）の手伝いをしていたらしい。小沢家は、その息子（俳号は卜尺《ぼくせき》）を含め、俳諧は季吟系であったようで、そうした関係から、世話になることができたのかもしれない。延宝三年（一六七五）、東下中の西山宗因《そういん》と一座する機会を得て、桃青《とうせい》の号を使って俳諧興行に参加する。これを機に、桃青は宗因流の談林俳諧に傾倒し、俳諧宗匠となることをめざして活動を続ける。

小沢家とも親しく、日本橋で幕府や大名家を顧客とする魚商をしていた杉山杉風《さんぷう》（通称は市兵衛）や、蕉門の双璧といわれる榎下（榎本とも）其角《きかく》・服部嵐雪《らんせつ》らも早々に入門し、延宝五年（一六七七）か翌六年には、念願の宗匠として独立。これと並行し、小沢家の推挙を受け、神田川の浚渫工事におけるとりまとめの役も果たしており、これは、桃青が実務的な能力も十分にもち、社会的な信用を得ていたことを示している。このころ、桃青の元には、後に寿貞《じゅてい》と呼ばれる女性がいたらしく、風律《ふうりつ》著『小ばなし』には「翁の若き時の妾」とある。

ともあれ、順風満帆であったかに見える桃青であるのに、延宝八年（一六八〇）の冬、それまでの日本橋から隅田川を隔てた深川に移り住み、俳諧点者として生きることをやめてしまう。宗匠は、句会に出て指導をし、他者の作品に批点や添削などを加えることで、謝礼を受け生活をするのであるから、その点業をやめるのは、職業としての俳諧から手を引くことであった。

このころ、住居に植えた植物の芭蕉が繁茂したことから、それが芭蕉庵と呼ばれ、自らもその芭蕉を号とするようになる（ただし、正式な揮毫では、晩年まで「芭蕉桃青」などと書いている）。その号が最初に公にされたのは、天和二年（一六八二）刊行の千春《ちはる》編『むさしぶり』であった。これ以後の芭蕉は、杉風らの経済的な援助を受け、言語遊戯を主としたそれまでの貞門・談林に代わる、新たな俳諧の樹立を求めて活動する。天和年間（一六八一～八四）は、漢詩文に学び、その影響を強く受けた作品を残しており、其角編『みなしぐり』（天和三年刊）などがその代表的な撰集である。臨済宗の仏頂《ぶっちょう》師に出会い、禅の指導を受けるのもこのころで、また、天和二年の十二月には、江戸の大火で芭蕉庵を焼け出されるという経験もしている。

■「野ざらし」の旅と「笈の小文」の旅

年号が貞享と改まってからの芭蕉は、旅に多くの時間をさくようになる。貞享元年（一六八四）の八月中旬からは、帰郷を一つの目的にした旅に出立し、東海道を西上する。伊勢参宮を果たして伊賀に着いた後、大和・吉野・山城から美濃に入って大垣を訪れ、旧知の木因《もくいん》らと交流し、その仲介で桑名・熱田・名古屋などを歴訪。こうして各地に蕉門が生まれていく。さらに、伊賀・奈良・京などを巡り、甲州街道を使い、深川に戻るのは翌二年の四月末。

やがて、『野ざらし紀行』と仮称される紀行文が書かれることから、「野ざらし」の旅などと呼ばれている。眼前の事象をそのままとらえたような、「道のべの木槿《むくげ》は馬にくはれけり」などの発句が生まれたり、名古屋で荷兮《かけい》・野水《やすい》・杜国《とこく》らと巻いた五歌仙が荷兮編『冬の日』（貞享二年刊か）として刊行されるなど、この旅によって得られた成果は多方面にわたる。旅後も、「古池や蛙《かはづ》とび込《こむ》水の音」（『蛙合』）などの名吟が次々に生まれ、芭蕉の俳諧が新たな段階に入ったことを印象づけている。

貞享四年（一六八七）の秋には、仏頂師を訪ねて鹿島への月見の旅を行ない、『鹿島詣《もうで》』などと呼ばれる紀行が書かれ、その年の十月二十五日には、再び故郷をめざして東海道を西上する。鳴海・熱田・

名古屋などを回った後、罪を得て三河伊良湖崎に住まう杜国を訪ね、岐阜などを経て伊賀に帰郷。杜国と吉野行脚をともにした後、高野山・和歌の浦・奈良・大坂から須磨・明石を訪れ、京から岐阜へ出ている。さらに越人《えつじん》を伴って信州更科の月見を楽しみ、善光寺を参詣し、中山道を使って深川に戻るのは翌五年の八月下旬であった。

月見に関する紀行は、『更科《さらしな》紀行』と仮称される草稿が自筆でまとめられるものの、須磨・明石までの旅に関しては、執筆（元禄三・四年ころと考えられる）が難航したためか、芭蕉自筆本やそれに準ずる全体稿は残されていない。現在、『笈《おい》の小文《こぶみ》』の名で知られる作品は、草稿を託された乙州《おとくに》が宝永六年（一七〇九）に出版したもので、未定稿説や乙州編集説も出されるなど、その位置づけをめぐっては定説がない。完成を放棄した可能性も考えられ、「細道」の旅をはさみ、その後の上方滞在中にも、なお芭蕉は紀行文のあり方をめぐって模索の状態にあったものと察せられる。

■「細道」の旅と上方滞在

先の旅を終え、まだ七ヵ月ほどしか経たない内に、芭蕉はまた旅に出ることを志し、今回は陸奥・出羽や北陸路をたどることになる。曽良《そら》を伴う「細道」の旅であり、出発は元禄二年（一六八九）の三月二十七日。千住から日光・那須を経て白河を越え、福島・仙台から松島・平泉などを巡遊し、尿前《しとまえ》の関から山刀伐《なたぎり》峠を越え、尾花沢・大石田に出る。出羽三山巡礼を果たし、酒田を経て象潟に至り、ここからは越路を南下して、市振・金沢・小松・山中・福井・敦賀などを訪ね、美濃の大垣に着くのが八月の二十一日。西行五百年忌に当たる年に、見知らぬ土地を歩く、約五ヵ月をかけての旅であった。

いわゆる「細道」の旅はこれで終結したものの、芭蕉はすぐに江戸に戻るわけではなく、ここから約二年半、伊賀・京都・近江を中心とする上方滞在が続く。その間、最も精力を注いだのが、『猿蓑《さるみの》』という撰集の作成であり、去来《きょらい》・凡兆《ぼんちょう》の二人を編者に起用し、芭蕉自身はその監修役を務めている。書名は、芭蕉の巻頭句「初しぐれ猿も小蓑をほしげ也」に由来し、巻軸は同じ芭蕉の「行春《ゆくはる》を近江の人とおしみける」。じっくりと時間をかけ、選句や編集を綿密に行なったことは、去来著の俳論書『去来抄』が伝える逸話などからも知られる。上巻は発句集で、冬・夏・秋・春という異例の部立であるのは、「初しぐれ」句で始め、「行春を」句で終えるための措置であった。何よりも重要なことは、発句の並べ方に意を用いていることで、そのことによる興味深い模様作りが随所に見られる。

同書の下巻は連句集で、芭蕉・去来・凡兆を中心に巻かれた三歌仙（その発句はやはり冬・夏・秋の順）と、近江・伊賀・京と巻き継がれた一歌仙（発句は春）のほか、芭蕉の俳文「幻住庵記《げんじゅうあんのき》」なども収められている。これらの四歌仙は、連句史上の傑作と称されるもので、雅と俗の絶妙な調和、人事句と情景句の適度な配合などに、一つの到達した境地を見ることができる。なお、当初の予定では、発句集・連句集のほか、文集も作られるはずであったことが、いくつかの資料から知られている。しかし、門人たちの作品に難点が多かったためか、文集の計画は流れ、「幻住庵記」だけが付録的に入集する形となる。この当時の芭蕉は、発句や連句だけでなく、俳文についても意欲的な姿勢を見せていただけに、残念なことであったに相違ない。同じころ、前述の『笈の小文』に関する草稿類も書いていたとおぼしく、こうした格闘が、やがて『奥の細道』という傑作を生み出すことになるわけである。

綿密な編集会議をくり返した末に、『猿蓑』が刊行されたのは、元禄四年（一六九一）七月三日。この後も京や近江での俳諧交流は続き、親類の桃隣《とうりん》を伴い、ようやく帰江の途についたのは九月も末。江戸に着いたのは十月二十九日であり、約二年七ヵ月ぶりの江戸ということになる。「細道」の旅に出る際、芭蕉庵は売り払っていたため、日本橋橘町に仮寓した後、杉風らの計らいで新たな芭蕉庵が深川にできるのは、元禄五年（一六九二）五月中旬であった。

■江戸での生活と最後の旅

この当時、江戸で流行っていたのは、宗匠が点を付け、その点の多寡を競う点取《てんとり》俳諧であった。これを嫌う芭蕉は、弟子たちにも、これと関わらないように告げ、「かるみ」の俳諧をめざすべきことを提唱する。それは、理屈や細工から離れ、平明な表現で日常的な諸事象を扱いながら、しかも深い詩情をたたえた俳諧のことであったと見られる。杉風・曾良らの深川連衆や、越後屋の手代と目される野坡《やば》・孤屋《こおく》・利牛《りぎゅう》ら、能楽・狂言師であった沾圃《せんぼ》・里圃《りほ》・馬莧《ばけん》らを相手に、その実践を重ねていく。子珊《しさん》編『別座鋪《べつざしき》』（元禄七年奥）や野坡ら編『すみだはら』（同年奥）がその代表的な撰集で、芭蕉の句としては、「梅が香にのつと日の出る山路哉」「鞍壺《くらつぼ》に小坊主乗るや大根引《だいこひき》」（『すみだはら』）などを挙げることができる。ありふれた出来事をただわかりやすく詠めばよい、というわけではなく、その根底には、たしかな観察眼と、一語を選び抜く労力が求められるわけであった。

元禄六年（一六九三）の秋・冬か翌七年の春ころ、芭蕉は『奥の細道』の執筆も始めたようである。

もちろん、旅をしている間に、当然句や文章の断片を記した手控え帖は作っていたであろうから、それが元になってはいるはずながら、執筆時に新たに創作し、書き加えた句なども少なくないと見られる。初稿本と考えられるもの（中尾本）には、貼紙を中心としたおびただしい訂正の跡があり、これを門弟に写させた本（天理本）にも、墨や朱による多くの手直しが施され、これを書家・歌人の素龍《そりゅう》に写させた清書本（西村本）が成るのは、元禄七年（一六九四）の四月であった。これには、芭蕉自筆で「おくのほそ道」と記された題簽が付されるため、この表記が作品名に採用されることも少なくない。同年五月十一日、芭蕉は、この本を携えて最後の旅に出る。

島田・名古屋・伊勢などを通って東海道を西上し、故郷伊賀へ着いたのは五月二十八日。近江から京へ移り、この間に出版された『別座鋪』や『すみだはら』が、上方でも評判であることを、江戸の曽良への書簡などで知らせている。七月中旬には再び郷里に入り、訪ねて来た美濃出身の支考《しこう》を相手に行なったのが、『続猿蓑』の編集作業であった。九月八日に伊賀を発って奈良へ向かい、大坂に入った翌日ころからは、体調を崩しがちとなる。それでも、句会には精力的に参加し、「此道《このみち》や行人《ゆくひと》なしに秋の暮」（『其便《そのたより》』）などの句を残している。

二十九日からは床に臥すようになり、十月五日、門弟の之道《しどう》宅から、貸座敷の花屋へ病床が移される。八日には、「病中吟」として「旅に病《やん》で夢は枯野をかけ廻《めぐ》る」（『笈《おい》日記』）を詠み、なお、その推敲を探っていたという。十日に容態が急変し、兄への手紙を書くほか、遺書三通を口述筆記。西国（中国・九州地方）まで足を伸ばすという願いは叶わないまま、十二日の午後四時ころに永眠する。享年は数えで五十一。本人の遺志により、遺骸は近江の義仲寺《ぎちゅうじ》に運ばれ、葬儀は十四日に挙行される。ここがそのまま墓所となり、後に故郷の愛染院《あいぜんいん》には遺髪を納めた故郷塚が造られている。

■『続猿蓑』について

後に芭蕉関係の代表的な撰集を集めた、柳居《りゅうきょ》編『俳諧七部集』に選ばれたのは、『冬の日』『春の日』『あら野』『ひさご』『猿蓑』『すみだはら』『続猿蓑』の七部であった。中でも、蕉風開眼の書とされる『冬の日』、芭蕉俳諧の一大到達点を示す『猿蓑』、「かるみ」の俳諧を代表する『すみだはら』(内題は「炭俵」)の三部は、蕉風三変ともいわれるもの。『七部集』のすべてに個人で注釈を施した幸田露伴は、『評釈猿蓑』(岩波書店　昭和24年刊)に、「収むるところの発句、…佳なるもの多し。他の集の及ぶ能はざるところなり」と書き、「連句に至りては、冬の日は力を用ゐること多きに過ぎて煥爛《かんらん》なれども固し、炭俵は興を取ること軽きに傾きて清新なれども浅し、此集のは中正韵雅《ちゅうせいいんが》、しつとりとして好し」と書いて、『猿蓑』の最も優れていることを称揚している。『続猿蓑』は、その後集・続編として作られたものである。

同書の企画を起こしたのは、先に名を挙げた沾圃であったことが知られている。宝生流の能役者である、宝生左大夫重世がその本名であり、里圃はその弟子、馬莧は鷺流の狂言師と考えられている。『続猿蓑』は、三人の一座する歌仙が五巻中の三巻を占め、発句の部にも沾圃の二十句(集中第三位)が入集することから、この人が発案し、仲間である里圃・馬莧の協力も求め、芭蕉の指導を仰ぎながら、元禄六年(一六九三)から翌七年にかけて、発句の収集や連句興行などをしたものと考えられている。ただし、それは原「続猿蓑」ともいうべきもので、芭蕉はこの原稿類を最後の旅に持参し、伊賀で編集を進め、支考の助けを借りながら現行の形にしていったものと見られる。芭蕉の死去によって、本書の刊行は遅れ、京の書肆《しょし》（版元）である井筒屋庄兵衛方から出版されるのは、元禄十一年（一六九八）五月であった。

その間に、支考による加筆修正（あるいは改竄）があったのではないか、という見方もあることから、本書を低く評価する向きもないではない。しかし、その中身をよく吟味すれば、発句・連句ともに見るべき作が多く、『猿蓑』の精神を受け継ぎながら、「かるみ」の俳諧を推進しようとした、意欲的な撰集として評価することができる。上下二巻の半紙本二冊から成り、上巻には、芭蕉・沾圃・馬莧・里圃による四吟の「八九間」歌仙、馬莧・沾圃・里圃による三吟の「雀の字や」歌仙、里圃・沾圃・芭蕉・馬莧による四吟（芭蕉は三句目の一句のみ）の「いさみ立」歌仙、沾圃の発句に芭蕉・支考・惟然《いぜん》の三人で巻いた「猿蓑に」歌仙、支考の俳文ともいうべき「今宵賦《こよいのふ》」を前書にした、芭蕉・曲翠《きょくすい》・臥高《がこう》・惟然・支考による六吟の「夏の夜や」歌仙の、計五巻を所収。下巻は発句集で、春・夏・秋・冬・釈教・旅の順で類題別に発句五百十九が収められている。

ところで、発句集と連句集の二冊を合わせて一つの集とすることは、俳諧撰集の一般的なあり方だったわけではない。近世俳諧撰集の出発点に位置する重頼編『犬子集《えのこ》』（寛永十年序）は、発句集に付句集（二句の付合を集めたもの）を合わせるという形態であり、以後、重頼の編む撰集ではこれがずっと踏襲されていく。一方、『俳諧発句帳』（寛永十年奥）をはじめとする立圃《りゅうほ》系の撰集では発句集だけのものが多く、『新続犬筑波集《いぬつくば》』（万治三年序）など季吟系の撰集は付句集に発句集を加えたものが多い。そして、これらとは別に、『紅梅千句』（明暦元年刊）など連句だけの集も作られるというのが、貞門以来の俳書の姿であった。その後、俳諧撰集の中から付句集は消滅し、代わって発句集に連句を付載する事例が現れてくる。発句集と連句を中心とした集の二冊本として刊行された『猿蓑』は、その流れを決定づけるものであったと見て間違いなく、以後はこれが俳諧撰集の最も一般的な形態として定着する。『猿蓑』の続集を標榜する『続猿蓑』は、その路線を踏襲しつつ、連句集と発句集の順番を入れ替えることで、一つの新味を出している。

その発句集についても、概要だけを摘記しておこう。『猿蓑』が類題（「花」「月」などと題を掲げて、該当する作を集めること）の形をとらず、自由で新鮮な句の配列を行なったのとは異なり、『続猿蓑』の場合、俳諧撰集に一般的な類題別の編集方針を採用している。たとえば、春の冒頭部であれば、「花桜」「若菜」「梅　附柳」「鳥　附魚」といった具合に、題を明示した上で当該の句を収める形態である。それでも、他の例に比べれば、細かく分類しようというのではなく、ゆるやかに大枠を示すにとどまっているといってよい。入集句数の多い作者を挙げれば、一位は三十一句の芭蕉、二位は二十四句の支考、三位は二十句の沾圃となり、十四句の惟然、十三句の其角らがこれに続いている。芭蕉句を見ても、「菊の香や庭に切《きれ》たる履《くつ》の底」「さみだれや蚕煩《かひこわづら》ふ桑の畑《はた》」「朝露によごれて涼し瓜の土」など、身近に見られる光景を印象鮮明に表現したものが多く、『猿蓑』の続編を名乗るに足る、総じて佳句に富んだ撰集といえよう。

刊記（書肆《しよし》などの情報を記したもの）の前には、井筒屋庄兵衛による奥書があり、

続猿蓑は、芭蕉翁の一派の書也。何人《なんびと》の撰といふ事をしらず。翁《おきな》遷化の後、伊賀上野、翁の兄、松

尾なにがしの許《もと》にあり。某懇望年《なにがしこんまう》を経て、漸今歳《やうやく》の春、本書をあたえ、世に広むる事をゆるし給へり。書中、或《あるひ》は墨けし、あるひは書入《かきいれ》等のおほく侍るは、草稿の書なればなり。一字をかえず、一行をあらためず、その書、其手跡《そのしゆせき》を以て、直《すぐ》に板行をなす物也。

と記されている。おおよその意味をとれば、芭蕉一派の書ではあるが、誰の撰ということは知らず、伊賀上野の松尾家にあった草稿を、そのまま改めずに出版するもので、墨消し・書入れなどの訂正も少なくない、ということになる。松尾家にあったということからも、晩年の芭蕉が編集作業に大きく関わり、大切にしていた一書であると見て間違いはあるまい。

収録される五歌仙を大別すると、江戸で興行された能楽者系連衆による三巻と、芭蕉が最後の旅に出て上方で巻いた二巻に分けられる。最後に、芭蕉以外の連衆について、経歴等を簡潔にまとめておこう。

・沾圃…宝生流の能楽師であり、本名は宝生左太夫重世。寛文三年（一六六三）～延享二年（一七四五）、八十三歳。芭蕉への入門は元禄六年（一六九三）ころか。『続猿蓑』の発案者はこの人で、ある程度の礎稿を成していたと考えられる。

・里圃…沾圃の能楽の弟子である山田市之丞かと推定されている。生歿年は未詳。沾圃とともに芭蕉に入門したと見られ、芭蕉一周忌追善の『誹諧翁草』（元禄九年奥）を編んでいる。

・馬莧…鷺流の狂言師で、本名は鷺仁右衛門貞綱。寛永十三年（一六三六）～元禄七年（一六九四）五月一日、五十九歳。沾圃・里圃とともに芭蕉に入門したものと見られる。

・支考…美濃国出身の俳諧師で、各務氏《かがみ》。寛文五年（一六六五）～享保十六年（一七三一）二月七日、

六十七歳。元禄三年（一六九〇）に芭蕉に入門して以来、積極的な俳諧活動を展開。芭蕉歿後は全国に蕉風を広め、美濃派の祖となるほか、撰集・俳論書などを数多く刊行している。

・惟然…美濃国関出身の行脚俳人で、本名は広瀬源之丞。生年未詳～正徳元年（一七一一）二月九日、六十余歳。元禄元年（一六八八）に芭蕉に入門し、諸家と交わりながら活動。芭蕉歿後は諸国を遊歴し、口語調の作風を開拓して独自性を発揮した。

・曲翠…近江国膳所藩の重臣で、本名は菅沼外記定常。万治三年（一六六〇）～享保二年（一七一七）九月四日、五十八歳。前号は曲水。貞享四年（一六八七）ころ、芭蕉に入門したと見られ、以後、近江蕉門の代表的な一人として活躍する。

・臥高…近江国膳所藩士で、本名は本多勘解由光豊。生歿年や入門の時期などは未詳。芭蕉により、『続猿蓑』の清書者候補に挙げられたという。

連句とその詠み方・読み方

佐藤勝明

■連歌と俳諧

本書の題名「続猿蓑五歌仙評釈」には「歌仙」の語が入っており、前項「芭蕉の生涯と『続猿蓑』」でも、「連句」や「歌仙」という語を何度か使っている。まず、これらがどういうものであるのかを、簡潔に説明することにしたい。

連句という用語自体は、主として明治時代に使われるようになったもので、それ以前の名称は、俳諧《はいかい》連歌《れんが》（略して俳諧・連俳などともいう）であった。五・七・五の長句と七・七の短句を交互に付け合わせていく、詩歌の一形態であり、その起源をたどると連歌に至る。連歌は、ある人の詠んだ短歌の上句（五・七・五）に、別の人が下句（七・七）を付けることから始まり、文学史上は、これを短連歌《たんれんが》と呼ぶ。機知を働かせた問答的なやりとりのおもしろさを主とするもので、多くは詠み捨てにされていく中、そのいくつかが勅撰和歌集や物語・日記・歌論書などに記録されている。

たとえば、『金葉和歌集』には次のような付合《つけあい》（句に句を付けることや、そのようにしてできた二句のこと）が収められ、初期の連歌の性格をよく伝えている。

奥なるをもやはしらとは言ふ　成光

見渡せば内にもとをば立てゝけり　観暹法師《かんせんほうし》

前句《まえく》の「はしら」は「柱」と「端」の掛詞、付句《つけく》の「と」は「戸」と「外《と》」の掛詞。奥にあっても柱（端）だ、という前句に対して、家の中を見渡せば内にも戸（外）があるよ、と応じた恰好であり、頓知問答的な付合になっている。

二句だけの付合で終わらせず、これを長編化させていったものが長連歌《ちようれんが》で、やがて百句を連ねる百韻《ひやくいん》が正式のものとなる。なお、このほか、五十句からなる五十韻《ごじゆういん》、四十四句からなる世吉《よよし》、三十六句からなる歌仙《かせん》などが、代表的な連歌・連句（俳諧連歌）の形式であり、芭蕉たちの時代になると、百韻よりも歌仙が一般的になる。

百韻の形式が成立したころ、内容面でも連歌には大きな変化が生じ、それまでの即興的で笑いの要素を多分に含んだものから、俗な要素を排して和歌に準じる雅の文芸へと転換をとげていく。文和五年（一三五六）、准勅撰の連歌集、良基《よしもと》編『菟玖波集《つくばしゆう》』が撰進されたことは、連歌の地位の向上を象徴的に表しており、そこに収められた大部分は、

絶えぬけぶりと立ちのぼるかな

春はまだ浅間の嶽《だけ》の薄霞　大納言為家《ためいえ》

といった、雅趣を中心にした付合である。煙が絶えず立ち上る、という前句に、それを浅間山のことと

見なし、春まだ浅い浅間の嶽には薄霞がたなびいている、と付けたわけであり、前句によく応じながらも、独立した内容を示している。

連歌が由緒正しいものになっていくと、笑いの要素をもった連歌は、「俳諧連歌《はいかいれんが》」と呼ばれるようになる。「俳諧」とは、面白おかしいことをいう語で、滑稽と同義。『古今和歌集』に誹諧歌《はいかいか》(「誹諧」は「俳諧」と同意)がいくらか入るのに倣い、『菟玖波集』でも俳諧連歌を少し収めている。それは、たとえば、

親に知られぬ子をぞまうくる

我が庭に隣の竹の根をさして　　読人しらず

といったもので、前句の「親に知られぬ子」でどきっとさせつつ、付句により、何だ竹の子のことか、と得心させ笑いを取るという寸法である。

■俳諧の独立と流行

それから約一世紀半を隔て、明応四年(一四九五)に成立した宗祇《そうぎ》ら編『新撰菟玖波集』になると、雅なものだけを収め、もはや俳諧の作品は一つも収めていない。それを補うかのように、明応八年(一四九九)には、編者未詳『竹馬狂吟集』という俳諧の撰集が初めて編まれ、その後、宗鑑編『俳諧連歌抄』(天文ころ成立)も作られている。後者は、江戸時代に入って『新撰犬筑波集《いぬつくば》』の名で出版され、俳諧の普及に大きく貢献する。その巻頭を飾る付合が、

霞の衣すそはぬれけり

佐保姫《さほひめ》の春立ちながら尿《しと》をして

というもので、作者名は記されていない。立春になったら、春の女神である佐保姫が立ち小便をしたため、着ていた霞のような衣の裾が濡れてしまった、というもので、その卑俗にして大胆な表現は、人々の笑いを誘ったに相違ない。こうして、俳諧は連歌から分離し、一定の存在価値を示すようになっていたわけである。

徳川幕府が学問を奨励し、寺子屋など民間の教育機関も普及していくため、江戸時代の識字率は飛躍的に増大する。製版印刷（清書した原稿を板に張り、版画のように彫って印刷すること）の開発によって、出版が職業としても成立するようになると、文字を獲得した人々に向け、啓蒙的・娯楽的な書物が続々と刊行されていく。文化的なものを大事にする機運が生まれたわけであり、俳諧もこの波に乗って流行する。一流の文化人であった京の松永貞徳《ていとく》とその門人を中心に展開したため、寛永初年（元年は一六二四）ころから約半世紀にわたって流行した俳諧を、貞門《ていもん》俳諧と呼ぶ。

掛詞・縁語などの言語遊戯、見立《みたて》や頓知的発想を多用し、和歌・連歌には用いない俗語や漢語を俳言《はいごん》と称して使うことで、連歌との差異を明確にしている。それでも、本来は雅文芸の人であった貞徳は、野卑で下品な笑いには否定的な見解をもち、自ら寛永二十年（一六四三）に刊行した『新増犬筑波集』では、先の「佐保姫の」に対して、自分ならばこうするとして、

霞の衣すそはぬれけり

天人《てんにん》やあまくだるらし春の海　　貞徳

の付合を提示する。天人が春の海に下り立ち、霞のような衣の裾が濡れた、というのであり、漢語「天

人」によってかろうじて俳諧性は保ちつつも、笑いの要素はほとんどなくなっている。

■貞門と談林の違い

こうした貞門のあり方に対し、「犬筑波」的なものの復権を唱え、新たな動きを起こしたのが、大坂の井原西鶴《さいかく》たちであった。西山宗因《そういん》を師と仰いだことから、宗因流俳諧などと呼ばれ、文学史的には、これを談林《だんりん》俳諧と言い習わしている。延宝期（一六七三から一六八一）を中心に、約十年ほど、貞門側との間に論争を起こしつつ流行したもので、江戸に移住した桃青（芭蕉）もこれに熱中する一人であった。

西鶴の例を挙げると、一人で一昼夜にどれだけの百韻ができるかを試した（これを矢数《やかず》俳諧と称する）、延宝五年（一六七七）の『大句数《おおくかず》』の中に、

薬も御《ご》ざらずしゝのあは雪

釈迦既《すで》に人にすぐれて肥《こえ》られて

嵯峨の駕籠《かご》かきましやとるらん

といった三句がある。これに解釈を施しつつ、貞門と談林の違いについて述べてみたい。

まず、「しゝ」は小便のことで、薬もないため、淡雪に小便をかけた時のように、はかなく亡くなった、というのが、最初の句の意味であろう。次の句では、「しゝ」を肉の意に取りなし、これに「肥られ」と応じ、釈迦は入滅前、食物も薬もすべてやめて静かに涅槃に入ったとされることを踏まえ、「薬も御

ざらず」に「釈迦」を付けている。このように、前句の語句から連想される語句を取り上げ、それをつないで一句とすることは、貞門以来の手法であり、これを物付《ものづけ》・詞付《ことばづけ》などという。

貞門の場合、そうしてできた一句に整合性があるのに対し、談林では、わざとありえない内容にしたり、矛盾をはらんだ形にすることを好み、この一点に、貞門と談林の最大の相違があると見て間違いない。「人にすぐれて」は人並みはずれてということ。「釈迦既に」は、謡曲「遊行柳」に「釈迦すでに滅し、弥勒いまだ生ぜず」とあるのを利用したもの。一句としては、お釈迦様はすでに並みはずれた太り方をなさっている、といった意味で、事実無根のふざけた内容である。もちろん、作者のねらいもそこにあったと見て誤らない。

続く句は、嵯峨（京都郊外の嵯峨野）の駕籠かきは増し料金を取るだろう、というもの。釈迦がとても太っているから、駕籠に乗ったらチップをはずまなければならない、というわけである。それにしても、なぜ「嵯峨」なのか。それは、嵯峨野にある清凉寺の別名が釈迦堂であるため、「嵯峨」と「釈迦」が付合語《つけあいご》（古歌・故事などを介して結びついている詞と詞）になっているからにほかならない。このように、詞の連想で付ける点は、貞門も談林も変わらず、できるだけおだやかに一句を仕立てる貞門に対し、思い切りふざけ、時に一句が意味的に破綻することも厭わないのが、談林なのであった。

なお、談林作品では、物付のほか、一句の意味に応じて付ける心付《こころづけ》もしばしば見られ、同じ『大句数』の中の、

揚屋《あげや》ながらにはじめての宿
なんと亭主替《かは》つた恋は御《ご》ざらぬか

きのふもたはけが死んだと申《まうす》

などがその例となる。初めての揚屋（遊里の社交場）に来たという句を受け、続く二句は、その客と亭主との会話になっており、「何か変わった恋の話でもないか」と問えば、「昨日も馬鹿な奴が死んだということですよ」と答える（心中事件があったといいたいのであろう）、という具合である。このリズミカルなテンポのよさも、談林の特徴といってよい。

■蕉風の成立

西鶴と同様、延宝期の桃青（芭蕉）もこうした俳諧を盛んに行なっていた。ところが、深川に移り住むようになってからは、談林調を古風と認識するようになり、それに代わる新しい付け方や句の仕立方を模索する。延宝九年（一六八一）、麋塒《びじ》という人に宛てた書簡に、その認識がはっきり示されており、親句《しんく》（前句と付句が詞などでぴったり付いていること）と細工《さいく》（小手先の表現技術）ではなく、疎句《そく》（詞での連関を超えて二句が不即不離の関係にあること）と深切《しんせつ》（表現に込められた真情の深さ）を求めるようになる。

天和期（一六八一～一六八四）の漢詩文調も、そのための一つの模索であり、その延長上に、貞享元年（一六八四）興行の『冬の日』五歌仙が成立する。たとえば、「狂句こがらしの」歌仙における、

のり物に簾《すだれ》透顔《すくかほ》おぼろなる　　重五

いまぞ恨《うらみ》の矢をはなつ声　　荷兮

ぬす人の記念《かたみ》の松の吹《ふき》おれて　芭蕉
しばし宗祇の名を付《つけ》し水　杜国
笠ぬぎて無理にもぬるゝ北時雨　荷兮

といった展開は、完全に談林調を超えて、興味深い場面を描いている。荷兮《かけい》は、重五《じゅうご》句の乗物の簾からおぼろに見える顔を、付け狙う敵と見て、これに対して恨みの矢を放つ人を思い描き、二句で仇討ち風の場面を作り上げる。芭蕉句はこれの背景を付けたもので、美濃にある「熊坂長範物見の松」などが念頭にあると見られる。杜国《とこく》の句は、同じ美濃にある「宗祇の忘れ水」を思い出し、名所に名所を付けたもの。荷兮は、有名な宗祇句「世にふるも更にしぐれのやどり哉」(『新撰菟玖波集』)を想起して、宗祇ゆかりの地で時雨に遭った人物が、これ幸いと、笠を脱いで宗祇の気分になっている場面を描き出す。

詞と詞の連想ではなく、前句を吟味しつつ、これに見合った付句を考え、二句で興味深い場面を描いている。『冬の日』が蕉風開眼の書ともいわれる所以《ゆえん》であり、たしかに、俳諧は同書をもって新しい段階に入ったと見てよい。同書の特色としては、「のり物に…／いまぞ恨の…」の付合などに見られる劇的な趣向と、「笠ぬぎて…」の句に代表される風狂性(一般的な限度を超えて美的な世界に耽溺する傾向)とを指摘することが多く、これらの点は、晩年の芭蕉俳諧ではあまり見られなくなる。

芭蕉俳諧の真髄を示すとされる、元禄四年(一六九一)刊行の『猿蓑』には、芭蕉が一座する四歌仙が収められ、いずれも高い水準を示している。たとえば、「市中は」歌仙の冒頭部、

市中は物のにほひや夏の月　凡兆

あつし〳〵と門《かど》〳〵《かど》の声　芭蕉
二番草取りも果《はた》さず穂に出《いで》て　去来
灰うちたゝくうるめ一枚　凡兆

など、雅と俗の調和ということがよく知られる箇所であろう。凡兆《ぼんちょう》の発句《ほっく》（連句の第一句）は、市内は物の匂いでむせかえるようでありながら、空には涼しげな月が望まれる、というもの。芭蕉は、そこにいるであろう夕涼みの人物を想定し、その人の発話を中心に一句をまとめている。二句を合わせ、都会の夏の夜が描かれたことになる。しかし、芭蕉句自体は、都会とも夜ともいってはおらず、そこを見定めた去来《きょらい》は、敢えてそれを農村の昼間ととらえ、二回目の草取りも終わらないのにもう稲穂が出始めている、と付ける。凡兆は、そこから農民の多忙を感じ取り、あわただしく食事をする場面を思い描き、ウルメイワシの干物をあぶりながら灰を落としている、としている。

いずれも、一句は断片的なことしか述べておらず、二句をよく読み、その間を想像することで、興味深い場面が浮かび上がることになる。芭蕉のめざす疎句体の付合がここに成立したのであり、俗な素材を取り上げながら詩情を失っていない点にも、注意しておきたい。

■蕉風の付け方と「かるみ」

以上のように、芭蕉たちの時代の連句は、詞と詞の連想で付句をなすのではなく、前句全体を吟味しながら、さらなる展開を図り、適切な素材を選んで句をまとめるようになっている。去来の著した俳論

書『去来抄』に、

蕉門の付句は、前句の情を引来《ひききた》るを嫌ふ。唯、前句は是《これ》いかなる場、いかなる人と、其業《そのわざ》・其位《くらい》を能《よく》見定め、前句をはなしてつくべし。

とある通り、蕉門の付句は、前句をよく見定めた上で、その意味・内容を引きずらずに、離して付けるのをよしとする。「前句は…見定め、前句をはなしてつく」というのを、もう少しわかりやすくすると、

①作者は前句をどう理解し、とくにどの点に着目したか。〔見込《みこみ》〕

②その見込をもとに、自分の句ではどういった場面・人物・情景などを扱おうと考えたか。〔趣向《しゅこう》〕

③その趣向に基づき、どのような題材・表現を選んで一句にまとめたか。〔句作《くさく》〕

という三段階の過程になるのではないか、と考えられる。芭蕉のめざす疎句の付け方とは、ただ前句から離れていればよいのではなく、直感的なひらめきによるのでもなく、理解力・想像力・構想力などを駆使して句をなすことだったのである。

天和・貞享期に端を発するその模索は、『猿蓑』の時期に一つの達成を見た後、「かるみ」の追求という形で、さらに極められることになる。その代表的な一巻、野坡《やば》ら編『すみだはら』の「むめがゝに」歌仙から、次の三句、

東風《こち》々《かぜ》に糞《こえ》のいきれを吹《ふき》まはし　芭蕉
たゞ居るまゝに肱《かいな》わづらふ　野坡
江戸の左右《さう》むかひの亭主登《のぼ》られて　芭蕉

を取り上げ、芭蕉たちがどのように句を付けているか、説明してみよう。

まず、最初の芭蕉句は、東からの風に乗って肥料の匂いが漂っている、というもの。野坡の句は、腕を患ってただぶらぶらしている、という意味。この句が付くまでの過程を右の三段階で分析すると、①前句を肥料の匂いに包まれた田園の風景と見込み、②その中には野良仕事に精を出す人がいると想定した上で、それとは対照的な無為に暮らす人を思い寄せ、③腕を病んでじっとしているしかない、と一句にまとめたわけである。起情《きじょう》の付け（景気の句に人情の句を付けること）であると同時に、一種の向付《むかいづけ》（対照的な人物を出す付け方）的発想も取り入れられており、①における想定をはじめ、作者の脳裡では想像につぐ想像のめぐらされていたことが確認できる。

続く芭蕉句の「左右」は、あれこれの情報といった意。「登られて」は「上られて」と同意で、上方方面に行く（この場合は、江戸から帰る）こと。これも三段階で分析すると、①前句の人が働けないでいるという点に着目し、暇をもて余しているであろうと考え、②その無聊を慰めてくれる人物として、珍しい情報の持ち主を案じ、③それを江戸帰りの近隣者と定めた、ということになる。

一見、並び合った二句は無関係のようでありながら、このように考えると、十分に付いていたことが知られる。芭蕉のめざす疎句の付け方とはどのようなものであったかが、また、「かるみ」が単なる平明・単純さを意味するのではないということが、よく納得できるところであろう。

■歌仙の構成と約束事

最後に、歌仙一巻の構成と、式目《しきもく》（ルール）などについて、説明をしておきたい。歌仙は二枚の懐紙を使って記録することが多く、それぞれを横長に二つ折りし、一枚目を初折《しよおり》、二枚目を名残《なごり》ノ折《おり》と呼ぶ。初折の片側を初表と称して最初の六句（「表六句」という）を記し、その反対側は初裏と称して次の十二句を記す。名残ノ折の片側は名残ノ表と称して続く十二句を記し、その反対側は名残ノ裏と称して残る六句を記す。ちなみに、百韻の場合は、四枚の懐紙（初折・二ノ折・三ノ折・名残ノ折）を使い、それぞれの表と裏に八・十四・十四・十四・十四・十四・十四・八句の順に記す。歌仙の一例として、『猿蓑』所収の「鳶の羽も」歌仙を掲げ（28・29頁）、必要なことを説明していきたい。

最初の句を発句《ほつく》と呼び、当座性を大事にする観点から、必ず当季を詠むことになっている（この歌仙の発句では「はつしぐれ」が冬の季語）。発句だけを単独で詠むこともあるので、区別する際は、連歌・連句の第一句を立句《たてく》、単独で詠むものを地《じ》発句ということもある。明治以降、後者は俳句の名称で広まることになり、その際も、当季を詠むという約束が踏襲され、現在に至っている。連歌や連句では、前《まえ》句《く》と付句《つけく》の二句で、一つの場面・情景・人物像などが描かれることになり、一句としての独立性は必ずしも求められない。しかし、前句をもたない発句だけは、一句としての独立性をもつことも必要となる。「や」「かな」「けり」などの切字《きれじ》を使うなどして、句に切れを入れることが多いのも、そのためにほかならない（この発句では「ぬ」が切字）。また、「客発句・亭主脇」ともいわれるように、発句は賓客の詠むことが多く、挨拶の心を込めて詠むことがよいとされている。

二番目の句を脇《わき》と呼び、発句に対して挨拶を返したり、発句が言い残したことを加えるなど、発句に打ち添えて詠むのがよいとされる。必ず発句と同季にしなければならず（この歌仙の脇では「木の葉」が冬の季語）、句末は体言や用言の終止形で止める場合が多い。

三番目の句を第三《だいさん》と呼び、転じの場とされる。発句と脇が緊密に結びついているだけに、ここでは一転した内容にすることが望ましいわけである。ここから自由自在に展開していくことを象徴する場と言ってもよく、続く文をあまり拘束しない「て」「にて」や、断定を避ける「らん」などで句末を止めることが多いのも、そのためである。

最後の句を挙句《あげく》と呼び、揚句《あげく》とも書く。祝言の心を込めてかるがると詠むのがよいとされている（この歌仙の挙句では「木芽もえたつ」にめでたい気分が示されている）。

以上の四句以外の句に、特定の名称はなく、平句《ひらく》と総称する。各句は、その位置によって、初表六句目・名残裏三句目といった具合に呼称し、本書では、それらを初オ6・名ウ3という形で略記する。最初の表六句だけは、神祇《じんぎ》（神道関係）・釈教《しやつきよう》（仏教関係）・恋・無常など、特別の内容は避けることになっているものの、初裏からは、基本的に何を詠んでもかまわず、むしろ多彩な一巻になることがよいとされる。中でも、恋の句は、必ず一巻に一箇所以上なければならず（この歌仙では名オ7・8が恋の場）、恋のないものは端物《はしたもの》として嫌われる。

恋とともに大切なのが、月と花で、各折の表には月、裏には花を詠むことになっている。これは、自然界の美を代表する月・花を、各面にもれなく出すための措置であり、やがて、各面の最後から一句前が定座《じようざ》となり、初オ5と名オ11が月の定座、初ウ11と名ウ5が花の定座とされるようになった。この歌仙では、四つとも位置が守られているものの、実際には、引き上げて詠まれることも少なくない（たとえば、発句が秋季の場合、この後に記す約束事から、第三までに月を出すことになる）。さらに、名残ノ折以外の裏にも月を出すことになり、これは出所《でどころ》と呼ばれ、歌仙では八句目あたりが一つの目安とさ

初折

表

発句		冬	鳶《とび》の羽《は》も刷《カヒツクロヒ》ぬはつしぐれ	去来
脇		冬	一《ひと》ふき風の木《こ》の葉しづまる	芭蕉
第三		雑	股引《ももひき》の朝からぬるゝ川こえて	凡兆
四句目		雑	たぬきをゝどす篠張《しのはり》の弓	史邦
五句目	月	秋	まいら戸に蔦這《つたはひ》かゝる宵《よひ》の月	蕉
六句目		秋	人にもくれず名物の梨	来

裏

一句目		秋	かきなぐる墨絵《すみゑ》おかしく秋暮《くれ》て	邦
二句目		雑	はきごゝろよきめりやすの足袋《たび》	兆
三句目		雑	何事《なにごと》も無言の内はしづかなり	来
四句目		雑	里見え初《そめ》て午《うま》の貝ふく	蕉
五句目		雑	ほつれたる去年《こぞ》のねござのしたゝるく	兆
六句目		夏	芙蓉《ふよう》のはなのはら〳〵とちる	邦
七句目		雑	吸物は先《まづ》出来《でか》されしすいぜんじ	蕉
八句目		雑	三里あまりの道かゝえける	来
九句目		春	この春も盧同《ろどう》が男居《ゐ》なりにて	邦
十句目	月	春	さし木つきたる月の朧夜《おぼろよ》	兆
十一句目	花	春	苔《こけ》ながら花に並ぶる手水鉢《てうづばち》	蕉
十二句目		雑	ひとり直《なほり》し今朝の腹だち	来

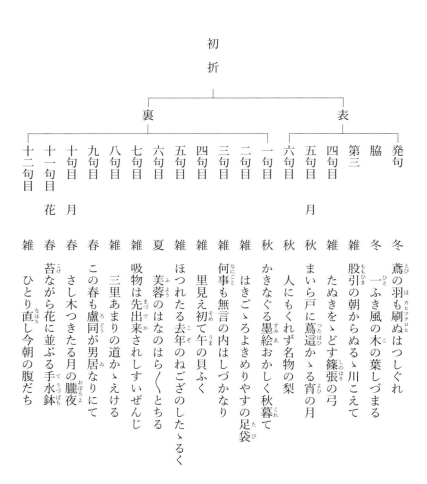

名残ノ折

表

一句目		雑	いちどきに二日の物も喰《くう》て置《おき》	兆
二句目		冬	雪げにさむき島の北風	邦
三句目		雑	火ともしに暮《くる》れば登る峰の寺	来
四句目		夏	ほとゝぎす皆鳴仕舞《なきしまひ》たり	蕉
五句目		雑	痩骨《そうこつ》のまだ起直《おきなほ》る力なき	邦
六句目		雑	隣をかりて車引《ひき》こむ	兆
七句目	恋	雑	うき人を枳殻垣《きこくがき》よりくゞらせん	蕉
八句目	恋	雑	いまや別《わかれ》の刀さし出す	来
九句目		雑	せはしげに櫛《くし》でかしらをかきちらし	兆
十句目		雑	おもひ切《きつ》たる死《しに》ぐるひ見よ	邦
十一句目	月	秋	青天に有明月《ありあけづき》の朝ぼらけ	来
十二句目		秋	湖水の秋の比良《ひら》のはつ霜	蕉

裏

一句目		秋	柴の戸や蕎麦《そば》ぬすまれて歌をよむ	邦
二句目		冬	ぬのこ着習《きなら》ふ風の夕ぐれ	兆
三句目		雑	押合《おしあう》て寝ては又《また》立つかりまくら	蕉
四句目		雑	たゝらの雲のまだ赤き空	来
五句目	花	春	一構《ひとかまへ》鞦《しりがい》つくる窓のはな	兆
挙句		春	枇杷《びは》の古葉《ふるは》に木芽《このめ》もえたつ	邦

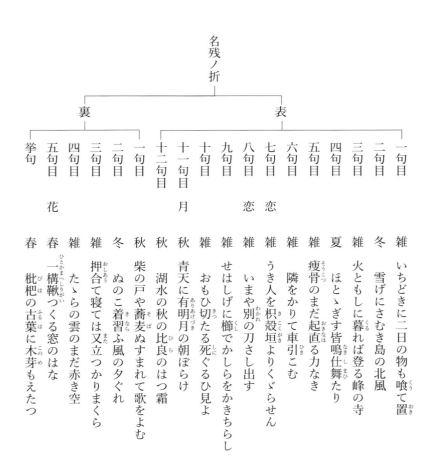

れている。こうして、歌仙では二花三月（百韻では四花七月）を詠むことに定まったわけである。

この歌仙の季を通して見ればわかるように、一巻には、四季のすべてを出すことが必要である。季節の詞（季語）を含まない句は雑《ぞう》といい、ある季節から別の季節に移る際は、雑の句を何句かはさむことが普通である。雑の句をはさまずに季が変わることは季移《きうつ》りといい、この歌仙では名ウ１・２に秋から冬への季移りがある。連歌や連句には、句数《くかず》というルールがあり、ある題材を何句まで続けるかがほぼ決まっている。季節の場合、春と秋は三句以上で五句まで、夏と冬は一句以上で三句までとなっており、この歌仙も忠実にそれを守っている（最後だけ春二句となっているのはかまわない）。

この句数と対になるものに、同季・同字や同種の語が近接することを避ける、去嫌《さりきらい》というルールがある。四季の場合、再び同じ季を出すまでに、最低五句はあけねばならないとされ、これを五句去りという。元禄ころの式目書によると、たとえば、同生類（獣と獣など同じ種類の生き物）は三句去り、異生類（獣と鳥など別種の生き物）は二句去りとされており、この歌仙の発句「鳶」と初オ４「たぬき」は異生類なので、ぎりぎりルールを守った形となる（初オ４で「からす」などを出すとルール違反）。

句を大別すると、人情《にんじよう》（人事の句）と景気《けいき》（自然の句）に大別され、そのバランスも一巻の中では大事なこと。景気に人情を付けることは、とくに起情《きじよう》などと呼んでいる。句の付け方は、付けと転じを意識して行なうのが基本。前句の前の句を打越《うちこし》といい、打越と前句によってできた世界と、前句と付句によってできた世界とは、できるだけ離れていることが望ましく、これが転じである。要するに、一巻で最も尊重されるのは変化だということであり、同じような句が続く三句がらみや、打越と付句が似た内容になる輪廻《りんね》・観音開きは避けられなければならない。

人事が続いて付けにくい場合、前句の人の衣類・持ち物などでさらっと付けることがあり、これを会釈《あしらい》などという（この歌仙の初ウ2「めりやすの足袋」などがその典型）。また、天気・空模様などを付けることもあり、これは遣句《やりく》・遁句《にげく》などという（この歌仙の名オ12「青天に…」などがその典型）。古典・故事・古歌などを踏まえつつ詠むことは俤《おもかげ》（面影）付《づけ》といい、蕉門では、それとすぐにはわからないようさりげなく使うのがよいとされる（この歌仙の名オ6「隣を…」は『源氏物語』「夕顔」の一場面をアレンジしたもの）。前句の人物に対応するような別の人物を並べて出す付け方もあり（『猿蓑』「市中は」歌仙の「僧やゝさむく寺にかへるか　凡兆／さる引の猿と世を経る秋の月　芭蕉」などがその典型」）、これは向付《むかいづけ》と呼ばれている。

後に、蕉門の支考《しこう》は七名八体説《しちみょうはったい》を唱え、案じ方の七名（有心《うしん》・向付・起情・会釈・拍子・色立《いろだて》・遁句）と付け方の八体（其人《そのひと》・其場《そのば》・時節・時分・天相・時宜《じぎ》・観相・面影）で各付合を分類する。芭蕉がそこまで整った考え方をしていたかどうかは不明ながら、その後の実作や鑑賞に資するところが多かったのは事実で、今でも参照すべき面は少なくない。また、三句目の転じをめぐって、自《じ》・他《た》・場《ば》といった分類をすることもあり、芭蕉たちにそうした認識があったかどうかはともかく、行為・感想などを作中人物自身のこととして詠んだ句が自、作中人物が他者のことを見聞する形で詠んだ句が他、人物の出てこない句が場、としてよさそうである。

芭蕉は、「文台引下《ひきお》ろせば則《すなはち》反古《ほご》也」（『三冊子』）と述べ、連句の楽しさは巻いている時の感興にこそあり、できあがった作品など紙屑同然だともいっている。とはいえ、その反面、気に入った作品を撰集に収める際には、推敲する努力を怠っておらず、『続猿蓑』の「八九間」歌仙に関しても、推敲前の草稿が残っている。それは、興行の場にいない人にも、その作品のおもしろさを伝えたい、と思っていたからにほかならないであろう。ならば、後世の読者である私たちも、座《ざ》（連句興行の場）に加わるようなつもりで、作品の世界を味わうのが得策である。本書がその一助になればと願ってやまない。

『続猿蓑』五歌仙分析

凡例

一、本稿は、『続猿蓑』所収五歌仙の全句に対して注解（〈歌仙分析〉）を施し、各巻の末尾に考察（〈解説稿〉）を付すものである。

一、テキストには佐藤の架蔵本を用い、『新日本古典文学大系　芭蕉七部集』（岩波書店　平成2年刊）等の翻刻や『蕉門俳書集　四』（勉誠社　昭和58年刊）の影印を参照した。

一、各巻の〈歌仙分析〉の前には、佐藤架蔵本（ただし、220・221頁は同版の小林架蔵本による）の影印とともに歌仙一覧（翻刻）を掲げる。翻刻では、原典に忠実であることを心がけ、清濁や振り仮名も原典通りとする（「猿蓑に」歌仙の「手」の濁点だけは省略）。ただし、字体は通行のものに統一し、訂正の跡を版面にそのまま残している場合は、訂正後の句形のみを掲出する。なお、底本には印記があり（39頁）、これはそのままとした。

一、〈歌仙分析〉で句を掲げる際は、濁点・振り仮名（歴史的仮名遣い）を加える。句を掲げた後は、句の位置と季節（月）・季詞を明記し、月・花・恋の句ではその旨を示した上で、〈句意〉〈付合〉〈備考〉の欄にそれぞれの内容を記載する。なお、句の位置は、発句・脇・第三・挙句のほか、初表六句目を初オ6、名残裏三句目を名ウ3といった形の略記で示す。

一、〈句意〉は、一句としての意味を記すように心がけ、前句との関係や、他から得られる情報を加えることは控えた。

一、〈付合〉では、二句の関係性の解明に努め、次の三段階で分析を行なう。
①作者は前句をどう理解し、とくにどの点に着目したか。〈見込《みこみ》〉
②自分の句ではどういった場面・人物・情景などを扱おうと考えたか。〈趣向《しゆこう》〉
③どのような題材・表現を選んで一句にまとめたか。〈句作《くさく》〉
一、〈備考〉では、必要と判断された語釈を施し、先行研究の見解なども適宜に選んで掲出する。
一、〈備考〉で取り上げる書名に関しては、『俳諧類船集』を『類船集』、『誹諧通俗志』を『通俗志』とするなど、「俳諧」「誹諧」の語はおおむね省略した。なお、『類船集』は付合語辞典とも言うべきものであり、たとえば、「涙」の項目に「恨」の語がある場合は「涙→恨」とするように、「→」を用いて関係性を示した。
一、〈解説稿〉では、一巻全体を通して考えたこととして、主として小林は成立の問題を、佐藤は付け方の問題を論じる。
一、各歌仙の注解（〈歌仙分析〉と考察〈解説稿〉）は、佐藤・小林が往復書簡で交互に意見交換をしつつまとめたものであり、雑誌に掲載した上で、さらに大幅な推敲を加えた。発表誌と各担当は以下の通り。
・「八九間」歌仙『近世文芸研究と評論』80（平成23・6）
初折は長句を佐藤、短句を小林、名残ノ折は長句を小林、短句を佐藤が担当。
・「雀の字や」歌仙『近世文芸研究と評論』82（平成24・6）
初折は長句を小林、短句を佐藤、名残ノ折は長句を佐藤、短句を小林が担当。

・「いさみ立」歌仙『近世文芸研究と評論』85（平成25・11）
初折は長句を佐藤、短句を小林、名残ノ折は長句を小林、短句を佐藤が担当。
・「猿蓑に」歌仙『近世文芸研究と評論』86（平成26・6）
初折は長句を小林、短句を佐藤、名残ノ折は長句を佐藤、短句を小林が担当。
・「夏の夜や」歌仙『近世文芸研究と評論』88（平成27・6）
初折は長句を佐藤、短句を小林、名残ノ折は長句を小林、短句を佐藤が担当。

一、参考とした先行の注釈書には、主として次のようなものがある。本文中では、略号によってこれらを示すこととした。なお、古注から本文を引用する際には、読みやすさを勘案して、振り仮名を新たに加えた。

・杜哉著『俳諧古集之弁』（寛政五年序）→『古集之弁』
・石兮著『芭蕉翁附合集評註』（文化十二年刊）→『評註』
・何丸稿・公石編『続猿蓑注解』（文政六年刊）→『続注解』
・湖中著『俳諧鳶羽集』（文政九年成）→『鳶羽集』
・伝暁台著・政二補『秘註俳諧七部集』（天保十四年成）→『秘註』
・錦江著『七部通旨』（嘉永五年跋）→『通旨』
・曲斎著『七部婆心録』（万延元年奥）→『婆心録』
・西馬述・幹雄編『標注七部集』（元治元年序）→『標注』
・太田水穂『芭蕉連句の根本解説』（岩波書店　昭和5年刊）→太田『解説』

・幸田露伴『評釈続猿蓑』（岩波書店　昭和26年刊）→露伴『評釈』
・『芭蕉講座　第五巻』（三省堂　昭和26年刊）→『講座』
・『日本古典全書　俳諧七部集下』（朝日新聞社　昭和27年刊〈補訂版は昭和48年刊〉）→『全書』
・『日本古典文学大系　芭蕉句集』（岩波書店　昭和37年刊）→『大系』
・浪本沢一『芭蕉七部集連句鑑賞』（春秋社　昭和39年刊）→浪本『鑑賞』
・『校本芭蕉全集　第五巻』（角川書店　昭和43年刊〈富士見書房版は平成元年刊〉）→『校本』
・『日本古典文学全集　連歌俳諧集』（小学館　昭和49年刊）→『全集』
・伊藤正雄『俳諧七部集芭蕉連句全解』（河出書房新社　昭和51年刊）→伊藤『全解』
・島居清『芭蕉連句全註解　第九・十冊』（桜楓社　昭和58年刊）→『全註解』
・阿部正美『芭蕉連句抄　第十〜十二篇』（明治書院　昭和62〜平成元年刊）→『連句抄』
・『新日本古典文学大系　芭蕉七部集』（岩波書店　平成2年刊）→『新大系』
・『新編日本古典文学全集　松尾芭蕉集②』（小学館　平成9年刊）→『新編全集』

一、作品中には、今日的な観点から好ましくない表現も散見されるが、資料的価値を尊重して、そのままの形で翻刻した。

「八九間」歌仙

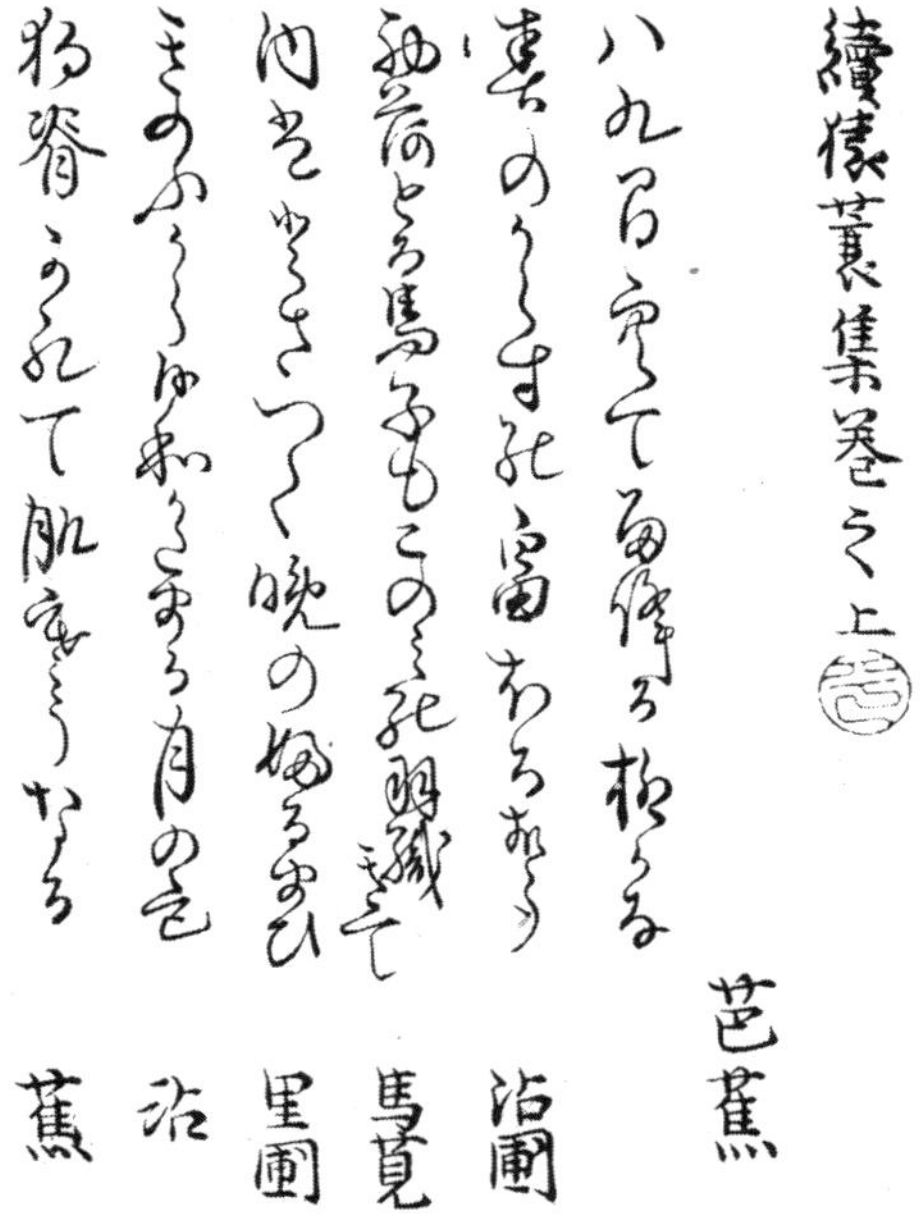

続猿蓑集巻之上

八九間空て雨降る柳かな　芭蕉
春のからすの畠ほる声　沾圃
初荷とる馬子もこのみの羽織きて　馬莧
内はとさつく晩のふるまひ　里圃
きのふから日和かたまる月の色　沾
狗背かれて肌寒うなる　蕉

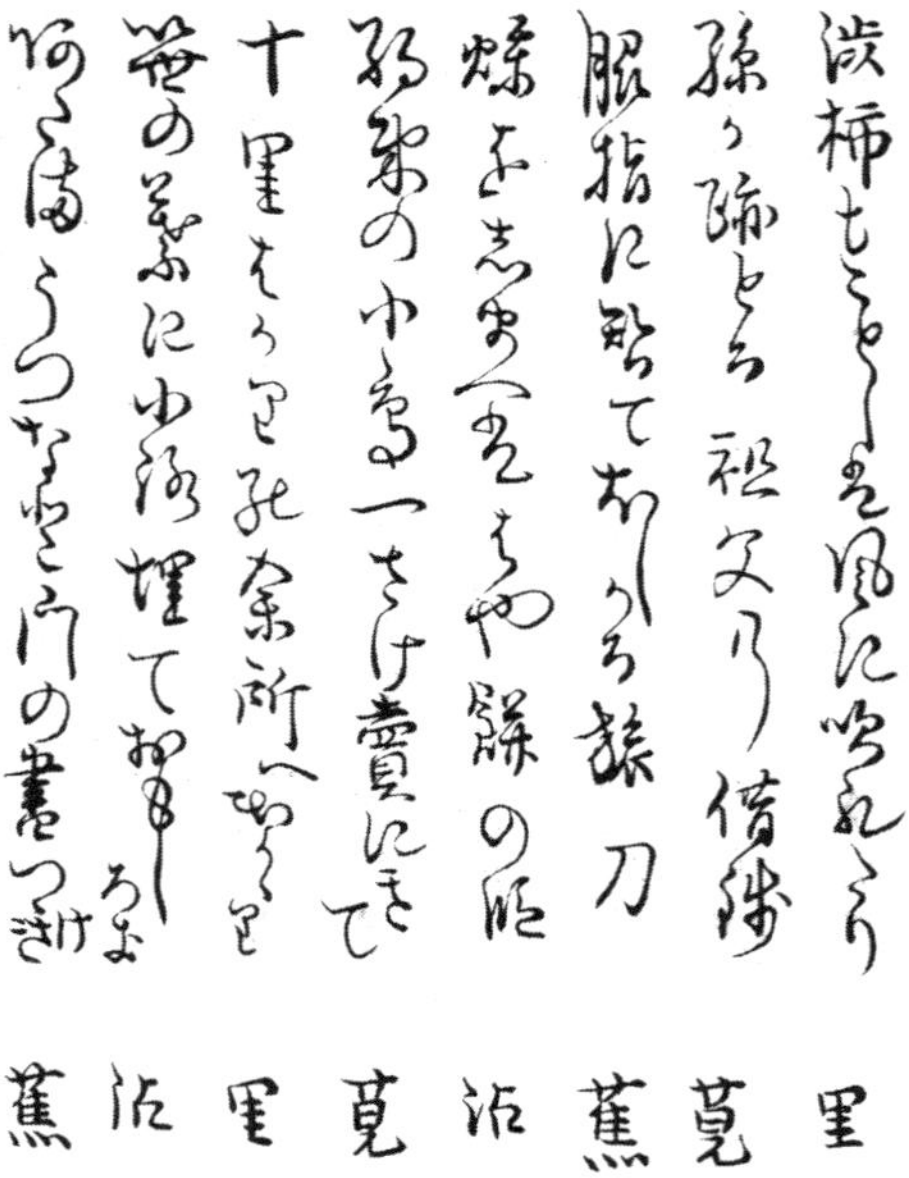

渋柿もことしは風に吹れたり　里
孫か跡とる祖父の借銭　荳
脇指に替てほしかる旅刀　蕉
煤をしまへははや餅の段　沾
約束の小鳥一さけ売にきて　荳
十里はかりの余所へ出かゝり　里
笹の葉に小路埋ておもしろき　沾
あたまうつなと門の書つけ　蕉

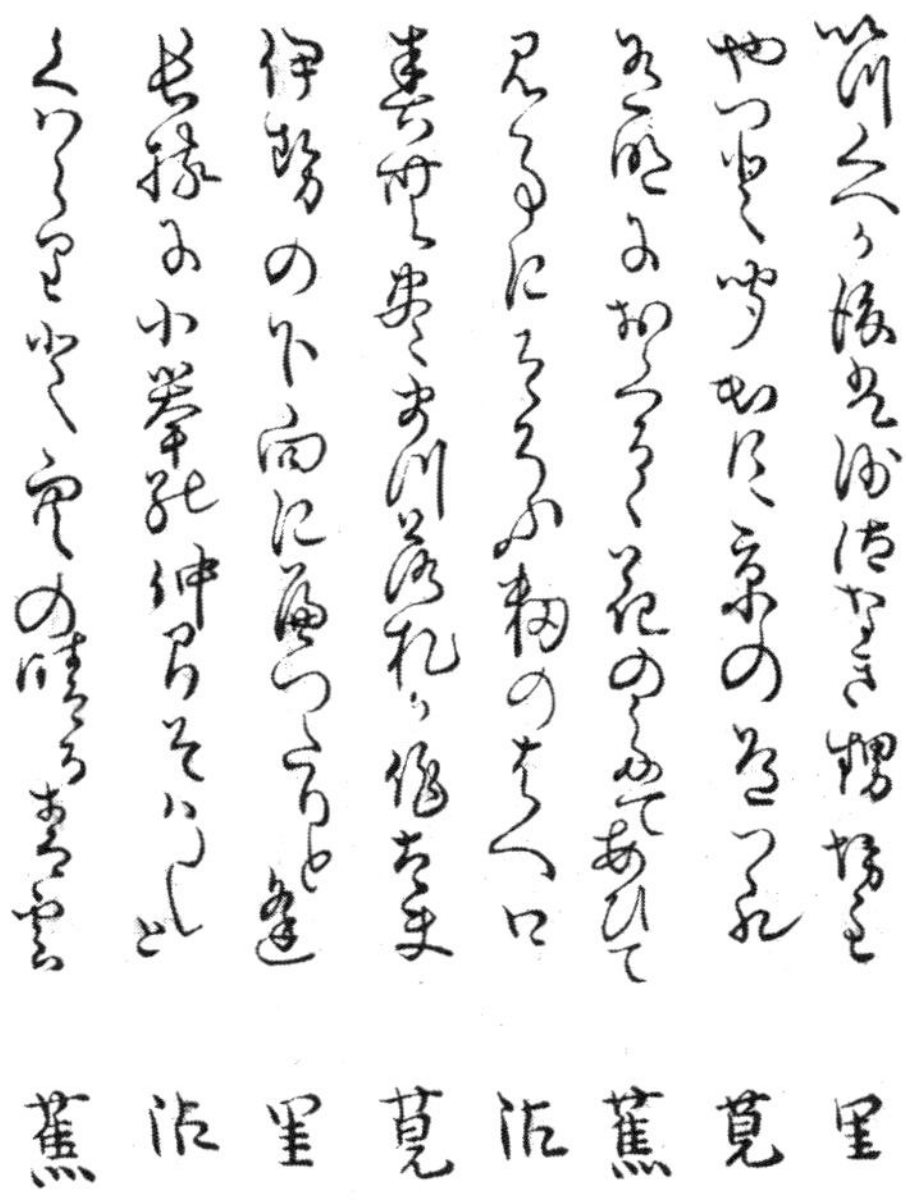

いつくへか後は沙汰なき甥坊主　里
やつと聞出す京の道つれ　荳
有明におくるゝ花のたてあひて　蕉
見事にそろふ籾のはへ口　沾
春無尽まつ落札か作太夫　荳
伊勢の下向にへつたりと逢　里
長持に小挙の仲間そは〳〵と　沾
くはらりと空の晴る青雲　蕉

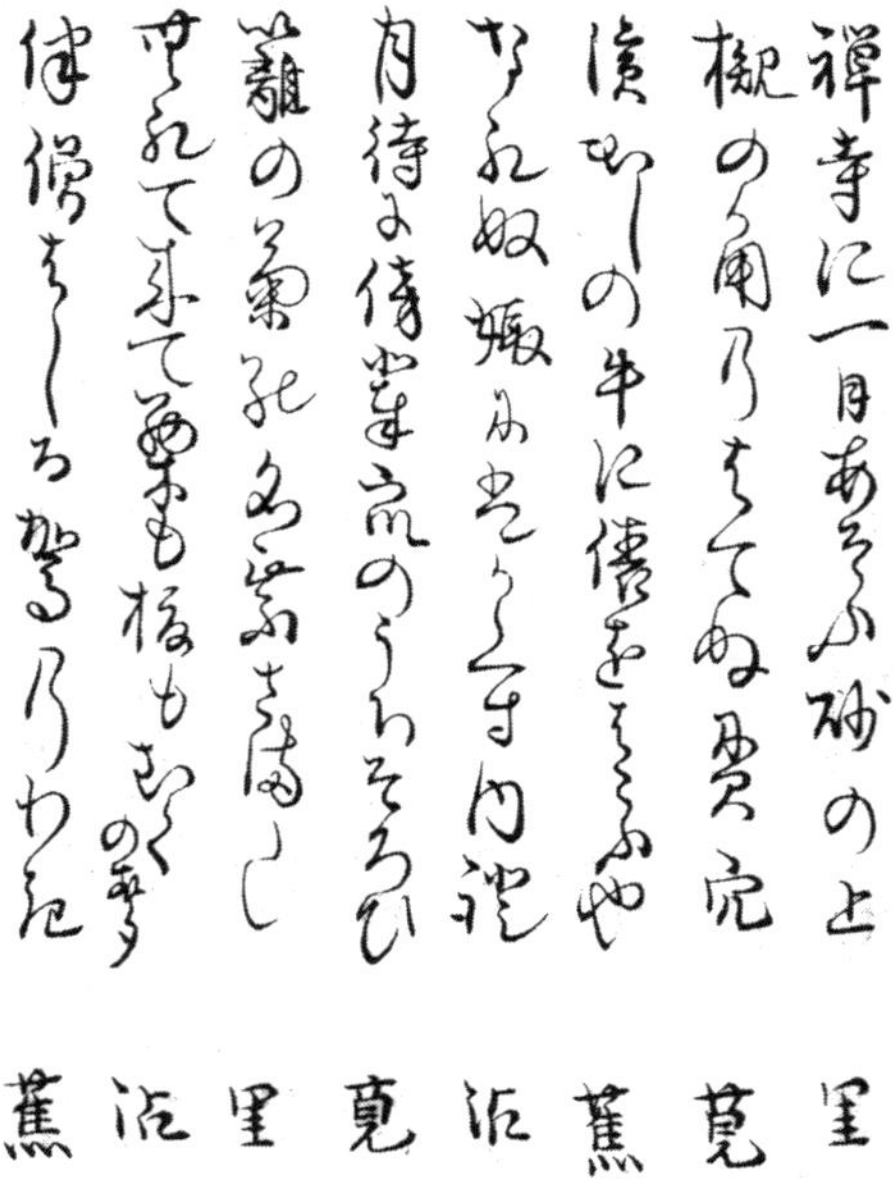

禅寺に一日あそふ砂の上　里
槻の角のはてぬ貫穴　莧
浜出しの牛に俵をはこふ也　蕉
なれぬ娵にはかくす内証　沾
月待に傍輩衆のうちそろひ　莧
籬の菊の名乗さま〲　里
むれて来て栗も榎もむくの声　沾
伴僧はしる駕のわき　蕉

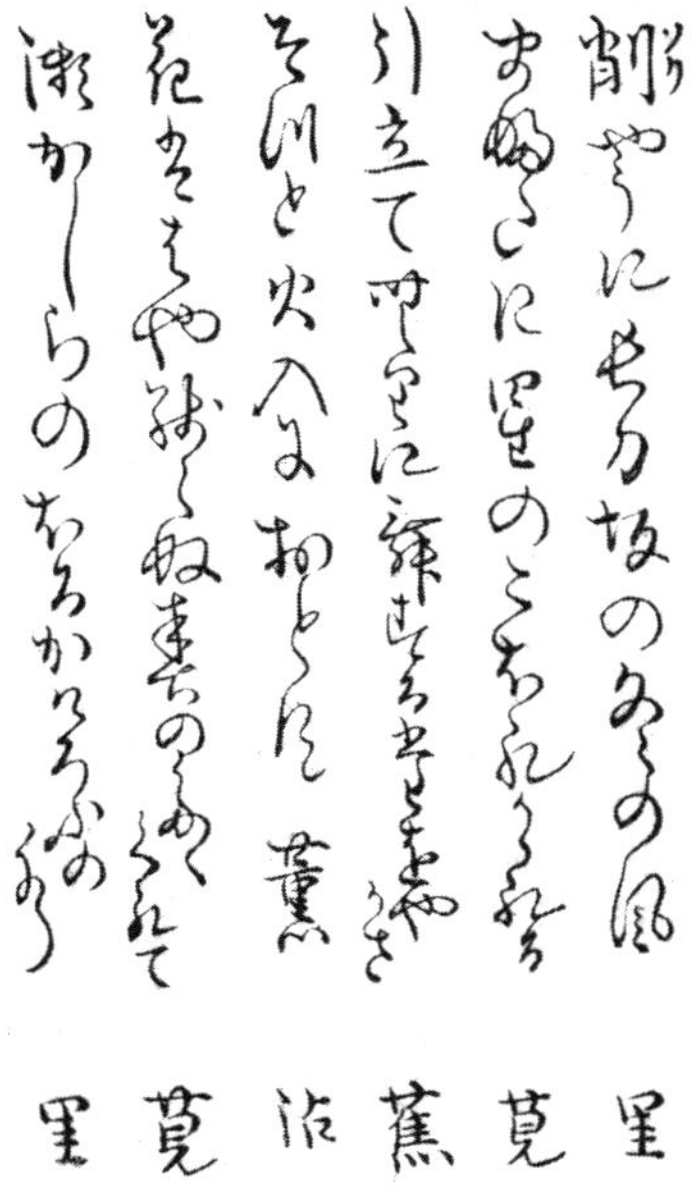

削《ソク》やうに長刀坂の冬の風　里

まふたに星のこほれかゝれる　荳

引立てむりに舞するたをやかさ　蕉

そつと火入におとす薫　沾

花ははや残らぬ春のたゝくれて　荳

瀬かしらのほるかけろふの水　里

本巻は、能楽師系「かるみ」連衆ともいうべき三人、沾圃・里圃・馬莧と芭蕉による四吟歌仙であり、元禄七年（一六九四）春の興行と見て間違いない。この歌仙には、『続猿蓑』所収形態（版本と呼ぶ）のほか、墨書訂正の多い草稿（『芭蕉全図譜』〈岩波書店　平成5年刊〉283）と、不鮮明な写真ながら、草稿と版本の中間形態を示す資料[1]（大正11年5月「子爵渡辺家御蔵品入札」目録所収、目録と略記する。なお、本文対校表は後掲278～281頁）とがあり、推敲過程を通して多くの情報を得ることができる。[2]よって、本歌仙に関しては、草稿や目録から知られる推敲や校異についても記していく。ただし、目録については、一部に推読があることを断っておく。〈付合〉においては、成案形を三段階分析で読むとどうなるかのみを記し、初案等の場合がどうなるかについては、〈備考〉の欄で触れることとする。なお、この歌仙では、推敲により作者名まで入れ替わった箇所が多く、草稿に見られる「見」は馬莧の「莧」のことと判断される。

〈歌仙分析〉

八九《はつく》間《けん》空で雨降る柳かな　　芭蕉

発句　春一月（柳）
校異「雨降」（草稿・目録）

〔句意〕柳が枝葉を広げた八間か九間ほどの空間に、春雨が降っていることだ。

〔備考〕一間は約一・八二メートル。「八九間」は陶淵明「帰田園居」の「草屋八九間、楡柳《ゆりゅう》後簷《こうえん》ヲ蔭《おほ》ヒ」（『古文真宝前集』）とある表現を借り、巨木のさまを表したもの。降るともなく降るのを本意とする春雨が、柳を背景にその姿を現した景である。支考著『梟日記』（元禄十二年刊）に録された去来の言によれば、京の大仏（方広寺）辺で見た光景という。

春のからすの畠ほる声　　沾圃

脇　　三春（春）

推敲「田を□たる声→畠ほる声」（草稿）

校異「畠堀る」（目録）／作者名「見」（草稿）

〔句意〕春日、烏が畑で声を発しながら餌を掘りあさっている。

〔付合〕①前句の場を広い田園の一隅と見なし、②地上で起こっていそうなこととして鳥類の食餌を探り当て、③畑で烏が声を発しながら畑をつついているとした。

〔備考〕発句の視覚による写生に対して、聴覚を景に加えて応じたもの。雨後の景色を付けたのではなく、天と地における同時の点景とする見方を採用する。諸注の指摘通り、草稿の□は「わ」で問題なく、初案は大きな声で鳴き渡る烏であったのを、春ののどかな気分にかなうよう、改めたものであろう。

初荷《はつに》とる馬子《まご》もこのみの羽織きて　　馬莧

第三　　春一月（初荷）

推敲「立年《たつとし》の初荷に馬を拵《こしらへ》て↓初荷とる馬子も仕着せの布小きて」（草稿）↓「…馬子もこのみの羽織きて」（版本）

校異「仕着《しきせ》の布子《ぬのこ》着て」（目録）／作者名「沾」（草稿）

〔句意〕初荷を手に取った馬子も、今日は好みの羽織を着ている。

〔付合〕①前句を初春の郊外辺の光景と見定め、②これを目にする人物として往来で業をする者を探り、③初荷を運ぶ正月にふさわしく、馬方も今日ばかりは好みの羽織を着けているとした。

〔備考〕「初荷」は、正月二日、問屋や大きな商家の商い始めに、商品を馬に積んで美しく飾り立て、取引先に届けること。それをそのまま叙した初案から、馬子の身なりに焦点を絞った再案に至ると、一景とこれを目にする人という二句の関係がはっきりし、新年の改まった気分が顕現する。ここでの「とる」は、自分が運ぶ分を手に取ることであろう。「仕着」は商家などで季ごとに配られる衣類。「布子」（「布小」はこの誤りであろう）は木綿の綿入れで、ここは親方から新年に配られたもの。さらにこれを「このみの羽織」とすることで、晴れやかさがより強調されるとともに、「馬子にも衣装」の俚諺を想起させ、軽いおかしみを醸し出す結果ともなっている。

内はどさつく晩のふるまひ　　里圃

初オ4　雑

推敲「庭とりちらす→内はどさつく」（草稿）

〔句意〕晩の振舞《ふるまい》が始まって、家の中が騒然としてきた。

〔付合〕①前句の初荷とある点に着目し、②仕事を終えた後の荷問屋ではご馳走があると考え、③晩の振舞に家の内は大騒ぎであるとした。

〔備考〕「どさつく」は騒々しく混雑していること。初案では、馬子たちが三三五五に集い、庭で思い思いに饗を受ける風情が描かれていた。再案では、その対応に大わらわの女衆《おんなしゆう》へと想像が進められ、徐々に忙しくなる台所へ視点が移されている。振舞の準備とだけ見ては、そうした臨場感に欠け、「どさつく」という語感にもそぐわない。問屋に戻っての振舞か、荷を届けた先でのことかなど、諸説がある(3)ものの、初案「庭とりちらす」の語感から、初仕事を終えた後の問屋全体の様子と見ておきたい。

初オ5　秋八月（月）　月の句

きのふから日《ひ》和《より》かたまる月の色　　沾圃

推敲「宵月《よひづき》の日和定《さだま》る柿のいろ→きのふから日和かたまる月のいろ」（草稿）
校異「月のいろ」（草稿）／作者名不明（目録）
〔句意〕昨日から天候も安定し、月が清らかな色を見せている。
〔付合〕①前句を宴でのことと見定め、②定座であることを考慮に月見の宴を想定し、よい具合に晴天であると考え、③昨日から天気が回復してよい月の色であるとした。
〔備考〕初案は「庭」から「柿」を出したもので、月は添え物の域を出ていない。それが、前句の変更に合わせて「柿」が削除され、「きのふから」が加えられることで、それ以前の天候不順や、前日から人々が楽しみにする様子までが浮かび上がり、「月」は十五夜の名月であることが明確になった。また、素材の多さによる不統一感も解消され、読者の脳裡には、庭先という限定をはずした秋の空そのものが広がることになる。

狗《ぜん》背《まい》かれて肌《はだ》寒《さむ》うなる　　芭蕉

初オ6　秋九月（肌寒う）
推敲「薄《すすき》の穂からまづ寒うなる→ぜんまひかれて肌寒うなる」（草稿）
校異「ぜんまひ」（草稿）・（目録）／作者名不明（目録）
〔句意〕狗背の葉も枯れ、朝晩の冷たさが肌をさすころとなった。

〔付合〕①前句から時間の推移を感得し、②秋もしだいに深まったきたと考えて、③狗背の葉もうら枯れて肌寒くなってきたとした。
〔備考〕「…から」「まづ…」に作りごとめいた観念臭があった初案から、具象化によって実感を前面に出す方向で推敲がなされている。山中ではなく、里の道端の景とする方が、季節の移り変わる実感が深くなろう。

渋柿もことしは風に吹《ふか》れたり　　里圃

初ウ1　秋九月（渋柿）
推敲「手を摺《すり》て猿の五器《ごき》かる草庵《くさのいほ》↓……旅の宿」（草稿）↓「渋柿もことしは風に吹れたり」（版本）
校異　作者名「見」（草稿）
〔句意〕今年は渋柿までもが風に吹き落とされている。
〔付合〕①前句の中に肌寒くなったとの思いを抱く人物を想定し、②その人のもう一つ別の事象への感慨を案じて、③渋柿も今年は風に吹き散らされているとした。
〔備考〕干して備蓄できる狗背も柿も駄目になった嘆息という伊藤『全解』の指摘もあるように、二句を通して、例年とは異なる様相が表されている。初案の「五器」は「御器」に同じく、食物を盛る蓋の付いた椀。初案では、「かる」の主体が誰で、「草庵」の持ち主が誰であるか（猿引の家か、彼らが宿泊する他人の家か）も不分明。再案はそれらを明らかにし、猿引が旅宿で猿の食器を借りる場面と決定する。これを版本で別の景句に置換した理由については、季の詞がないため、打越の推敲過程で削った「柿」をいかしたとの指摘が、伊藤『全解』等にある。たしかに、「猿」を捨てて「柿」を出した（『類船集』に「猿→柿」）結果、完全に別内容になったと見ても、一定の解答にはなろう。が、それ以上に重視すべきは、初案の発想が、『猿蓑』「市中は」歌仙の「茴香の実を吹落す夕嵐　去来／僧やゝさむく寺にかへるか　凡兆／さる引の猿と世を経る秋の月　芭蕉」に大きく重なることではないか。芭蕉が非としたのは、秋は三句以上を続けるという式目に違反すること（目録までこの点が見過ごされているのは不審）に加え、秋冷に猿と猿引を付ける発想の安易な借用でもあったというべきであろう。成案形は、これも「実を吹落す夕嵐」の発想を借りながら、前句との間に独自の場面を構成し、理想とする新たな付け方を示したものであった。

孫が跡とる祖父《ぢぢ》の借銭《しやくせん》

馬　莧

初ウ2　雑

推敲「みしらぬ孫が祖父の跡とる→…祖父の跡とり」（草稿）・（目録）→「孫が跡とる祖父の借銭」（版本）

校異　作者名「沾」（草稿）

〔句意〕孫が家督を継ぎ、祖父の借金まで引き受けることになった。

〔付合〕①前句の渋柿を凶作で残されたわずかな収入源と見て、②それまで失ったこの家の根本的な惨状に思いをめぐらせ、③祖父の借金ぐるみで孫が家を継ぐとした。

〔備考〕「祖父」は『書言字考節用集』等にヂヾの読み。この前後は版本で大きく直されており、付筋も一変している。すなわち、当初は、猿引が御器を借りたいと願い出たのも、黙ってそれを用意してくれるなじみの主人から見たこともない孫に当主が交代していたからだと、前句の理由を付けていたのであり、「草庵」から「旅の宿」への変更も、そうした舞台により適したものを選んでの措置と見なせよう。それ急に現れた孫が跡目を継いだとも読め、世態人情の一端を巧みにすくい取った付合には違いない。それを、前句の大幅な改変に合わせ、「借銭」の一語で農家などの窮状へ一転させたのであり、鮮やかにも大胆な推敲と言える。

脇指《わきざし》に替《かへ》てほしがる旅刀《たびがたな》　芭蕉

初ウ3　雑
推敲「脇指はなくて刀のさびくさり→脇指に仕かへてほしき此《この》かたな」（草稿）→「…替てほしがるさびがたな」（目録）→「……旅刀」（版本）
校異　作者名「里」（草稿）

〔句意〕道中用の刀を脇差に替えてほしいと望んでいる。

〔付合〕①前句の家に困窮・落魄の相を見て、②相続に当たって少しでも借金を軽くすべく、親類たちが家の道具などを調べる場を想定し、③出てきた旅刀を脇差に換えてほしいと願う、孫の様子を一句にした。

〔備考〕草稿の初案は、刀も二本は揃わず錆びているのであるから、前句を浪人などの家と見込み、その零落ぶりを具体化したといえる。「脇指」は「脇差」に同じく、武士が大刀に添えて差す小刀であるとともに、一般人が護身用に許された一本差《いっぽんざし》をもいい、裕福な町人がその意匠に凝ることもあった。草稿の再案や目録は、「脇指」を後者と見換え、遺品の中からぼろ刀を見つけた孫が、洒落た脇差の方がよいと言い出す場面に改めたのであろう。(4) さらに、版本で前句に借金という内容が加われば、場はその整理のための財産調べと読むことができ、刀が「旅刀」と特定されることで、祖父が地方回りの商人であった可能性も浮上する。そして、言うまでもなく、この推敲は、打越から「旅」の語を消去することに連動するものでもあった。「旅刀」は道中差《どうちゅうざし》とも呼び、庶民が旅行中に護身用として帯用した刀(5)で、普通の刀より短く、多くは柄と鞘に袋を掛けてあった。なお、草稿の「仕かへて」は作り直しの意にとることも可能ながら、「替てほしがる」は単純に交換を望む意に解してよいであろう。

煤《すす》をしまへばはや餅《もち》の段

沾圃

初ウ4　　冬十二月（煤をしまへ＝煤掃き・餅の段＝餅搗き）

推敲「煤を掃《はら》へば衣桁《いかう》崩るゝ→煤をぬぐへば…」（草稿）→「煤をしまへばはや餅の段」（版本）

校異　作者名「見」（草稿）

〔句意〕煤払《すすはら》いを終えてしまえば、もう餅搗《もちつ》きの準備をする次第となる。

〔付合〕①前句の願いをもつ人物を旅がちな夫を待つ妻と見換え、②その夫も正月には帰るため、女の身で歳暮の切り盛りをしていると考え、③煤掃《すすは》きを終えたらもう餅搗きであるよと、歳末の思案を一句にした。

〔備考〕「煤をしまへば」とは、家の中の煤や塵埃を払い清める煤掃きをさし、十二月十三日やこれ以後の適当な日に行なった。「餅の段」は餅搗きをする件ということで、これも歳末の恒例行事。初案は、錆びた刀に崩れかかる衣桁を付け、経済状況の逼迫する家内の様子を描いていた。その具象性はよいとしても、三句が同一場面となり、変化に乏しい。版本では、前句の刀が「旅刀」となったことに応じ、夫には家に居てほしいと願う妻を想定して、その歳末の感慨を付けたものと見ると、付け運びの変化も十分になる。(6) なお、「しまへば」にはすっかり片付いた感じがよく出ており、「掃へば・ぬぐへば」と適切な措辞を探って、ようやくこの表現に治定したものと窺知される。

約束の小鳥一《ひと》さげ売《うり》にきて　　馬莧

初ウ5　雑

校異「売に来て」（草稿）／作者名「蕉」（草稿）

〔句意〕前から頼んでおいた小鳥を一つ提《さ》げて、小鳥売りがやって来た。

〔付合〕①前句を歳末の行事にも手抜かりがない比較的余裕のある家と見換え、②正月料理のしたくをする様子を思い描いて、③小鳥売りが約束の小鳥を携えて売りに来るとした。

〔備考〕「一さげ」は提げて持つ一個の荷物。前句が大きく改められても、この句には推敲の手が入っていない。頼み置いた小鳥の購入は、ある程度の裕福さを感じさせる前句の成案形にふさわしく、殺風景な初案形にはそぐわない。あるいは、「崩るゝ」をただ倒れた意に取りなして付けたものか。小鳥は観賞用に飼われることが多いものの、江戸時代の料理書には小鳥を使った品も散見され、前句との関連から、ここも食材としての小鳥と理解した。

十里ばかりの余所《よそ》へ出かゝり　　里圃

初ウ6　雑

推敲「十里ほどある旅の→十里ばかりの余所へ」（草稿）

〔句意〕家から十里ほど離れた遠方に出かかったところである。

〔付合〕①前句を待ちに待っていたことと見て、②そうした折には別の用と重なることも起こりがちであると考え、出がけに来訪を受ける場面を想定し、③十里ほどの遠出をしかかったところだとした。

〔備考〕世間にありがちな場面を取り上げ、人情の機微をよくとらえている。草稿における推敲は、「草庵」から「旅の宿」への変更（初ウ1）に伴い、一巻中の同字を避けた措置であると同時に、その用件がちょっとしたものであったことを印象づける効果も生んでいる。十里は通常一日の行程であるから、そもそもこの句で「旅」は不用意な詞であったことになる。

笹の葉に小路《こみち》埋《うまり》ておもしろき　沾圃

初ウ7　雑

推敲「す通りの藪の経を嬉しがり→笹のはにこみち埋りておもしろき」（草稿）

校異「笹のは」「こみち」（草稿・目録）・「埋りて」（草稿）

〔句意〕笹の葉に埋まった小道《こみち》のさまは興趣に満ちている。

〔付合〕①前句をなじみのない土地へ出かけるものととらえ、②道中で見かけるであろう景を案じ、③笹に埋もれた小道がかえっておもしろいと、そのことに興じる思いを一句とした。

〔備考〕初案の「経」は「径《こみち》」の誤りと見られるので、表す内容に決定的な違いはないものの、推敲によって具象性が増したことは明らか。また、人物の様子を客観的にとらえた「嬉しがり」から、自ら感想を述べる形の「おもしろき」に改められ、初めての道を楽しんでいる様子がいきいきと伝わってくる。なお、草稿に「埋りて」とあることから、「埋て」もウマリテと読むことにする。

あたまうつなと門《もん》の書《かき》つけ　　芭蕉

初ウ8　雑

校異「打《うつ》な」「書付《かきつけ》」（草稿・目録）

〔句意〕「頭を打つな」と門に書付《かきつけ》がある。

〔付合〕①前句を静かに住みなす人家へ至る小道と見込み、②この景にふさわしい簡素な草庵のさまを想像し、③その門は低くしつらえてあり、そこに「あたまうつな」の注意書きがあるとした。

〔備考〕二句を通して風情のある住居のさまが浮かび上がると同時に、その注意書きによって、飄逸なおかしみも感得される。草稿（目録もか）では「付」の右脇に「〇」の符号があり、版本は「書つき」の「き」を見せ消ちにして、「け」と傍記する。

いづくへか後は沙汰《さた》なき甥坊主《をひばうず》　里圃

初ウ9　雑

校異　作者名「見」（草稿）

（句意）どこかへ行ってしまい、後は何の音沙汰もない甥の坊主だ。

（付合）①前句を寺の門にある来訪者への注意書きと判断し、②そうした配慮を和尚にふさわしいと考えて、それが顕現する別の事象を案じ、③甥の坊主は逐電して沙汰が知れないと、心配の内容を一句にした。

（備考）「いづくへか」は下に「行きし」「去にし」などが省略された表現。「甥坊主」は甥であり坊主であることをいったもので、その前提としては、伯父（ないし叔父）である和尚の存在が想定されていよう。草稿では「坊主」の左脇に「一〇」の符号がある。

やつと聞《きき》出す京の道づれ　馬莧

初ウ10　雑

校異「聞だす」（草稿）／作者名「沾」（草稿）

〔句意〕ようやく見つけた者から、京まで一緒だった足どりを聞き出した。

〔付合〕①前句から甥のその後を案じる気分を感じ取り、②必死で情報提供者を求めている近親者がいると考え、③京まで道連れだった者をつきとめ、その様子をやっと聞き出すとした。

〔備考〕一句には、予想通り京に行ったことは確認できても、その後は杳《よう》として行方が知れない、といった含みも込められていよう。

有明《ありあけ》におくるゝ花のたてあひて　芭蕉

初ウ11　春三月（花）　花の句・月の句
推敲「花のさかりの→をくるゝ花の」（草稿）
校異「をくるゝ」（草稿）／作者名「里」（草稿）
〔句意〕有明月と張り合うように、開花の遅れた花が咲き誇っている。
〔付合〕①前句を京への道連れとなる人を探り出した意に取りなし、②出立時分の目に入る光景を探って、③遅咲きの花が有明月に照り映え、張り合うような美しさであるとした。
〔備考〕「有明」は月がまだ天に残りながら夜が明けていくことであり、ここはその月をさす。「おくるゝ花」は遅咲きの花。「たてあひて」は張り合うこと。「花のさかり」を「を（お）くるゝ花」と直したことで、遅れ気味の桜が一気に咲き出した景となり、出立の気分にかなうほか、前句の「やつと…」

とも見合うことになる。出所《でどころ》の月がなかなか出ず、ここで花と詠み合わせられたことが、かえってよい効果を上げている。

見《み》事《ごと》にそろふ籾《もみ》のはへ口《ぐち》　沾圃

初ウ12　春三月（籾のはへ口）

校異「みごとに」（草稿・目録）／作者名「見」（草稿）

〈句意〉苗代に蒔いた籾の芽がみごとに出揃った。

〈付合〉①前句を遠景であると見て、②これに対する近景に苗代を想定し、③視点を籾に絞って、一斉に芽を揃えた生え口であるとした。

〈備考〉『誹諧初学抄』は「もみ種ひたす」「もみまく」を春二月とする。「はへ口」は「生え口」で芽が出たところ。やがて本田へ移し植える直前の気分がこの句の眼目であり、三月のことと見られる。前句の「たてあひて」に「そろふ」と応じ、晩春の活気あふれる風情を通わせている。

春《はる》無《む》尽《じん》まづ落《おち》札《ふだ》が作《さく》太《だい》夫《ふ》　馬莧

名オ1　三春（春無尽）

校異「先《まづ》」（草稿）／作者名「蕉」（草稿）

（句意）この春の無尽講で、あの作り上手の作太夫が掛金を得た。

（付合）①前句を苗の出来に対する作り手の喜びと見て、②そうした人に幸運が重なることを想像し、③作太夫が無尽講で落札したとした。

（備考）前句から続く農村のできごとで、「作太夫」は、作物が上手なことを表す架空の名称であろう。「無尽」は無尽講・頼母子講《たのもしこう》のことで、会員からの掛金を蓄積し、抽選か入札(7)で当たった順に所定の金額を融通する組織。「落札」はその抽選や入札に当たること。「たのもし」は田物代《たものしろ》の約語とも、田実《たのむ》に発する語ともいう。稲作と無尽の間にはもともと連想関係があったわけであり、籾の生え口と同様に、その掛金もまた「そろふ」ものであった。

伊勢の下《げ》向《かう》にべつたりと逢《あふ》　里圃

名オ2　雑

推敲「伊勢のみちにて」（草稿）→「伊勢の下向に」（目録）

〔句意〕伊勢参宮からの帰途でばったりと出会った。

〔付合〕①前句の落札をしたという点に着目し、②その金で行ないそうなこととして伊勢神宮への参詣を想定し、③伊勢からの帰路でばったり出会ったと、その人と遭遇した知人の視線で一句をまとめた。

〔備考〕伊勢参詣の旅は、信仰以上に行楽の意味をもつことが多く、「落札」から「伊勢」が導かれた理由もそこにある。無尽講から伊勢講を連想した上で、講ではない個人による旅へ想を翻し、落札の幸運に対応させたのであろう。「べつたりと」は、出会いなどの事態が予想外であったことを表す俗語。初案は、自分が伊勢に向かう途中で作太夫に会ったという内容で、作太夫は帰途にあると見るのが妥当。前句で無尽に当たった人物が、付句でいきなり伊勢から下向するのも不自然と考え、両者の関係を逆にすべく、「みちにて」を「下向に」へ改めたのであろう。それにしても、主語・目的語が曖昧で、初ウ10などと同様、表現不足であることは否めない。

長持《ながもち》に小挙《こあげ》の仲間そは〳〵と　沾圃

名オ3　雑

推敲「長持にあげに江戸へ此《この》仲間→長持ちの小揚《こあげ》の仲間そはつきて→……そは〳〵と」（草稿）→「長持に……」（目録）

校異「小揚」（草稿・目録）
〔句意〕長持の扱いを気にして小挙人足たちがそわそわしている。
〔付合〕①前句を見知らぬ人の道中を目にしたと見換え、②それは貴紳の行列であると連想を進め、③長持の扱いに人足が緊張しているとした。
〔備考〕「長持」は衣類・調度などを収納する蓋《ふた》の付いた長方形の箱。「小挙」は荷物を運搬する人足で、運ぶこともいう。「そは〱」は気がかりなことがあって落ち着かないさまを表す副詞で、「そはつく」はその動詞形。草稿の初案には誤記が見込まれ、正しい形は「長持のこあげに江戸へ此仲間」であろう。この段階では、「伊勢の下向」を江戸までの旅程と定め、その行列に属する小挙人足を取り上げた、説明調の一句といってよい。それが、「そはつきて」ないし「そは〱と」の添加により、荷主の高い身分ゆえ、長持に何かあってはと緊張する様子が浮かび上がることになる。たくみな推敲であり、その点に気づけば、勅使などの一行と出会い、これに恐れてそわつき出すといった解(8)は不要となる。

くはらりと空の晴《はる》る青雲《あをぐも》　　芭蕉

名オ4　雑
推敲「雲焼《やけ》はれて青空になる→くわらりと雲の青空になる」（草稿）→「くはらりと雲のはるゝ青空」（目録）→「くはらりと空の晴る青雲」（版本）

校異「くわらり」（草稿）・「はるゝ」（目録）
〔句意〕すっかり晴れ上がって青空が広がっている。
〔付合〕①前句を荷物運搬の準備段階と見定め、②出立のさまを想定した上で、その時の空模様へ目を転じ、③よく晴れ渡った青空であるとした。
〔備考〕初案の「雲焼」は、雲に日光が差して赤く輝くさま。「くはらり（くわらり）と」は、『邦訳日葡辞書』（岩波書店）に「戸をすっかり完全に開くさま、または、何か物をすっかり延べ拡げるさま」とあるように、大きく開け広げられた様子を形容する語で、ここは空が晴れたさまを表している。「青雲」は、青みがかった雲をさすと同時に、青空の意でも用いられる語で、ここは後者と見るのが妥当。すなわち、「雲のはるゝ青空」も「空の晴る青雲」も、描く景に変わりはなく、推測を示せば、雲が晴れて青空になるという説明的な表現を改め、空が晴れているという状態だけを強調的に提示したものと見られる。それというのも、初案ではその変化の過程が「…になる」と明示されていたからで、帰納的に考えると、ここでの推敲は、晴天のイメージをいかに示すかを考えて進められたことになる。

禅寺《ぜんでら》に一日《いちにち》あそぶ砂の上　　里圃

名オ5　雑
校異　作者名「見」（草稿）

〔句意〕禅寺の庭の白砂を前に心静かに一日を過ごした。

〔付合〕①前句の晴天からのどかな一日を想定し、②そうした日を心静かに過ごすための場を案じて、③禅寺の白砂の庭前に一日を遊ぶとした。

〔備考〕「門前の小家もあそぶ冬至哉　凡兆」（『猿蓑』）の例もあるように、「あそぶ」は仕事をせずのんびり過ごすこと（風流韻事が想定されてもよい）で、冬至の折など、禅寺では信徒が集まり、門前の店は休むこともあった。『新大系』のように、前句の景から禅の大悟が導かれたと解すべきではない。

槻《けやき》の角《かく》のはてぬ貫《ぬき》穴《あな》　馬莧

名オ6　雑
推敲「堅き貫穴→果《はて》ぬ貫穴」（草稿）
校異「果ぬ」（草稿）／作者名「沾」（草稿）
〔句意〕欅《けやき》の角材に貫穴をあける作業がなかなか終わらない。
〔付合〕①前句の禅寺で遊んでいる点に着目し、②その人が目にするであろう光景を案じ、寺では普請の工事が行なわれていると想定して、③その一工程として、堅い欅の角材であるために穴がなかなか通らないとした。
〔備考〕「槻」は欅《けやき》の古名で、『書言字考節用集』等にケヤキの読み。「角」はここは角材。「貫」は建築物の柱と柱を横に貫いて構造を固める材で、これを通すために柱となる角材にあけた穴が「貫穴」。寺院の修繕・改築等でよく目にするもので、うまい目の付け所といえる。材質の堅さを明示した初案「堅き」を「はてぬ」に改めたことで、作業の遅々とした様子が眼前に浮かび上がり、のんびりした前句の気分に応じるものとなっている。

浜出《はまだ》しの牛に俵《たはら》をはこぶ也　　芭蕉

名オ7　雑

推敲「俵を牛に」(草稿)→「牛に俵を」(目録)

校異　作者名「里」(草稿)

〈句意〉浜辺から積み出す俵を牛で運んでいる。

〈付合〉①前句を材木集積場などでのことと見て、②水辺でよく見られる光景として、船荷を運ぶ牛を想定し、③浜出しの牛に俵を運ぶとした。

〈備考〉「浜出し」は通常、船に積む荷を海岸へ運び集めることや、浜から船で荷を送り出すことをいう。「牛に」の「に」は、運ぶという動作の手段とも対象ともとれ、初案を素直に読めば、浜出しする俵を牛まで運ぶ景と見られよう。成案は、「牛を使って俵を負わせては運ぶ」(『新大系』)と解するのが一般的で、これに従った。

なれぬ姫《よめ》にはかくす内《ない》証《しょう》

沾圃

名オ8　　雑　　恋（姫）

推敲「名じまぬ嫁に↓よめには物を」（草稿）↓「なれぬ妻には」（目録）↓「なれぬ姫には」（版本）

校異　作者名「見」（草稿）

〈句意〉まだこの家に慣れない嫁には家計の事情を隠しておく。

〈付合〉①前句の俵を浜から船で出すものと見定め、②大切な備蓄米すら売りに出さねばならないほど内情の苦しい家を想定し、③そうしたことを来たばかりの嫁には内緒にするとした。

〈備考〉「内証」は内々の都合。それを隠す理由という点から推敲過程を追うと、初案では、家風に沿わない嫁への批判といった感じが強く、その要因である「名じまぬ」を消した再案では、なぜ隠すのかが不明な上、「物をかくす内証」にくどさがあった。第三案でようやく「なれぬ」を探り当てたものの、「妻」としたため、視点が夫一人からのものと限定され、頼りない新妻と分別顔の夫といった構図にもなってしまう。そこで、再び「姫（嫁）」を復活させ、来て間もない嫁を一家で気づかうさまに治定させたのであろう。一見、二句間に関連はないかのようではあるが、生活面の困窮という問題を間に置くと、そのつながりも見えてくる。

月《つき》待《まち》に傍《はう》輩《ばい》衆《しゆう》のうちそろひ　馬莧

名オ9　秋八月ないし三秋（月）　月の句

校異「打《うち》そろひ」（草稿・目録）／作者名「蕉」（草稿）

〔句意〕月待ちの講に仲間の者たちが勢揃いした。

〔付合〕①前句を妻に秘めごとがある夫に取りなし、②そうした話を遠慮なく打ち明けられる遊興の場を案じて、③月待ちの宴には仲間が顔を揃えているとした。

〔備考〕「月待」は特定の日に月の出を待って飲食を共にすること。「傍輩」は朋輩のことで同僚や仲間の意。親しい者が集まり、日ごろの本心を吐露しては酒興を盛り上げている場面であり、妻に内緒の話も次々に飛び出してくるのである。

籬《まがき》の菊の名乗《なのり》さまぐ　里圃

名オ10　秋九月（菊）

推敲「畠の菊の→まがきの菊の」（草稿）

校異「まがきの」（草稿）

〔句意〕籬に咲く菊の名称はさまざまである。

〔付合〕①前句を風流人の集まりと見換え、②隠者にふさわしい家居の様子を想像し、さぞや菊が籬に植えてあるはずだと考え、③籬に咲く菊の名乗りもさまざまであるとした。

〔備考〕「籬の菊」は、陶淵明「飲酒」の「菊ヲ采ル東籬ノ下、悠然トシテ南山ヲ見ル」を踏まえたもので、『類船集』に「籬→菊」「菊→陶淵明」。「名乗」は「菊を擬人化した」（『連句抄』）表現であろう。(9) 諸注の指摘する通り、「名乗さま〲」は「うちそろひ」に応じた措辞であり、初案で描かれたのは、菊畑越しに月を待って飲食するさまであった。それが、「籬」の一語で、にわかに隠逸然とした人々の集いに変容し、「月待」も、静かに月を待つ意に読み直されたことになる。

むれて来て栗も榎《えのき》もむくの声　　沾圃

名オ11　　秋八月（むく）
推敲「うそ火たき中にもさとき四十から→むれて来て栗も榎もむくの声」（草稿）
校異「むれてきて」（目録）
〔句意〕どこからか椋鳥《むくどり》が群れて来て、栗や榎で声を上げている。
〔付合〕①前句の菊もさまざまであるという点に着目し、②花鳥の対で鳥の鳴き声を想定しつつ、市中一円に視界を拡げ、③騒々しく鳴きたてる椋鳥が栗や榎などに群れているとした。

〔備考〕初案は、前句の「名乗さま〴〵」を受け、それぞれに鳴き集う鳥の名（鷽《うそ》・鶲《ひたき》・四十雀《しじふから》）を挙げての句作であった。『増山井』は小鳥の名をいずれも俳言《はいごん》（和歌・連歌では用いずに俳諧で用いる俗語・漢語などの詞）としており、この点をねらったものでもあろう。菊のさまざまに対する鳥のさまざまであり、改案は、これを鳥がいる場のさまざまに移したことになる。鳥の中でも声の大きな椋を選び、あちこちに集う習性をいかして、道沿いの榎にも屋敷内の栗にもいるとしたわけである。

伴僧《ばんそう》はしる駕《のりもの》のわき　　芭蕉

名オ12　雑

推敲「小僧を供に衣《ころも》かひとる→番僧《ばんそう》走るのりもの〻供」（草稿）→「…駕の脇」（目録）

校異「のりもの」（草稿）・「番僧」（草稿・目録）・「脇」（目録）

〔句意〕駕籠の傍らに伴僧が走り寄る。

〔付合〕①前句の木々に椋鳥が群れているという点に着目し、②その光景にふさわしい場として寺の境内を想定して、高僧の出入りする場面を思い描き、③到着した駕籠の脇へ伴僧が駆け寄るとした。

〔備考〕「伴僧」は導師などの主たる僧に随伴する下級の僧で、「番僧」とも書いた。初案は、小僧を連れた僧侶が衣の裾を持つ様子であり、急いで歩いているとも、乗物へ乗降する場合とも、どちらにも解される。後者であることを明示すべく、再案では「のりもの」を出したものの、それでは駕籠に伴走するさまとなるため、(10)「供」を「脇」に直したのであろう。なお、草稿で「かひとる」の「る」の右には「△○」の符号がある。

削《ソグ》やうに長刀坂《なぎなたざか》の冬の風　　里圃

名ウ1　　三冬（冬の風）

校異「そぐやうに」（草稿・目録）／作者名「見」（草稿）

〔句意〕急峻な坂から身を削《そ》ぐような冬の寒風が吹きおろしてくる。

〔付合〕①前句を急務のために伴僧ともども駕籠が走っていると見換え、②その行く手をはばむような難所の急坂を想定して、③これに「長刀坂」の名を与え、そこには身を削ぎ落とすような冬の風が吹いているとした。

〔備考〕「長刀坂」を固有の地名とする見方があり、京の「大覚寺付近、一説に黒谷付近」（『新大系』）に絞り込む注解もある。が、それでは「甥坊主―京の道づれ」（初ウ9・10）との類似が問題となりかねないので、ここではとくに限定しないでおく。草稿では「風」の字を「八」まで書いて止め、下に「○」の符号を記している。

まぶたに星のこぼれかゝれる　　馬莧

名ウ2　雑

校異「まぶたにほしの」（目録）／作者名「沾」（草稿）

〔句意〕仰ぎ見る瞼に、星はこぼれかかるようである。

〔付合〕①前句の中に風を受ける人物の存在を感得し、②その人が見るであろう空のさまを思いやり、③星が目に向かってこぼれるようだとした。

〔備考〕前句の景に天象を添え、満天の星とこれを仰ぎ見る人とを描き、前句のもつ厳しくも凛とした気分に応じている。

引《ひき》立《たて》てむりに舞《まは》するたをやかさ　　芭蕉

名ウ3　雑　恋（たをやかさ）

校異／作者名「里」（草稿）

〔句意〕無理に連れてきて舞《まい》を舞わせた姿の、何ともしなやかなことだ。

〔付合〕①前句を瞼に涙をためたさまに見換え、②想い人から離されて引き立てられて来た女性を想定し、③これに舞を強いたところ、実にたおやかな様子であったとした。

〔備考〕「たをやかさ」は姿や動きがほっそりとしなやかであること。前句の「まぶたに星」に涙の含意を読み取っての付けと見られ、星空の美しさが舞のたおやかさに移されている。『評註』が「かの清盛の祇王にうたわせ、頼朝の静《しづか》に舞《まは》せたる俤《おもかげ》なり」と指摘して以来、静御前《しずか》の俤付《おもかげづけ》（故事・古典などを匂わせた付け方）とする見方が多い。が、名残ノ裏三句目に具体的な典拠を求めると、趣向の勝る重くれた付合になってしまう。

そつと火入《ひいれ》におとす薫《たきもの》　沾圃

名ウ4　雑　恋（薫）

校異「落す」（草稿）／作者名「見（「沾」の上に重ね書き）」（草稿）

〔句意〕火入れの中に練香をそっと落とし入れる。

〔付合〕①前句から舞手に対する恋情を感じ取り、②その人が相手の関心を引くためにやりそうなことを探って、③香を火入れにそっと落とすとした。

〔備考〕「火入」は煙草に火をつける炭火を入れた小器で、「薫」は種々の香を合わせた練香。舞を舞った本人が香を焚くとすると、三句が同一人物を表すことになりかねないため、舞を所望した人の動作と解する。

花ははや残らぬ春のたゞくれて　　馬莧

名ウ5　　春三月（花・春の…くれて＝暮春）　花の句

推敲「残らず春の→残らぬ春の」（草稿）

校異「只暮《ただくれ》て」（草稿）・「たゞ暮て」（目録）／作者名「蕉」（草稿）

〔句意〕花は早くも残らず散り、春はもう過ぎようとしている。

〔付合〕①前句を閑人の幽居と見込み、②これに静かな戸外の景を添えようと考え、③花ももはや残らず、春が暮れていくとした。

〔備考〕前句の幽遠な気分を受け、いつの間にか春も過ぎ行く様子を付けている。

瀬がしらのぼるかげろふの水　　里圃

挙句　　春二月（かげろふ）

推敲「河瀬《かはせ》の水をのぼるかげろふ→瀬の上のぼる水のかげろふ」（草稿）→「瀬がしらのぼるかげろふの水」（目録）

〔句意〕瀬頭《せがしら》の水の上に陽炎が立ち上っている。

〔付合〕①前句に晩春の駘蕩たる気配を感得し、②その近くにありそうな景物を探り、③川の瀬頭には陽炎が上っているとした。
〔備考〕「瀬がしら」は川の流れが急になるあたり。陽炎が河瀬の上に立つことを表す「のぼる」は、推敲により、川の水が遡行するように見えることまで含意するようになった。

〈解説稿〉

如上の分析に基づき、以下、小林は作者名の変更と、草稿に見られる符号の意味について、佐藤は三段階の過程で推敲が目指した方向性について、それぞれ論じることにしたい。

〔作者名の変更〕
最初に目録・版本における運座を確認しておくと、◇「芭蕉―沾圃―馬莧―里圃」の基本形と、長句・短句を入れ替えた◆「沾圃―芭蕉―里圃―馬莧」とが、◇・◆・◇・◆・◇・◆・◇・◆・◇と交互にくり返されたものになっている。四吟歌仙の円滑で円満な成就には、各連衆の長句・短句のバランスに関する宗匠の配慮が欠かせず、右の型がその最も一般的かつ簡単な出句の仕組みであることは言うまでもない。ただし、この歌仙の場合、右の仕組みは当日の実際の出句そのままではなかったのである。
一方の草稿は、懐紙の書きようではないものの、おそらく当座の出句の模様（句形・作者名）をそのまま反映していると見てよいだろう（作者名にある墨の書き入れは改訂ではない）。事前の了解事項は、長句・短句のバランスのために、□「芭蕉―馬莧―沾圃―里圃」の基本形と、長句・短句を入れ替えた■「馬莧―芭蕉―里圃―沾圃」とを交互にくり返すことにあったと見られ、運座の実際は、□・沾圃・□・■・□・■・□・■・□・■（里圃まで）となっている。一目瞭然、初オ5の沾圃だけが異例である。

　晩年の芭蕉は、自身の付句の実例をもって、「かるみ」の付け方や仕立て方を門弟に示していた形跡があり、こうした指導の視点は、当該歌仙においても存在したはずである。ここでは、沾圃の前句に宗匠芭蕉が付句をして導くという意図が想定され、実際、初オ5・初オ6をはじめとする四回のそれが実現している。単純に□と■をくり返す形でも、初ウ3・初ウ4をはじめとする四回の実現は可能でありながら、初オ5に異例の措置をとったのは、初表での付合指導を優先させたためであろう。こうした沾圃への配慮から、初オ5の前後は□の基本形で二巡し、その後は基本形と入替形を交互にくり返す一般型に従って、座を進めたわけである。

　さらに、この沾圃への格別の配慮は、推敲の過程で脇を務めさせるという形をとり、結果、最も単純な四吟歌仙の仕組みに直されたのであった。

〈符号の意味〉

　目録・版本における作者名の改変がそうであるように、草稿段階での大胆な句の推敲も、連衆が揃っての相談によるものではなかろう。もし衆議によるならば、符号という謎めいたものが、わざわざ草稿の中で用いられることはないはずだからである。この符号について、未だに明快な解答は見いだせない状況ながら、ここに試案を提起することにしたい。

草稿の全体を眺めると、本文の清書に際して、行間がゆったりとられていることに気づく。これから始まる書き入れを前提としての措置に違いない。ところが、名ウ1以降の行間はよほど狭く、大きな改訂を事前に放棄するかのようでもある。名ウ1の「冬の風」の下に「○○」印があるのは、そのための心覚えの処置であろうか。「風」の字を書き差して止めたこととの直接的な因果関係は不明ながら、以下に述べるように、前句の「△○」印と連動したものと解すべきかもしれない。

本文中で注目したいのは、名オ3・4の書き入れの様子である。沾圃句（名オ3）の左右両側に書き入れを施したため、芭蕉句（名オ4）の添削は、紛らわしくないよう左側に記している。このように、句の推敲は、全体を見渡しながら順を追って進められたのであろう（一箇所ある貼紙による訂正も、そのような中でのことと考えてよい）。

思えば、この歌仙で最も多くの添削を受けたのは、やはり沾圃であった。そうした大きな改変によって生じる一巻中の不具合は、これも同時に解消しなければならない課題に違いない。管見の限り、芭蕉一座の連句では、句の趣向や付け筋とは別に、同字の重複には厳しい注意が払われており、進行の停滞につながりかねない語句や趣向の類似も同断であった。

その点で、最も注意が払われたのは、初ウ9・10の「甥坊主―京の道」と、名オ12・名ウ1の「小僧／番僧―長刀坂」（京の地が連想される可能性をもつ）の類似であろう。「長刀坂」が地名と誤解を受けないためには、「長刀坂の…風」と続く措辞は避けたいところで、これが「風」と書きさして止めた理由と考えられる。「○○」はこのままでひとまず落着させる印で、前句の「△○」は、「小僧」と「番僧」

の吟味・検討のために、とりあえずこれを付して保留としたのであろう。もちろん、「小僧」が「△」、「番僧」が「○」で、その順番にも意味があったのである（すなわち、「小僧」は不採用とする予定だったのであろう）。初ウ9の「一○」も、「△○」「○○」と連動して、検討すべき保留事項の印であったといえる。

では、初ウ8の「○」もこれらと一連の印かといえば、そうではない。目録でも傍記が確認されるもので、草稿でなお決着のつかなかった問題の所在を示していよう。これは、版本で「書つき」の「き」を見せ消ちで「け」と落着させる箇所で、推断すれば、読み方や表記の問題が解消されないまま、その問題をいずれ決着させるために記した符号と考えられる。この場合、保留の理由は、月の出所に「つき」の文字だけでも入れようとする案を、なかなか捨てがたかったということでもあろうか。

〈推敲の方向性〉

以前、『すみだはら』の「むめがゝに」歌仙と『別座鋪』の「紫陽草や」歌仙を分析したところ、後者には前者と相違するところのあることが明らかになった。[11] それは主として次の三点に集約できる。その一は、②から③への距離が近い付合（つまり、前句から想起した内容をそのまま句にしたもの）も見られること。その二は、②での想定に必然性が欠如している場合があること。その三は、一巻中に転じの悪さや類似した素材・表現のくり返しが指摘できること。ここではとくにその一を問題にすると、「八九間」歌仙の場合、推敲によってその修正が図られている箇所の複数あることを確認できる。

脇・第三の初案（「春の烏の田をわたる声／立年の初荷に馬を拵て」）を例にとると、春の烏から初荷の馬を思い寄せる発想は非凡ながら、そこからさらに想像を深めて句姿を探るのではなく、初荷だから馬を飾るという、言わずもがなの叙述に終わっている。それが成案（「春のからすの畠ほる声／初荷とる馬子もこのみの羽織きて」）になると、初荷の馬から馬子の様子へと詮索を進め、その日の身なりを具体的に描いて、新年の改まった気分を形象化することにも成功している。まさに③での不備を補う改正にほかならず、これに類した推敲箇所は少なくない。

次に、版本で大改訂された初ウ1の場合を見てみよう。前述の通り、私見によると、初案「手を摺て猿の五器かる草庵（旅の宿）」で前句の秋寒に猿（および猿引）を付ける発想は、『猿蓑』「市中は」歌仙から借りたもので、その「猿と世を経る」姿を「猿の五器かる」と具体化しているにしても、二番煎じの着想であることは否めない。それが、「渋柿もことしは風に吹れたり」では、枯れる狗背に落ちる渋柿だけを寄せ、そぞろ寒さを強く実感させるとともに、今年の異変に思い沈む人物までを浮かび上がらせている。すなわち、句姿が定まる過程ではさまざまな思考や操作を繰り広げながら、最終形には単純な事象のみを示し、二句間に豊かな内容を盛る行き方であり、「むめがゝに」歌仙で多見された一物暗示的表現[12]にほかならない。ここでは、それが芭蕉の推敲によって果たされていることに、注目しておきたい。

草稿における改変でも、初オ6で「薄の穂からまづ寒うなる」を「ぜんまひかれて肌寒うなる」に直したのは、やや理屈がかった自然把握よりも、具象的な事物の提示をよしとしたからに相違なく、これもまた「むめがゝに」歌仙の基調をなすものであった。初ウ7における「す通りの藪の経を嬉しがり」から「笹の葉に小路埋ておもしろき」への改訂でも、推敲の意図が具体性（「笹の葉に…埋て」）の付与にあることは明白。一方、「…を嬉しがり」と「…ておもしろき」の異同では、客観的記述からその人自身が思いを示す形へ改められており、ともども〝実感〟（いわゆる文芸的リアリティー）を重視しての措置と見られる。名オ3が「長持にあげに江戸へ此仲間」から「長持の小挙の仲間そは〳〵と」へ直されていくのも同様で、江戸へ運ぶということがらを叙べることから、その時の人足たちがどのような様子であったかを示すことに、主眼は大きく変えられているのであった。

このように、三段階分析による推敲過程の検討からは、③に関する芭蕉の洞察と吟味を通じて、句と付合は格段に興味深いものになっていくことが確認できる。そこでは、読者がたしかな実感をもって味わえる表現世界がめざされていたのであり、初案にはその点の不足があったということになる。翻って考えるに、「むめがゝに」歌仙にしても、同様の推敲がなかったと考える方が不自然であろう。一方、芭蕉の出立を前に餞別の意を込めて興行された「紫陽草や」歌仙では、そのための時間的余裕はなく、芭蕉の手はほとんど入らずに終わった可能性が大きい。先に挙げた両歌仙の違いは、そのように考えてはじめて納得されることになる。

それにしても、①における前句のたしかな見極めと、②において新たな局面を切り拓く斬新な発想がなければ、芭蕉がいかに③の手直しを図ろうとしても、うまくいくはずがない。実際、右の名オ3にしても、前句から小挙人足を導き出す連想力は尋常でなく、芭蕉の推敲もこれをいかして行なわれている。『猿蓑』に倣ったとおぼしき初ウ1の場合、その安易さに問題があり、句はまったく別物に替えられたのではあっても、「茴香の実を吹落す夕嵐」以下の一連を視野に入れること自体は否定されず、むしろその「吹落す」を活用する方向で推敲はなされている。

全体を通して見ても、①・②における各作者の見極めや発想には瞠目すべきものがあり、芭蕉の方法は門弟たちに共有されつつあったといってよい。「むめがゝに」歌仙はもちろん、「紫陽草や」歌仙にも該当することであり、本稿の検証結果をこれに加えて考えれば、門弟たちの力不足は③において露呈することが多く、これを補う芭蕉の関与が作品の成否を大きく左右していたとの仮説が浮上する。その検証のためには、芭蕉が一座しない連句を同じ方法で読む必要があり、芭蕉歿後の作品や蕉門外の作品に広く目を通す必要がある。まずは、この四人の連衆から芭蕉が抜けた恰好の、「雀の字や」歌仙を次の分析対象とする次第である。

注

（1）尾形仂『芭蕉・蕪村』（花神社　昭和53年刊）に言及がある。

（2）草稿から版本への推敲に関しては、富山奏「「八九間雨柳」の歌仙の連衆—その草稿と板本との相違の意味—」（『異端の俳諧師芭蕉の藝境』〈和泉書院　平成3年刊〉所収）に詳しい分析がある。

（3）『大系』に「その日の祝い振舞を思い寄せた付《つけ》である」とあるのは、戻った後の問屋における振舞を想定したものであろう。一方、『連句抄』は「初荷の着いた先の商家で馬子にもてなしをするところ」と解している。さらに、伊藤『全解』の「初荷は二日の朝、夜の明けぬころ運び出すので、ここはその前夜の問屋のさまと思はれる」という見方もあり、その場合は、前句よりも前のことを詠んだ逆付《ぎやくづけ》となる。それも一つの付け方ではあるものの、当該の付合をあえて逆付と見るべき必然性は感じられず、『連句抄』が指摘する通り、「不自然の感を禁じ得ない」ということになろう。

（4）『新大系』は、天和三年の幕府の御触で、旅行や火事に認められた刀の使用が全面的に禁止されたことを指摘し、「使うに使えない旅行用の刀などは、どなたか脇差に交換してもらえまいか」との解を示す。芭蕉たちが社会的動向をどこまで連句に反映させているかについては、今後の課題である。

（5）これを脇差と呼ぶこともあり、「此筋は銀も見しらず不自由さよ　芭蕉／たゞとひやうしに長き脇指　去来」（『猿蓑』「市中は」歌仙）などは、道中差を脇差と称した用例の一つといえるであろう。ただし、当該句の場合、「脇指」と「旅刀」は明確に使い分けられており、ここでは旅刀よりも短い小刀を思い浮かべるべきかと考えられる。

（6）「正月の年始回りを思えば、脇差の心配もしなければならない」（『新大系』）など、前句の「脇指」を年始に回るためのものに見換えたとする注解が多い。

（7）受取人を決める際、希望する金額を書かせ、最も低い額の札を入れた者をそれとすること。

（8）たとえば、『婆心録』に「伊セの下向ノ例幣使に大名ノべつたり逢《あふ》と云《いふ》句と見立《みたて》、其《その》場の様を付《つけ》たり」とある。

（9）「名乗」に関しては、「自分の故郷ではあれをこう呼ぶと、互いに多様な名を披露する」（『新大系』）と解する説もある。また、これを遊女の名とする見方もあり、『大系』には「籬《はりみせ》は張店の格子で、…名乗とは源氏名（遊女の呼び名）のことである」とある。

（10）成案に対しても、「脇の僧が足早に進むのは、一行全体が急ぎ行くのでもある」（『新大系』）と、駕籠に合わせて供の僧が走ると解する見方がある。

（11）佐藤「『すみだはら』「むめがゝに」歌仙分析」（『和洋女子大学紀要』50〈平成22・3〉所収）と同「『別座鋪』「紫陽草や」歌仙分析」（同51〈平成23・3〉所収）を参照。

（12）「終宵《よもすがら》尼の持病を押《おさ》へける　野坡／こんにやくばかりのこる名月　芭蕉」（「むめがゝに」歌仙）を例にして説明すれば、尼が持病を起こす場として寺での宴席を想定しつつ、句姿には卓上に残るこんにゃくだけを取り上げて、他の一切は読者の想像に任せる、といった具合である。

「雀の字や」歌仙

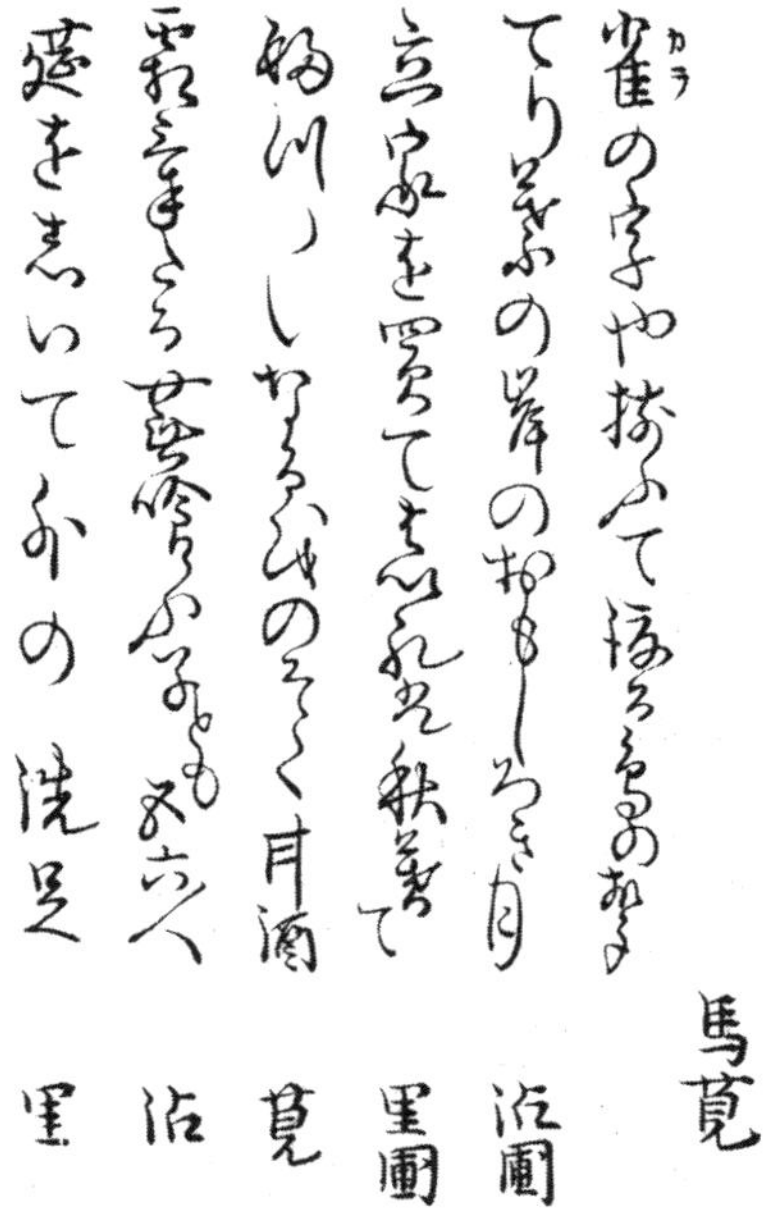

雀《カラ》の字や揃ふて渡る鳥の声　馬莧
てり葉の岸のおもしろき月　沾圃
立家を買てはいれは秋暮て　里圃
ふつ〱なるをのそく甘酒　莧
霜気たる蕪喰ふ子とも五六人　沾
莚をしいて外の洗足　里

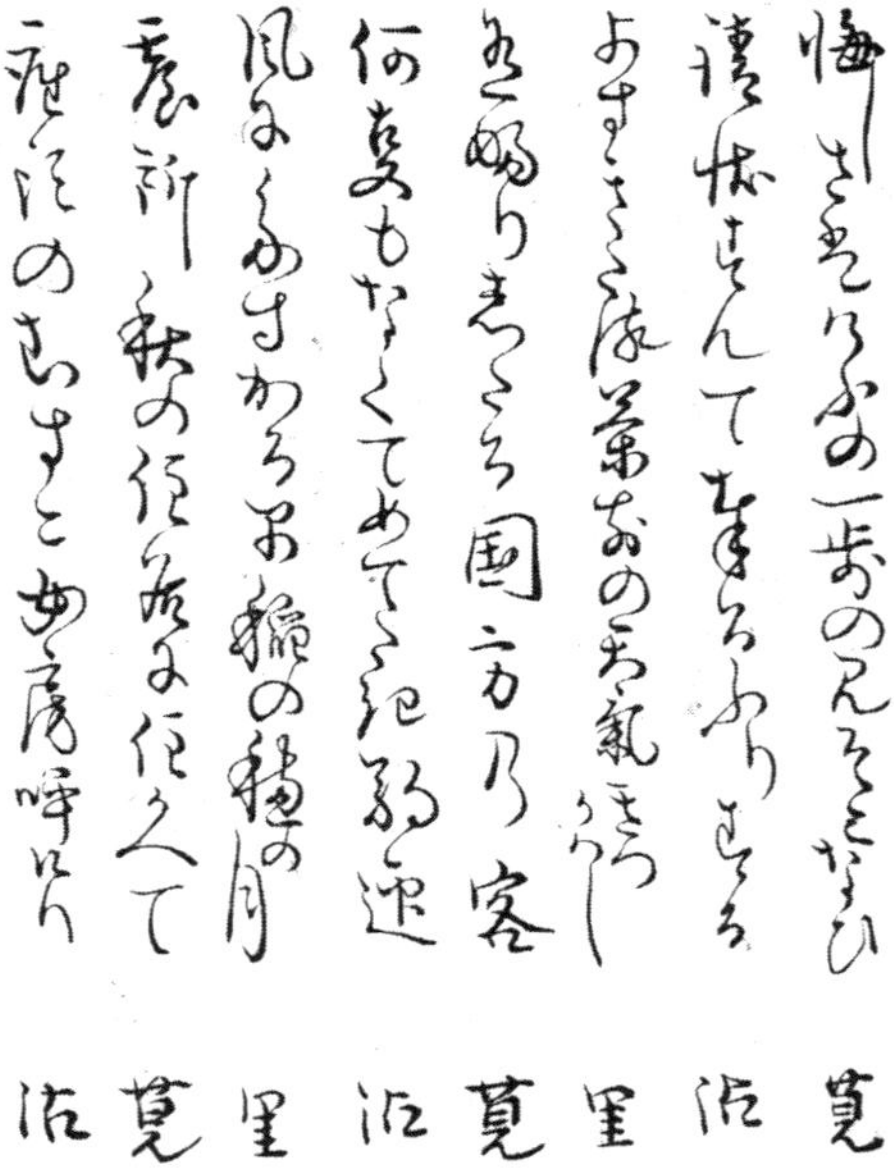

悔しさはけふの一歩の見そこなひ　莧

請状すんて奉公ふりする　沾

よすきたる茶前の天気きつかはし　里

有ふりしたる国方の客　莧

何事もなくてめてたき駒迎　沾

風にたすかる早稲の穂の月　里

台所秋の住居に住かへて　莧

座頭のむすこ女房呼けり　沾

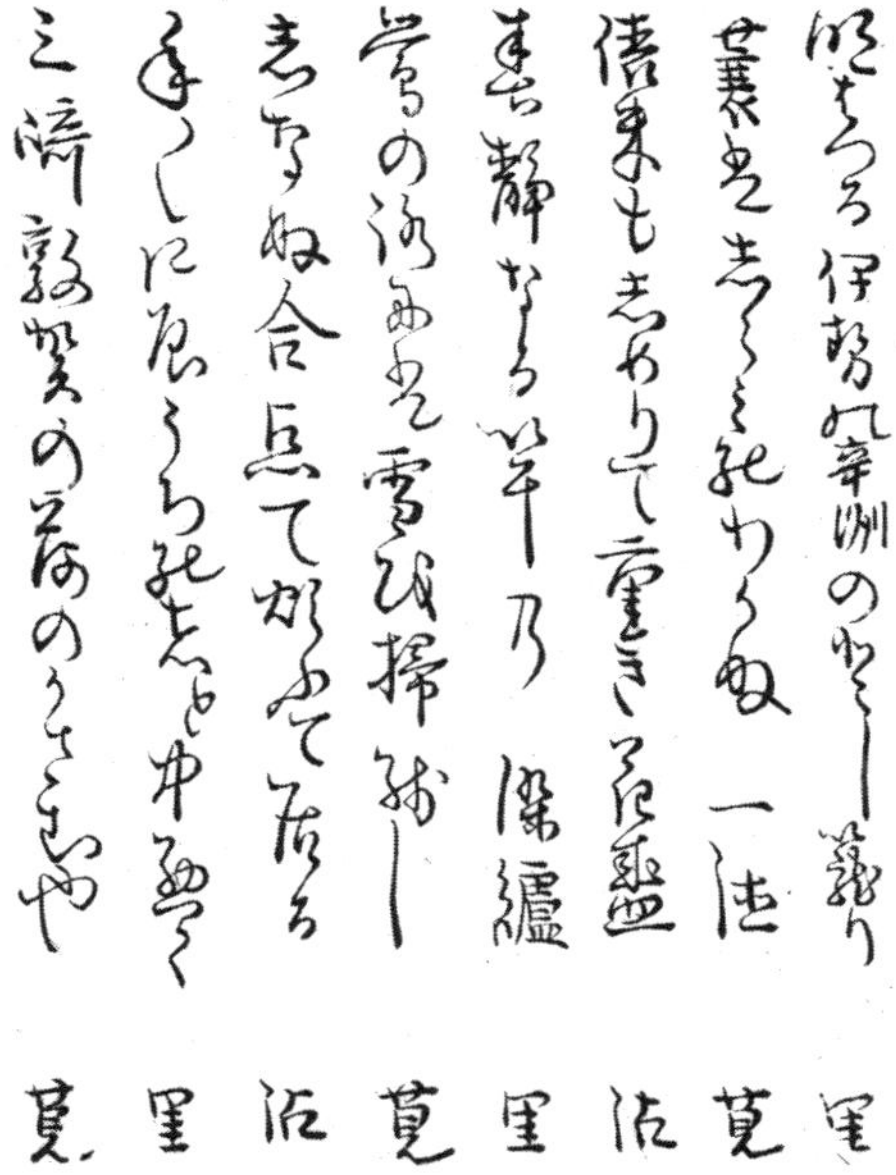

明はつる伊勢の辛洲のとし籠り　里

蓑はしらみのわかぬ一徳　芫

俵米もしめりて重き花盛　沾

春静なる竿の染纑　里

鶯の路には雪を掃残し　芫

しなぬ合点て煩ふて居る　沾

年〳〵に屋うちの者と中悪く　里

三崎敦賀の荷のかさむ也　芫

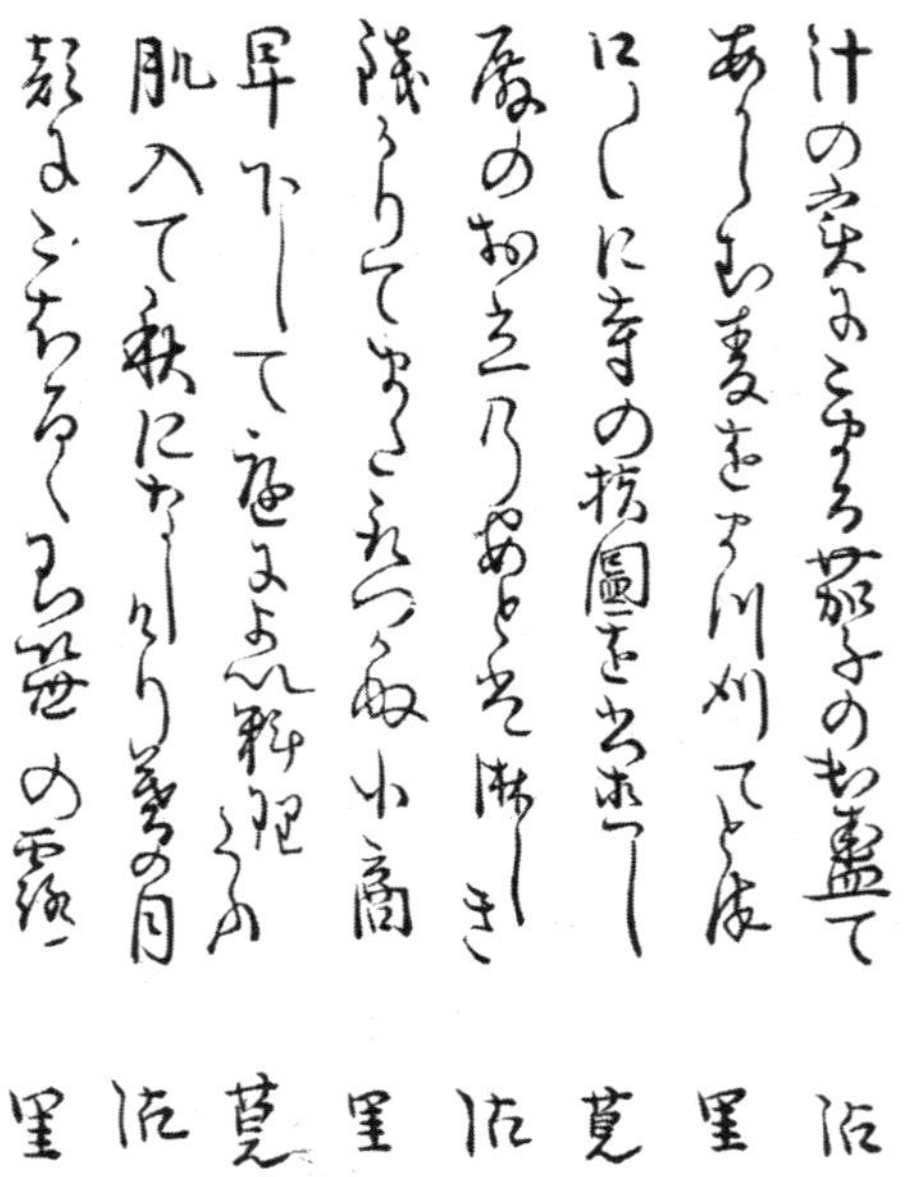

汁の実にこまる茄子の出盛て　沾

あからむ麦をまつ刈てとる　里

口〳〵に寺の指図を書直し　莧

殿のお立のあとは淋しき　沾

銭かりてまた取つかぬ小商　里

卑下して庭によい料理くふ　莧

肌入て秋になしけり暮の月　沾

顔にこほるゝ玉笹の露　里

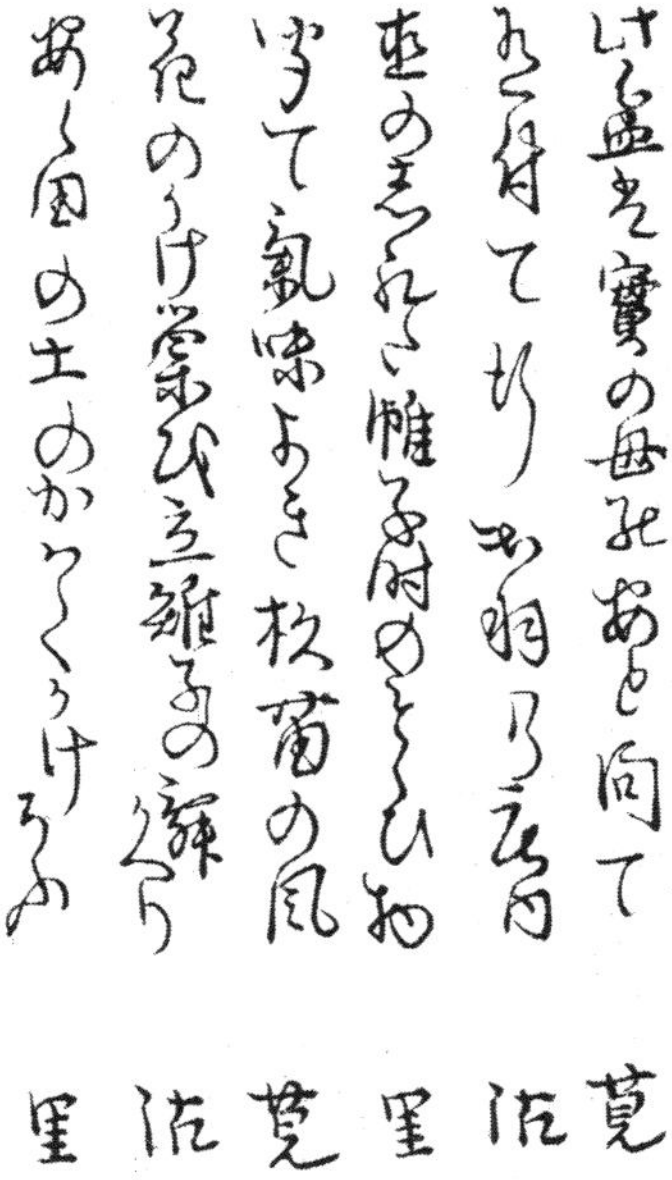

此盆は実の母のあと問て　莧
有付て行出羽の庄内　沾
直のしれた帷子時のもらひ物　里
聞て気味よき杉苗の風　莧
花のかけ巣を立雉子の舞かへり　沾
あら田の土のかはくかけろふ　里

本巻は、馬莧・沾圃・里圃による三吟歌仙であり、巻頭の「八九間」歌仙から芭蕉が抜けた恰好である。ただし、立句《たてく》（連句の第一句）の季からして、こちらの方が早く、元禄六年（一六九三）の秋に興行されたものと推定される。「八九間」歌仙に関しては、「八九間」歌仙〈解説稿〉（80頁参照）に記した通り、作者たちの力量不足は最終的に付句ができる③の段階に顕現しがちで、それが芭蕉の推敲によって格段の昇華を遂げていくことを確認した。芭蕉が参加しない本歌仙の場合、さほどの推敲はないと考えられ、「八九間」歌仙の推敲前と似た様相が多く見られるものと予想される。ちなみに、芭蕉の一座・非一座が作品にどのような差異をもたらしているか、という観点から、佐藤は『すみだはら』の諸歌仙を検討し、その結果を『『すみだはら』所収連句の傾向」(1)に示している。そこで得られたのは、平明さと日常性を旨とする「かるみ」の実践は、往々にして素材・表現の類同性や単調さを招きかねないこと、少なくとも付合においてそれを救うのは、複雑な思考を経た上での潔い捨象と推敲にほかならないこと、の二点であり、これは「雀の字や」歌仙の分析にあたっても念頭に置くべき事項となる。

〈歌仙分析〉

発句　　雀《カラ》の字や揃《そろ》ふて渡る鳥の声　　馬　莧

秋八月（雀の字＝山雀類・渡る鳥＝小鳥渡る）

〔句意〕「雀」の字のつく小鳥が、一斉に山から里にやって来て鳴き声を競っている。

〔備考〕「渡る」は移動する、やって来るの意。「雀の字」は、用例未詳ながら、山雀・小雀・四十雀など「雀」の字をもつ鳥類の総称なのであろう。ここでの「渡る」は、そうした多くの鳥が山を離れ、里で実をつけた木々に集まって来ることを意味していよう。『毛吹草』では「誹諧四季之詞」の八月に「山雀 日陵 四十雀…連雀」などを挙げ、同じく「連歌四季之詞」の中秋に「小鳥渡」を載せている。

てり葉の岸のおもしろき月　沾圃

脇　秋八月（月・てり葉＝紅葉）　月の句

〔句意〕紅葉した岸辺の木々に月が白く趣ある光を投げかけている。

〔付合〕①前句の鳥たちが揃って鳴き渡る点に着目し、②鳥の渡る場として岸に近い樹木を想定し、③燃えるような紅葉に白い月光がさすとした。

〔備考〕「てり葉」は「照葉」で、紅葉して輝く草木の葉。「紅葉」は諸書に九月の扱いながら、ここは月（名月と判断される）を重視して八月とする。初表の月の定座は五句目であるが、発句が秋季の場合、脇か第三で「月」を出すことになる。「鳥→樹木・木実」（『類船集』）の一般的な連想の上に、季を合わせて照葉を出したもので、発句の聴覚イメージに視覚イメージを添えている。「岸」は「渡る」に付く語で、「おもしろき」には「白き」が掛けられていよう。

立《たち》家《いへ》を買《かう》てはいれば秋暮《くれ》て　　里圃

第三　　秋九月（秋暮て）

〔句意〕一軒建ての家を求めて入ったところ、すでに晩秋を迎えていた。

〔付合〕①前句の景色を面白く感じる人物がそこにいると見込み、②その人が自宅で秋の情趣を満喫する場面を想定し、③一軒家を入手して住むようになった時には秋も暮れつつあったとした。

〔備考〕「立家」はすでに建っている一軒家。既存の中古家屋を購入した場合が想定されよう。前句から時間を進行させ、人事へと転じた起情（情景句に人事句を付けること）の付けで、予定通りに物事が運ばない、ありがちな人生の機微に触れている。

ふつ〳〵なるをのぞく甘《あま》酒《ざけ》　　馬莧

初オ4　　雑

〔句意〕甘酒がふつふつ煮えてきたのをのぞき込む。

〔付合〕①前句から家を持った喜びを感得し、②その人の別の小さな楽しみを案じて、③甘酒のできるのが待ちきれずに蓋を取って覗くとした。

〈備考〉「ふつ〳〵なる」は「沸々なる」で、煮えるさまを表す形容動詞。(2)「甘酒」は蒸した糯米《もちごめ》に水と麹《こうじ》を加えて発酵させる飲物で、酒の成分は含まれない。『毛吹草』『増山井』等に六月とされ、夏は一昼夜で熟することから一夜酒《ひとよざけ》ともいう。ただし、ここは前後との関係からも夏季ではありえず、とろ火で暖めている場合と考え、雑とする（前句と合わせれば晩秋の気分、後句と合わせれば初冬の気分が漂うことになる）。「のぞく」には早くできないかと心待ちにする気分があり、それは家族で楽しむ場面にふさわしい。従来の見方には「転居の祝いに甘酒を造る所とする説と、街道筋の小家を買い取って甘酒売の小商いをする所とする説がある」（『新大系』）ものの、それらに従わず、右のように解しても興味深い付合であり、想像力がよく発揮されている。

霜気《しもげ》たる蕪《かぶ》喰《く》ふ子ども五六人　沾圃

初オ5　冬十月（霜気たる・蕪）

〈句意〉霜に傷んだ畑の蕪で空腹を満たす五・六人の子どもがいる。

〈付合〉①前句の動作は幼童にふさわしいと見込み、②空腹を抱える子らの別の行為を案じて、③畑に残る霜気の蕪に五・六人の子が食らいつくとした。

〈備考〉「霜気たる」は霜に凍ってしおれているさま。「霜」は『はなひ草』等で十月に立項。「蕪」「蕪引く」なども『毛吹草』『増山井』等で十月とする。大人の所為を子どものそれに見換えたもので、「五六人」の数は、のぞくのが何度にも及ぶと見て、これに位《くらい》を合わせたものであろう。ちなみに、蕉門の付句では〈位〉ということが重視され、これは、前句の人物・事物・言葉などがもつ品格にふさわしく付けることをいう。

莚《むしろ》をしいて外の洗《せん》足《そく》　　里圃

初オ6　雑

〈句意〉家の外に莚を敷いて足を洗う。

〈付合〉①前句の子どもを農家のそれと見定め、②大人の野良仕事を想定しつつ、帰宅後の場面を案じて、③庭先に莚を用意して足を洗うとした。

〈備考〉『邦訳日葡辞書』（岩波書店）には「洗足」について「センソク　足を洗うこと」とある。農作業で汚れた足を洗うのであり、「莚」は汚れた野良着から着替えるためのものでもあろう。

悔《くや》しさはけふの一《いち》歩《ぶ》の見そこなひ　　馬莧

初ウ1　雑

〔句意〕今日の後悔といえば、金《きん》一歩ほどの見損じをしたことである。

〔付合〕①前句を商用から帰宅した人物と見換え、②莚の用途を探って、仕入れた荷の点検に思いを及ぼし、③今日の一歩の損ないが悔しいと、商いの失敗を嘆くさまにした。

〔備考〕「一歩」は一分《いちぶ》金で、一両の四分の一の額。一句としては、「傷ものの一歩金をつかまされた」（『新大系』）と解することもできる。が、三句の転じからすると、莚は着替え以外のためであるのが望ましく、荷を広げた場面を想定するのが妥当であろう。その点も考慮して、「見そこなひ」は「商《あきなひ》ヲ仕損《しそん》ジタリ」（『秘註』）の意と見ておく。

請《うけ》状《じやう》すんで奉《ほう》公《こ》ぶりする　沾圃

初ウ2　雑

〔句意〕身元の保証書も無事に用意でき、奉公がかなうとすぐにまじめな勤務ぶりを示す。

〔付合〕①前句から少しの損もおろそかにしない性格を見込み、②勤務先に対して忠義な者を想定して、③その人は奉職したすぐ後から精励ぶりを発揮しているとした。

〔備考〕「請状」は身元引受人がその人物を保証する旨を記した文書で、ここは奉公人の身元保証書。職を得るには欠かせないものであった。「ぶり」は名詞などに付いて姿や様子を表す接尾語で、「奉公ぶり」はいかにも奉公人らしい働きようをさす。前句を就職直後の失敗と見るよりも、ある程度の時間差を含んだ逆付《ぎやくづけ》（前句よりも時間的に前のことを詠む付け方）とした方がよい。

よすぎたる茶前《ちやまへ》の天気きづかはし　　里圃

初ウ3　雑

〔句意〕あまりによい早朝の天気に、これからの空模様が気づかわれる。

〔付合〕①前句の精勤ぶりから早起きであると見込み、②早朝の晴天を想起した上で、主人の側へ視点を転じ、③朝茶前の天気がよすぎてかえって心配であるとした。

〔備考〕「茶前」は朝茶の前で、早朝の意。[3]「朝茶」は朝に行なう茶の湯（朝茶事）である一方、「朝、食前に飲む茶」（『邦訳日葡辞書』）の意でもある。いずれにせよ、奉公人よりはその主人にふさわしい語であり、今日の天候ばかりでなく、奉公人の先行きを含め、さまざまなことに心を砕く人物像が想定されるところであろう。前句の人物の「奉公ぶり」の一つとして、「天候につけても細かく気を廻し主人に挨拶する」（『新大系』）と解しては、三句が同一人となって変化に乏しい。

有《ある》ふりしたる国方《くにがた》の客　馬莧

初ウ4　雑

〔句意〕富裕なふりをする同郷の客である。

〔付合〕①前句の人物を心配性と見込み、②朝の早いところから旅籠屋の亭主などを想定し、その人のもう一つ別の不安材料として客の懐具合を思い寄せ、③その対象を、物持ち風にふるまう調子のよい同郷人の客であるとした。

〔備考〕「有ふり」は物持ちであるというそぶりで、実態がそうでないことを裏に含んだ表現。つまり、口八丁の男なのであり、前句のような人には、最も気づかわしい対象ということになる。「国方」は地方や郷里の意。ここは同郷を意味し、それもでまかせと見てよいかもしれない。なお、『標注』が「書《かき》損《そんじ》ニヤ」とするように、「奉公ぶり」と「有ふり」が一句をはさんで出るのは問題で、芭蕉の手が入っていないことを想像させる。

何《なに》事《ごと》もなくてめでたき駒《こま》迎《むかへ》　沾圃

初ウ5　秋八月（駒迎）

〔句意〕今年も無事に駒迎《こまむか》えを終えてひと安心である。

〔付合〕①前句を地方から都方面へ向かう客と見込み、②虚勢を張るのは特殊な任務に伴う緊張感ゆえと考え、それがすんだ後の安堵感を想定し、③駒牽《こまひき》を無事に終えてめでたいとの感慨をもって一句とした。

〔備考〕「駒迎」は諸国から朝廷に馬を献上しに来る「駒牽」に際し、左馬寮《さまりょう》の役人が近江国の逢坂の関まで迎えに出る八月の行事。(4) 駒牽と同意にも用いられ、ここもそう見てよかろう。地方の者が都の方に出向く代表的な行事として、「国方」から連想されたものとおぼしく、詞の上では、実態を伴わない「有ふり」に「何事もなくて」が付いている。(5) 取り越し苦労から解放された主人の思いではなく、馬を牽いて来た者の心境である。

風にたすかる早稲《わせ》の穂の月　　里圃

初ウ6　　秋八月ないし三秋（月・早稲の穂）　　月の句
〔句意〕激しい風にも負けず実った早稲の穂を、月が照らしている。
〔付合〕①前句を馬を運搬した人の感慨と見定め、②道中の景色を想像して稲穂を思い寄せ、③暴風に耐えて実る早稲を月が照らすとした。
〔備考〕『増山井』に「信濃の牧の駒牽は、昔は十五日なりしを、…近代十六日なり」とあり、「望月駒」

の成語もあるように、「駒迎」と「月」は付物《つけもの》（付合語）の関係（『類船集』に「駒引↓名月」）。ただし、「早稲」は諸書に七月の扱いであり、これを逢坂に至る途中の景と見れば、一句の「月」は名月でなくてよいことになる。(6)「何事もなくてめでたき」さまを農事の中に探ったものながら、詞の関連を主とした付合ともいえる。

台所《だいどころ》秋の住居《すまひ》に住《すみ》かへて　　馬莧

初ウ7　　三秋（秋）

〔句意〕台所を秋の住まいにと改めた。

〔付合〕①前句から秋の豊作への期待を読み取り、②収穫した稲を屋内で一時的に蓄える繁忙期への備えを想定し、③台所を秋の生活の場に替えているとした。

〔備考〕収穫時期を迎えると、台所が最低限の生活を確保する空間になるのであり、中七・下五には、毎年くり返される恒例の行事といった意味合いが含まれていよう。「風難水難を恐れて、家内取片づけし」（露伴『評釈』）と見るのも一解ながら、前句から感得される収穫の予祝を重視すれば、「稲を…家内取置《とりおき》し様」（『婆心録』）ということになる。

座《ざ》頭《とう》のむすこ女《にょう》房《ぼ》呼《よび》けり

沾圃

初ウ8　雑　恋（女房）

〔句意〕座頭の息子が妻をめとったことだ。

〔付合〕①前句を一般的な模様替えと読み換え、②望一《もいち》の故事を思い合わせつつ、若夫婦の誕生によって生活空間が変わることを想定し、③座頭の息子に嫁を取ったとした。

〔備考〕「女房呼けり」は妻を迎えたことをいう表現。「座頭」は剃髪した盲人の称で、芸能や按摩・鍼治・金融などを業とした。また、中世以降に結成された盲人琵琶法師の当道座における四官、検校《けんぎょう》・別当《べっとう》・勾当《こうとう》・座頭の最下位をもいう。古注以来、息子の嫁取りに際して「我が庵は花の心の移りげに昨日の秋と住みかはりけり」と詠んだとされる、近世初期の伊勢の勾当で俳人でもある、杉木望一の俤付《おもかげづけ》とする説[7]が有力で、たしかにそう見ない限り、舅を盲人に設定した理由は説明しがたい。勾当ではなく座頭にしたことで、つつましくひっそり暮らす人物像を造形しようとしたのであろう。それにしても、故事に大きく依存した付けであることは否めず、独自性に乏しい。

明《あけ》はつる伊勢の辛《から》洲《す》のとし籠《ごも》り　　里圃

初ウ9　冬十二月（とし籠り）

〈句意〉伊勢の加良須御前《からすのおまえ》に参籠して新年を迎える。

〈付合〉①前句を望一からの連想で伊勢における出来事と見込み、②その人が今後の行末を願って参詣するさまを想定し、③加良須の社で新春に向け年籠《としごも》りをするとした。

〈備考〉「とし籠り」は社寺に籠《こ》もって大晦日を過ごすこと。「明はつる」はすっかり夜が明ける意で、ここは新年を迎えること。そのめでたさを予祝して参籠するのであり、一句としては冬季で問題ない。「伊勢の辛洲」は伊勢国一志郡（現在の三重県津市香良洲町）の香良洲神社。祭神の稚日女尊《わかひるめのみこと》は天照大神の妹で、加良須御前とも称される。嫁取りに年越しとめでたさを重ね、〈望一→伊勢→辛洲（加良須）〉の連想によったもの。

蓑はしらみのわかぬ一徳　　馬莧

初ウ10　雑

〈句意〉蓑には虱がわかないのもありがたいことだ。

〔付合〕①前句を年籠りの翌朝のこととし、②もたらされる恩寵を案じつつ、参籠者の持ち物を想像して、③蓑に虱のないことを感謝するとした。

〔備考〕「一徳」は「一得」に同じく、何かによってもたらされる利益や恵みをいう。「伊勢・とし籠り」から「徳」を導くのは常套的な発想。参籠と蓑も関連性が深く、『類船集』には「籠→虱」ともある（ただし、この「籠」は「牢」の意）。さらには、『新大系』が指摘するように、大晦日の夜に蓑を逆に着て岡からわが家を望む「岡見」の風習から、年越しと蓑も付物《つけもの》（付合語）の関係になる。詞の連想が付合の大きな部分を占めており、①→②→③の各段階とも、発想や表現の独創性には乏しい。

俵《へう》米《まい》もしめりて重き花《はな》盛《ざかり》　沾圃

初ウ11　春三月（花盛）　花の句

〔句意〕花盛りの候、俵の米も湿って重く感じられる。

〔付合〕①前句から蓑がしばらく使われていないことを読み取り、②その在所《ありか》を倉とした上で、そこへ収蔵されている米へと目を転じ、③花の時期に俵米が湿って重くなったとした。

〔備考〕「俵米」は俵に詰められている米。「蓑」から「雨」への連想を介して「しめりて」を導きつつ、雨具の蓑が乾く一方、室内の俵米は湿ることに興じた付合と見られる。また、もう一つの「一徳」として、米に虫がわかないことを暗示してもいるのであろう。

春静《しづか》なる竿《さを》の染纑《そめかせ》　　里圃

初ウ12　　三春（春）

〔句意〕静かな春の日に、染めた糸の輪が竿に干されている。

〔付合〕①前句の花を農家の庭にあるものと見定め、②その家の副業に糸の染色を想定しつつ、花の近くにありそうなものを探って、③竿の染纑に風が静かに吹いて春らしい風情であるとした。

〔備考〕「纑」はつむいだ糸を巻き取る工の形の木具で、その糸を輪の状態のまま染めたものが「染纑」。題材の選び方が興味深く、農村の一景がよく描かれた付合と見られる。

鶯《うぐひす》の路《みち》には雪を掃《はき》残し　　馬莧

名オ1　　春一月ないし三春（鶯）

〔句意〕鶯が行き来するあたりは、雪を掃き残しておく。

〔付合〕①前句を早春の景と見直し、②近辺へと目を移して、まだ雪が残る庭の様子を想像し、③その雪は鶯の通路のために掃き残したものかと、興じる形の一句とした。

〔備考〕「鶯」は『毛吹草』『増山井』等に一月、『はなひ草』等に兼三春の扱い。雪の残る所を取り上げ、これを鶯の通路のためかとする発想は、一見、貞門・談林の初期俳諧に多いうがった見立《みたて》のようにも見える。が、この付合から浮かび上がるのは、掃き残された雪を「鶯の路」と見なして興じる人物であり、この点に初期俳諧との違いが認められる。

しなぬ合点《がてん》で煩《わづら》ふて居《ゐ》る　沾圃

名オ2　雑

〔句意〕この病気で死ぬことはないと、勝手に決めて病み暮らしている。

〔付合〕①前句をその家の人の思い込みと見て、②その人らしい別の合点を探りつつ、雪を掃き尽くす力も出ないのだろうと考え、③病体でありつつ、死ぬこともないと独自の判断をしているとした。

〔備考〕この付合から浮かび上がるのは、「一病息災と自分に言い聞かせて…養生している」（『新大系』）というよりは、もう少し思い込みの強い人物像であり、一人の侘び住まいが想定されよう。

名オ3　雑

年《とし》〱《どし》に屋《や》うちの者と中《なか》悪く　里圃

〔句意〕年を追って家内の者との仲が悪くなってきた。

〔付合〕①前句の人物を家族と暮らす長患いの老人と見定め、②そうした場合はわがままが出て身内に当たりがちであると考え、③年を経るごとに家の者と折り合いが悪くなってきたとした。

〔備考〕「屋うち」は「屋内」で、「家内」に同じく家族・親族の意。「中」は「仲」と通用。②→③の距離が小さく、「病→老人」「煩↑長・重」（『類船集』）などの連想から、家の中で浮き上がり気味の老人を思いついて、それをそのまま句にした恰好である。なお、こうした家庭内不和ともいうべき話題は、『すみだはら』においても多見されるところであった。(8)

三崎《みさき》敦賀《つるが》の荷のかさむ也　　馬莧

名オ4　雑
〔句意〕三崎から敦賀方面への積み荷が滞り、場所をとるようになった。
〔付合〕①前句を親族間における不仲と見換え、②得意先同士の商売上の悶着へと連想を進め、③三崎・敦賀間の流通がとだえ、荷があふれているとした。
〔備考〕「三崎」は能登国珠洲（現在の石川県珠洲市）の港、「敦賀」は越前国敦賀（現在の福井県敦賀市）の港。近世前期の日本海海運は、沿岸地域の船主による買積《かいづみ》（自分の資本で商品を買い入れ、船で運んで他に売る商法）が主流で、北前船《きたまえぶね》は寄港地で荷を積み替えながら航行した。前句における家庭内の不和が、距離的に近い同業者（同族経営と見てもよい）の間の不和へ移った付けであり、「三崎敦賀」の並列体は、畳語「年〳〵に」の語勢を受けたものでもあろう。「今津海津の舟問屋」（『古集之弁』）など、近江の船問屋の光景とする解が多いものの、北陸辺の問屋場と見ても問題はない。

汁の実《み》にこまる茄子《なすび》の出盛《でさかり》て　沾圃

名オ5　夏五月・六月（茄子）

〔句意〕汁の実にも使えず困るような茄子が盛んに出回《でまわ》っている。

〔付合〕①前句から問屋の人の嘆息を感得し、②その家の女衆《おんなしゅう》の視点から、それとは別の不便を案じて、③出回る茄子の出来が悪く汁の実にもならずに困るとした。

〔備考〕「茄子」は『はなひ草』『毛吹草』等で六月、『せわ焼草』『増山井』等で五月の扱い。流通の滞る問屋（ここは上方のそれとしてもよい）に、盛りでも質の悪い食品を付け、不如意の重なるさまを描く。これを「汁の実にこまるコロ、茄子の出盛て」（『婆心録』）と解しては、前句との関係が説明しがたい。

あからむ麦をまづ刈《かり》てとる　　里圃

名オ6　夏四月・五月（あからむ麦を…刈）

〔句意〕赤く色づきはじめた麦の穂を、まず何よりも優先して収穫する。

〔付合〕①前句から悪天候による凶作の相を看取し、②ようやく実り出した穀物に安堵するさまを想定して、③まずは赤く色づいてくる麦の刈り入れをするとした。

〔備考〕「麦」は『毛吹草』『増山井』等の諸書に四月。『初学抄』は「わせ麦刈」を四月、「小麦刈」を五月とする。前句と合わせれば、天候不順のために例年よりやや遅れ、わずかな晴れ間にあわただしく麦を刈り入れる様子とも見られよう。

口《くち》〳〵《ぐち》に寺の指図《さしづ》を書直《かきなほ》し　　馬莧

名オ7　雑

〔句意〕寺の設計について直すべき点を口々に述べている。

〔付合〕①前句で麦を早々に刈り取る点に着目し、②そこには何らかの事情があるはずと考え、それは整地して建築に取りかかるためであると思い定め、③寺を増築する設計案に人々があれこれ口を出すとした。

〔備考〕「指図」はここは家屋などの設計図。「口〳〵に…書直し」とは、人々があれこれの修正案を口にすることであろう。寺を増築するにあたって、檀家より寄進を募るゆえ、口出しを誘うことにもなるわけである。

殿のお立《たち》のあとは淋しき　沾圃

名オ8　雑

〔句意〕殿様が出発された後は再び淋しくなった。

〔付合〕①前句の寺の普請には特別の事情があると見込み、②領主のお成りの準備に活気づく村の様子を想像した上で、その後の様子に思いをめぐらして、③殿が出立した後はまた元の淋しさに戻るとした。

〔備考〕動と静の対比がきわだち、寺はほんの一時の休憩場所に過ぎないことがよく伝わってくる。

銭かりてまだ取《とり》つかぬ小商《こあきなひ》　里圃

名オ9　雑

〔句意〕銭は借りていながら、まだわずかな商いにも取り掛かれないでいる。

〔付合〕①前句を参勤交代による殿の江戸出府と見て、②その後の淋しい状態から経済の沈滞に思い至り、③その一つの現れとして、銭を借りながらなかなか商売を始められない、ある人物の様子を描いた。

〔備考〕「小商」は少ない資本を元にした零細な商売。よって、「銭かりて」は、そうした小規模経営の元手として金銭を借りたことになる。

卑《ひ》下《げ》して庭によい料理くふ　馬莧

名オ10　雑

〔句意〕遠慮がちに台所の土間に豪華な料理を運んで食べる。

〔付合〕①前句を独立するはずの元奉公人などと見て、②その人が主家へ来訪して肩身の狭い思いをするさまを想像し、③よい料理を振る舞われても卑下して土間で食べるとした。

〈備考〉「卑下」は謙遜・遠慮。「庭で」とせず「庭に」としたところに、庭に自ら運ぶ意が含まれていよう。ここでの「庭」は土間の意。前句の「小商」に「卑下」が付く。

肌《はだ》入《いれ》て秋になしけり暮《くれ》の月　沾圃

名オ11　秋八月ないし三秋（秋・月）　月の句

〈句意〉日も暮れて月が差し込むころ、肌脱ぎの身に衣類をまとうと、いかにも秋らしい様子となったことだ。

〈付合〉①前句の土間で食事するのを下男と見換え、②その際の身なりを想像し、③夕暮れの月下、着衣しているのが秋らしさを感じさせるとした。

〈備考〉「肌入て」は着物を肌にまとうこと。下男は上半身が裸に近い状態で働き、土間で簡素な食事をとるのが一般的。よって、ここは、いつもと違う食事に、いつもと違ういでたちを付けたことになる。着衣したさまが秋を感じさせるのであり、それを「秋になしけり」と言いなしたわけである。あるいは、月見などの振舞を想定してもよいかもしれない。

顔にこぼるゝ玉笹《たまざさ》の露　里圃

名オ12　秋七月ないし三秋（露）

〔句意〕笹の葉に置いた露が風に吹かれて顔にこぼれかかる。

〔付合〕①前句から風の立つ暮れ時分と見込み、②露を連想するとともに、帰路を急ぐ人を想定して、③竹藪を行く人の顔に笹の露がかかるとした。

〔備考〕「玉笹」は笹の美称。「顔→月」「露→月」「夕→露」「風→こぼるゝ露」「露→こぼるゝ」「玉→露」「藪→露」「篠《ささ》→山路の露」（『類船集』）など、常套的な連想の組み合わせによる付合であり、「顔」は「肌」への会釈《あしらい》（関連のある詞を付句に出すこと）でもあろう。やや「古風」（『新大系』）な付け方には違いない。

此《この》盆は実《まこと》の母のあと問《とひ》て　馬莧

名ウ1　秋七月（盆）

〔句意〕今年のお盆には実母の供養をする。

〔付合〕①前句の露から無常の相を感得し、②玉祭りを想起するとともに、篠深《ささぶか》い墓所を思い描き、③

実母の新盆に墓参りをするとした。

〔備考〕「盆」は盂蘭盆会《うらぼんえ》で、陰暦七月十三日から十五日まで祖霊を迎えて冥福を祈る行事。「あと問」は追善のための行ないをすること。実の母がこの一年の間に亡くなったとも、久々に母の墓前を訪ねたとも、両様に解される。ここでは、「此盆は」の語感から、すでに何人もの見取りをした後、実母の死に遭ってその新盆を迎えたものと解しておく。前句と合わせれば、笹の茂る墓地を訪ね、涙にむせぶさまとなる。

有付《ありつき》て行《ゆく》出羽《では》の庄内《しやうない》　沾圃

名ウ2　雑

〔句意〕ようやく扶持を得て出羽国の庄内へ赴くことになった。

〔付合〕①前句を久しく墓参していないものと読み換え、②これからさらに無沙汰を重ねなければならない事情があると想定して、③遠い出羽庄内へ仕官がかない、出かけるところであるとした。

〔備考〕「有付」には望む物や状態を手にする意があり、ここは職を得たことをさす。ようやく願いの叶った実感がよく出ており、墓参の滞っていたのも、その失意や就職活動のためであったかと納得される。「出羽の庄内」は、山に囲まれ往来不便な土地柄として、選び取られたものであろう。

直《ね》のしれた帷子時《かたびらどき》のもらひ物　　里圃

名ウ3　　夏五月ないし三夏（帷子時）

〈句意〉帷子を着る時期なので、贈られた品々も値は知れたものばかりだ。

〈付合〉①前句の遠隔地への奉職という点に着目し、②知り合いから餞別品が集まることを想定して、③薄着の季節ゆえか、贈られる品にも高価なものはないとした。

〈備考〉「直」は「値」に同じ。「帷子」は麻や苧《からむし》の布で仕立てた単衣《ひとえ》（裏地の付いていない衣服）で、単衣の衣類全般をもいう。「帷子時」はそれを着る時節で、五月五日から着始め、九月一日に袷《あわせ》（裏地の付いている衣服）となるまで着用した。『はなひ草』等に五月の扱い。「直のしれた」に、平凡な物や話題を好んで取り上げる作者たちの姿勢が顕現しており、「かるみ」について考える上で参考になる。

聞《きき》て気味よき杉苗《すぎなへ》の風　　馬莧

名ウ4　　雑

〈句意〉杉苗を吹きわたる風が実に心地よく聞こえる。

〈付合〉①前句の「帷子時」がもつ軽快な気分を受け、②この時期にふさわしい景を探って、涼しげに吹く風を想起し、③青々と伸びた杉苗に吹く風の音が気持ちよいとした。

〔備考〕「杉苗」は杉の苗木で、杉は植林する前に苗床で育てる。その「苗」の語がもつ未成熟な感じは、「直のしれた」と気分の上で通うものがあろう。『古集之弁』に「暑中のふぜいを含めり」とある通り、前句と合わせれば、たしかに夏の気分が濃厚である。と同時に、次句が花の定座であることを見越して雑にした、その工夫を見るべきところであろう。

花のかげ巣を立《たつ》雉子《きじ》の舞《まひ》かへり　沾圃

名ウ5　春三月（花・巣を立雉子＝雉の巣）　花の句

〔句意〕巣を飛び立った雉子が、花の下で舞っては急いで戻っていく。

〔付合〕①ここが花の定座であることから、前句を晩春のことと見定め、②花の候に風の中で舞う鳥を想定し、③巣から出た雉子が花に遊んでは帰るとした。

〔備考〕雉子は日本の固有種で、『はなひ草』等が「雉子啼《なく》」を一月とするも、「雉・雉子」だけでは二月とするものが多い。繁殖期は三月ころなので、ここは「花」とともに「雉の巣」で晩春を表すと見られる。雉子の雛は孵化して一日で活発に動くので、ここもそうした雛の可能性が高い。そうであれば、「かへり」には「翻り」「帰り」の両意が含まれるとも見られよう。『新大系』は、万葉歌⑼を介して「杉から雉子が連想される」とする。

あら田の土のかはくかげろふ　　里圃

挙句　　春二月ないし三春（かげろふ）

〔句意〕田を起こしたばかりの土も乾き、その上に陽炎が立っている。

〔付合〕①前句からのどかな山間地の気分を看取し、②そうした土地の田畑へと目を移し、③新田の土に陽炎の立つ景を描いた。

〔備考〕「かげろふ（陽炎）」は『毛吹草』等の諸書が二月とする一方、『通俗志』は三春に分類する。「あら田」は「新田」で、開墾したばかりの田をいい、ここに挙句らしい祝意が認められよう。第一歌仙に続き、同じ里圃による陽炎の挙句で巻き納められている。

〈解説稿〉

如上の分析に基づき、以下、小林は立句の意図について、佐藤は付合の傾向に関して、それぞれ私見を示す。

〔立句の意図〕

元禄六年十月九日付の許六宛芭蕉書簡によれば、芭蕉の「老《おい》の名の有共《ありとも》しらで四十から」の句(10)を立句に、保生佐太夫こと沾圃の亭で三吟の連句が巻かれたとのことである。近作の発句を掲げつつ近況を報じた一通で、当該句の趣向については、「少将の尼の歌《うた》の余情《よせい》に候」と記されている。発句の季からして、同年秋八月ころの興行であろう。これが歌仙であったか、半歌仙であったかは未詳。脇は沾圃であったことが推定されるのみで、もう一人の連衆も知られていない。

芭蕉の発句は、少将の尼の歌「己《おの》が音《ね》につらき別れのありとだに思ひも知らで鶏《とり》や鳴くらん」（『新勅撰集』）において、鶏は鳴き声がつらい別れにつながることも知らずに鳴くと詠まれたのを踏まえ、四十雀もその名に老いにつながる「四十」の文字が含まれていることを知らず、衰えなど感じさせない囀りを聞かせている、というもの。立句である以上、主人沾圃への挨拶はあってしかるべきながら、沾圃その人の年齢や性質に重ねた寓意を読み込む必要はあるまい。右の句解に示した通り、当日の嘱目吟としても、沾圃亭に対する挨拶の役割は十分に果たしている。おそらく、これが芭蕉を自邸に招いた初めての機会と考えられ、その場合、もう一人の同席者としては、沾圃に寄り添うように名を見せる、里圃を想定するのが順当であろう。里圃編『誹諧《はいかい》翁艸』（元禄九年三月奥）の沾圃序文は、里圃が芭蕉に接した期間を「一年にたらず」としている。同じ六年秋七月の「朝顔や」歌仙（『翁艸』所収の史邦・沾圃・芭蕉・魯可・里圃・乙州による六吟歌仙で芭蕉庵における興行）に一座した後、この沾圃亭での三吟興行により、いよいよ親しく膝を合わせて指導を受けるようになったと推察される。

以上、長々と他事を記したのは、分析対象とした歌仙の立句「雀の字や揃ふて渡る鳥の声」について述べるためであった。句意は前掲の通りで、鳥の声が響く自然にあふれた邸宅への挨拶吟と見ることができる。加えて、ここには、もう一つ別の目論見が看取されるべきであろう。それは、芭蕉が沾圃亭で詠んだ「老の名の」句を踏まえ、四十雀・小雀など雀の字のつく鳥が混群して鳴き渡る習性を考えて、やはり芭蕉句と同じにぎやかな囀りの声に主眼を置くことであった。

沾圃亭に招かれた馬莧は、芭蕉がここで「老の名の…四十雀」と詠んだことを聞かされ、それを踏まえて立句を詠んだとおぼしい。言うなれば、同じ場での詠作という行為を通じて芭蕉とつながったわけであり、馬莧が先の三吟興行に同座していては、その妙味は損なわれてしまう。そして、ここで脇を添える沾圃も、第三を付ける里圃も、件《くだん》の興行に参加した当事者として、その意図をよく承知したに相違ない。先の三吟興行に一座した者を里圃と考える所以であり、「雀の字や」歌仙は、その興行に参加せず、伝聞で知った芭蕉句を前提に沾圃亭への挨拶を示す馬莧、両句の挨拶を亭主として受けとめる沾圃、二つながら同席することになった里圃の三者が、気脈を合わせて成したものと見られる。馬莧の立句は、そのように呼吸を計り合う、三者の信頼関係をも暗示するかのようである。

〈付合の傾向〉

この歌仙を読み終え、期せずして一致した小林・佐藤の率直な感想は、「わかりやすい」ということであった。「八九間」歌仙に比しても、さらに付け筋が追いかけやすいのは、私見によれば、主として次の二点に関わると考えられる。すなわち、一つは詞の関係の目立つ付合が少なくないこと、もう一つは②と③の間が総じて近いことである。そして、これらは、芭蕉が参加しない（推敲もあまりなかったのであろう）ことと、密接につながるものと推察される。

前者の典型は、たとえば、

名オ11　肌入て秋になしけり暮の月　沾圃
名オ12　顔にこぼるゝ玉笹の露　里圃

で、「顔」も「露」も「月」から導かれるほか、一句も「露」の関連語（「笹」「こぼるゝ」）によって仕立てられている。芭蕉の付物を容認する発言（『去来抄』「修行教」）もあるように、付句を案じる際に詞の連想をまったく介さないということはありえず、付物の使用自体がそのまま非難されるべきものではない。問題は、これに寄りかかると、①→②→③の各段階で想像力をさほど発揮せずとも、一応の付句が成立してしまうことである。それらは往々にして生彩を欠く付合を招きがちで、この歌仙の場合も、

初ウ8　座頭のむすこ女房呼けり　沾圃
初ウ9　明はつる伊勢の辛洲のとし籠り　里圃
初ウ10　蓑はしらみのわかぬ一徳　馬莧

など、複数箇所でそうした様相が認められる。

　このことは、後者（②と③の距離）の問題とも無関係ではない。『すみだはら』「むめがゝに」歌仙の分析から明らかなように、[11]「かるみ」期芭蕉連句の興味深い付合は、前句に対するたしかな見込（①）をもとに、独創的な趣向を立て（②）、さらにその先まで想像を深めつつ、表現・形象面で思い切った単純化・明瞭化を断行する（③）ことにより、生み出されれている。ことに、②で獲得した趣向からいかに飛翔を見せられるかに、付合の成否が大きく左右されることは、「八九間」歌仙の推敲過程からも確認されることであった。詞から詞への連想は、便利である反面、その類型性から逃れることが難し

く、その結果、想像を重ねて飛躍的な付合を生み出す意欲は保持しがたいものとなる。たとえば右の初ウ9・10で、「とし籠り」から思い寄せた「徳」と「蓑」を、そのまま組み合わせて一句に仕立てたところなどが、その典型的な例である。

こうした②から③への距離が短い付合を通見すると、多くの場合、それらが家族間の不和や労働上の苦労などを扱っていることに気づく。たとえば、

名オ2　　しなぬ合点で煩ふて居る　　沾圃
名オ3　年〳〵に屋うちの者と中悪く　　里圃

の場合、前句から独断的な老人を想起し、家庭内の孤立へと連想を進めた段階で、それ以上の想像は停止して、ただその通りに句作したものであった。前掲「『すみだはら』所収連句の傾向」で指摘したように、それは『すみだはら』においても多く見られたことであり、この点に関する私見を同稿から引けば、

ここに、世にありがちで身近な問題を扱うことの、難しさがあるのであろう。作者としては、ありそうなことだけに趣向を立てやすく、その段階で思い描いた内容を容易に手放せなくなるものと察せられる。

ということになる。それが野坡たちばかりでなく、沾圃たちにも当てはまること（さらにいえば、ここに「かるみ」を実践する際の困難の一つがあること）が、本稿の付合分析からも確認されたわけである。

実際、『すみだはら』所収の連句では、家庭内のいざこざや仕事にまつわる失敗など、身近な心配事に類する話題がくり返し取り上げられ、そのことと関連して、負の印象を放つ語の使用も多い。それが

『別座鋪』や『続猿蓑』にも共通の傾向であることは間違いなく、本歌仙においても、

初オ6　　莚をしいて外の洗足　　里圃

初ウ1　　悔しさはけふの一歩の見そこなひ　　馬莧

であったり、あるいは、

名オ9　　銭かりてまだ取つかぬ小商　　里圃

名オ10　　卑下して庭によい料理くふ　　馬莧

など、同様の付合例を挙げるのに苦労はいらない。言い回しだけを追っても、「霜気たる蕪」「一歩の見そこなひ」「天気きづかはし」「有ふりしたる」「俵米もしめりて重き」「煩ふて居る」「屋うちの者と中悪く」「荷のかさむ」「あとは淋しき」「まだ取つかぬ小商」「卑下して」などが見られるのであり、めでたい出来事を取り上げながら、

名ウ2　　有付て行出羽の庄内　　沾圃

名ウ2　　直のしれた帷子時のもらひ物　　里圃

と、つい餞別品の安価な点を言い立ててしまうのも、同根であるに相違ない。その意味でも、大谷篤蔵氏「蕉風連句における「人間」[12]」が、「かるみ」の時期の蕉風連句では「特に好まれる型はなくなり、あらゆる種類の人間が登場する」とした点は、再考が必要であろう。

こうした発想の類同化は、素材面だけでなく、付合の機構においても認められる。一例として、

初オ4　　ふつ〱なるをのぞく甘酒　　馬莧

初オ5　　霜気たる蕪喰ふ子ども五六人　　沾圃

を取り上げると、これは、前句の行為を児童のものと見込み、その子たちがしそうな別の行為を探って、傷んだ蕪をかじる場面としたものであった。想像力の働いた興味深い付合ではあるものの、この初オ4もまた、家の購入という話題（「立家を買てはいれば秋暮て　里圃」）を受け、その一家の別の楽しみを探ったのであるから、趣向の立て方は共通していることになる。このほか、本歌仙では、初ウ4における別の不安材料、名オ2における別の一人合点、名オ5における別の困り事など、前句の人物に関わる同種の別事象を探るという案じ方が多見されるのであり、これも一種のパターン化には違いない。

本稿は、「かるみ」に同伴した者の力量をいたずらに疑い、その作品を貶めようとするものではない。芭蕉が参加しない本歌仙も、芭蕉がめざす付合のあり方に沿って巻かれ、相応の成果を上げていることは間違いない。むしろ、芭蕉から学んだことに忠実であろうとして、その結果、かえって右のような諸点を明らかにすることになったのであろう。日常の厄介事といった話題しかり、前句の人の別行動を探ることしかりであり、こうしたパターンに倣うことを連句の要諦と心得れば、想像力に富んだ（すなわち②→③の飛躍が大きい）付句は減少し、詞の縁が想像力の欠を埋めることにもなる。本歌仙が「わかりやすい」と感じられる所以であり、見方を転じれば、芭蕉の求める「かるみ」の実践がいかに難事であるかを、改めて痛感させられる次第である。

注

（1）『和洋女子大学紀要』52（平成24・3）所収。

（2）『標注』には「ふつ〳〵とハ鳴ル事ナリ」とあり、「ふつふつ鳴る」と解している。ただし、副詞の「ふつふつ」は何かを断ち切る形容であることが多く、物が煮える音を表す例を知らない。

（3）『古集之弁』に「摘干《つみほす》せつの前ならん」とあるなど、「茶前」を茶の収穫前の意にとるものもある。が、「茶前」は朝飯前と同意の方言として各地に伝わっており、「朝茶前也」（『標注』）と解して問題はない。

（4）『延喜式』によれば、貢進される馬数は甲斐六十、信濃八十、武蔵・上野五十と定められ、牧場も勅旨によって決められていた。しかも、『滑稽雑談』の記すところでは、鎌倉時代の末から信濃望月の牧だけに限られ、応仁の乱以後はそれも一時途絶し、信長の時代に再興されたという。また、同書に「右献馬絶て、今は所司代より馬を出さるゝ也。是元禄年中の再興也とぞ。右これら、いにしへの駒引の遺意にや」とあるのを信じれば、元禄期のそれは形式的な行事に過ぎなかったことになる。

（5）『秘註』に「有《ある》フリシタルト言《いふ》ニ何ゴトモナクトハ的中ナリ」とある。

（6）ただし、「二百十日は早稲の花盛」（『改正月令博物筌』）ともいわれており、その大風をしのいで実った穂が名月に照らされ、駒迎えの背景をなしている、と解せないでもない。

（7）『続注解』が『枇杷袋』からの引用としてこの見方を示して以来、広く受け入れられた説であり、本稿もこれを妥当と考える。

（8）注（1）の稿を参照。

（9）『万葉集』巻十九の家持歌「杉の野にさ躍る雉いちしろく音にしも泣かむ隠り妻かも」をさし、これは『夫木和歌抄』『歌枕名寄』等にも収められている。

（10）『続猿蓑』に「老の名の有ともしらで四十雀」として所収。

（11）佐藤「『すみだはら』「むめがゝに」歌仙分析」（『和洋女子大学紀要』50〈平成22・3〉所収）参照。

（12）『俳林閒歩』（岩波書店　昭和62年刊）等に所収。初出は『国語国文』28－5（昭和34・5）。

「いさみ立」歌仙

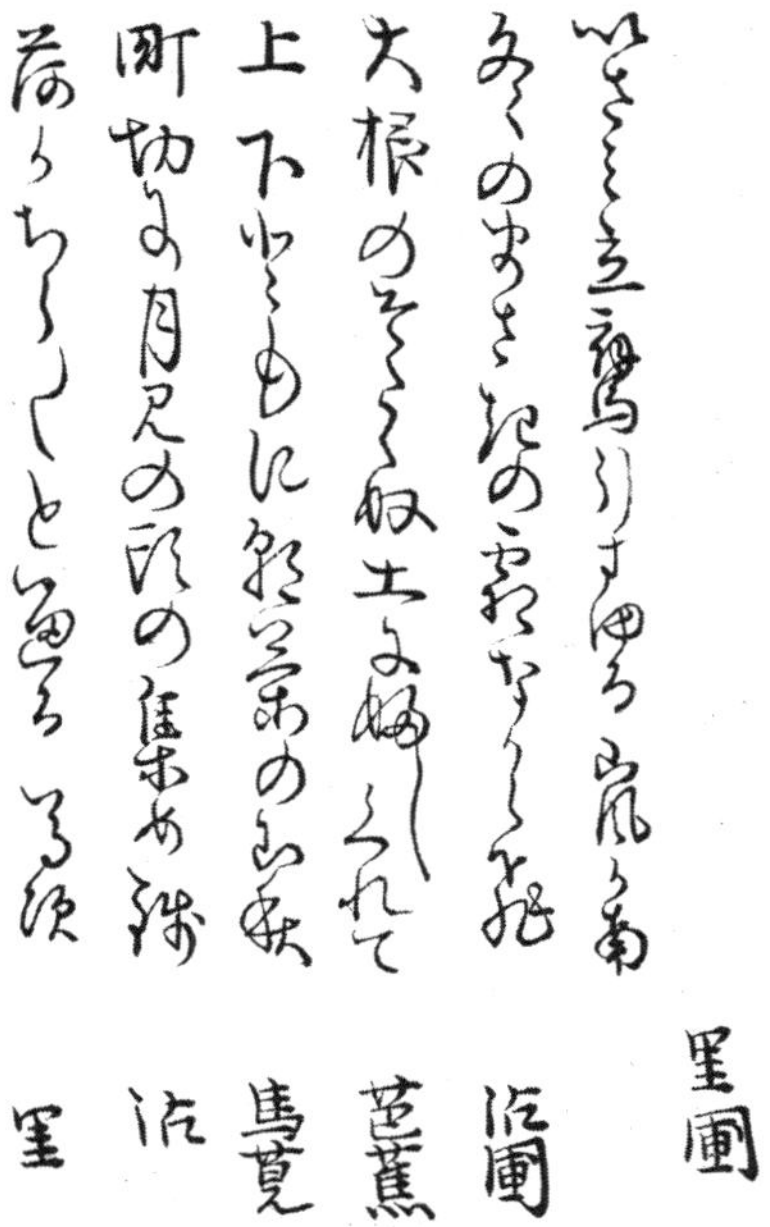

いさみ立鷹引すゆる嵐かな　　里圃

冬のまさきの霜なから飛　　沾圃

大根のそたゝぬ土にふしくれて　　芭蕉

上下ともに朝茶のむ秋　　馬莧

町切に月見の頭の集め銭　　沾

荷かちら〱と通る馬次　　里

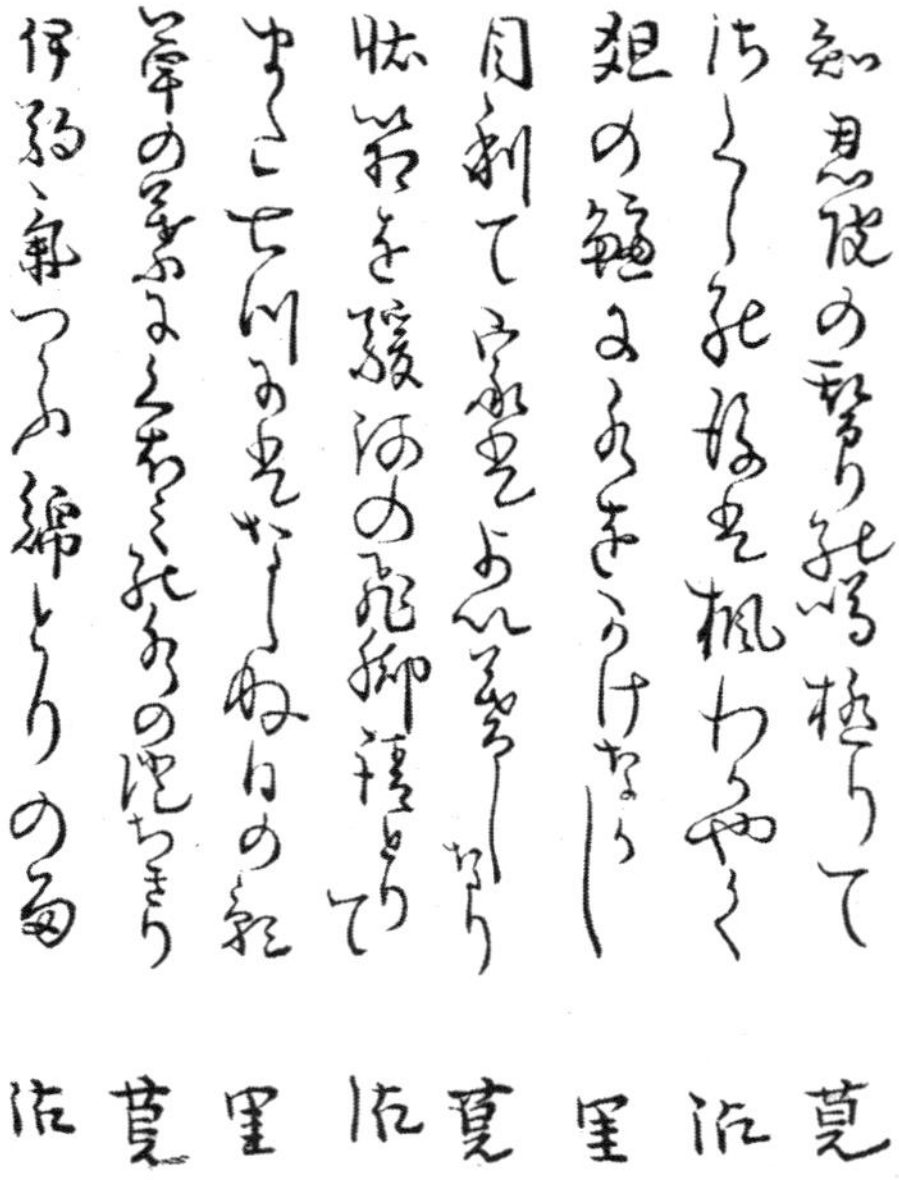

知恩院の替りの噂極りて　萈
さくらの後は楓わかやく　沾
俎の鱸に水をかけなかし　里
目利て家はよい暮しなり　萈
状箱を駿河の飛脚請とりて　沾
また七つにはならぬ日の影　里
草の葉にくほみの水の澄ちきり　萈
伊駒気つかふ綿とりの雨　沾

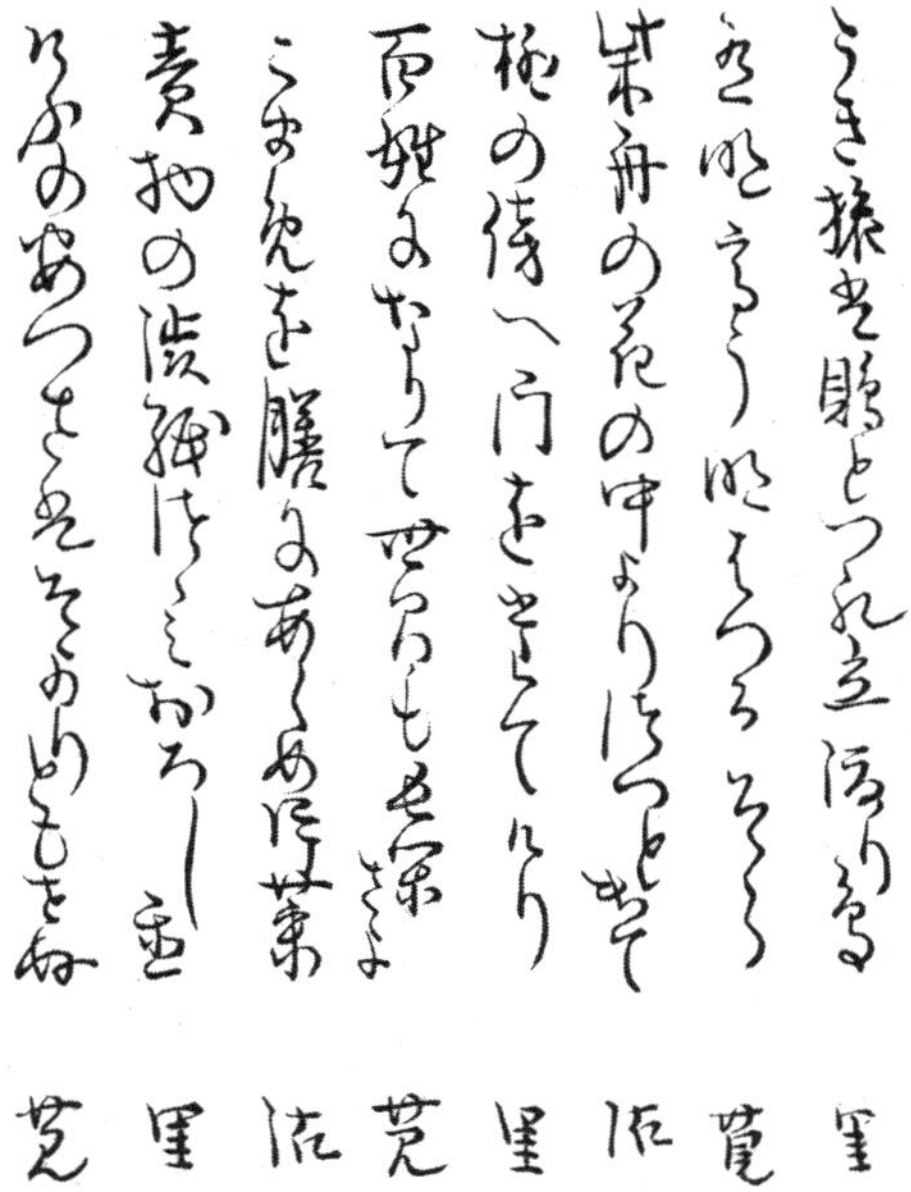

うき旅は鵙とつれ立渡り鳥　里

有明高う明はつるそら　莧

柴舟の花の中よりつつと出て　沾

柳の傍へ門をたてけり　里

百姓になりて世間も長閑さよ　莧

こまめを膳にあらめ片菜　沾

売物の渋紙つゝみおろし置　里

けふのあつさはそよりともせぬ　莧

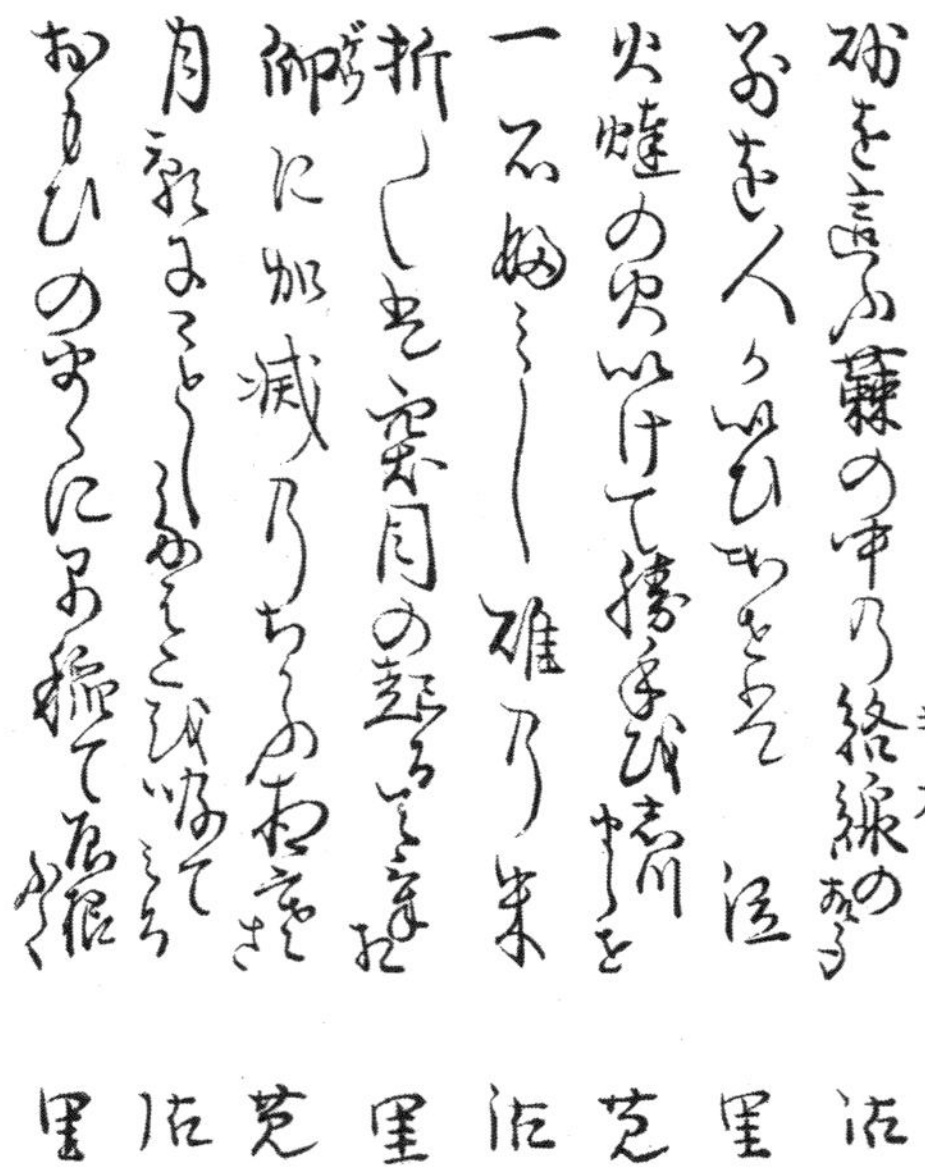

砂を這ふ蕀の中の絡線《ギス》の声　沾

別を人かいひ出せは泣　里

火燵の火いけて勝手をしつまらせ　莧

一石ふみし碓の米　沾

折〳〵は突目の起る天気相　里

仰《ゲウ》に加減(ママ)のちかふ夜寒さ　莧

月影にことしたはこを吸てみる　沾

おもひのまゝに早稲て屋根ふく　里

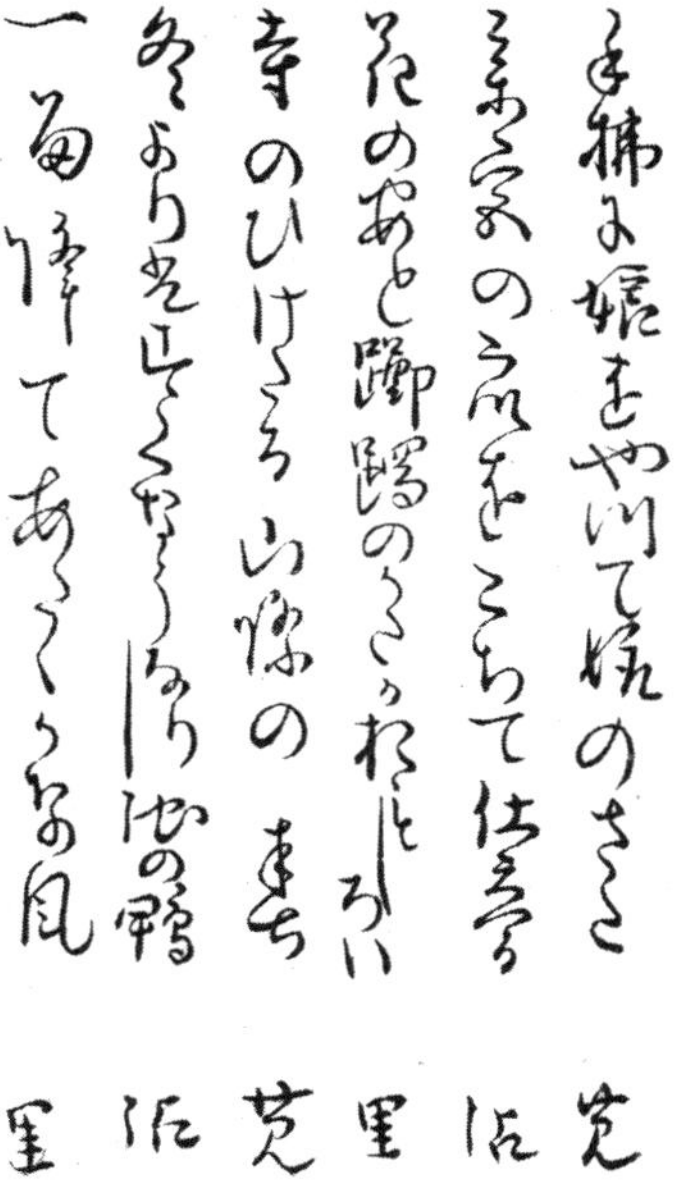

手払に娘をやつて娵のさた　莧
参宮の衆をこちて仕立る　沾
花のあと躑躅のかたかおもしろい　里
寺のひけたる山際の春　莧
冬よりはすくなうなりし池の鴨　沾
一雨降てあたゝかな風　里

本巻は、第三を芭蕉が付ける以外、「雀の字や」歌仙と同じ能楽師系三人（沾圃・里圃・馬莧）による興行であり、前の「雀の字や」歌仙と同様の傾向を見せるかどうかが、一つの興味の対象となる。また、立句の一語だけを違え、翁（芭蕉）・沾圃・馬莧を連衆とする別の歌仙（以下、別歌仙と称する）が梅人編『続ふかゞは集』（寛政三年序）に収められ、これは、『続猿蓑』の成立過程を考察する上で無視できないものと考えられる。これらの興行時期は、元禄六年（一六九三）冬と見られよう。ちなみに、別歌仙の立句作者は翁であるものの、従来の芭蕉句集類で同句を収録したものは見あたらない。一方、杉風の草稿に依拠するとして、早く別歌仙を収める後川編『ことばの露』（天明六年刊）では、立句が『続猿蓑』と同形で里圃作になっている。こうした点も念頭に置き、本歌仙の分析を終えた後に、別歌仙（『続ふかゞは集』所収）の分析を付載する。

〈歌仙分析〉

いさみ立《たつ》鷹引《ひき》すゆる嵐かな　　里圃

発句　冬十月ないし十一月（鷹引すゆる＝鷹狩）

〔句意〕強く吹き寄せる嵐に勇み、鷹が飛び立とうとするのを、経緒《へお》を引いてとどめることである。

〔備考〕鷹狩の場面であり、ここでの「引すゆる」は、鷹の脚に結んだ紐（経緒）を引いて動きを抑えること。飛び立たせる機を窺いつつ、手に鷹を据えているのである。「鷹狩」は『はなひ草』等に十月、『毛吹草』『増山井』等に十一月の扱い。露伴『評釈』は、藤原仲実《なかざね》の「やかた尾のましろの鷹を引き据ゑて宇陀の鳥立《と》ちを狩りくらしつる」（『千載集』）から「引すゆる」を用いたと指摘する。

冬のまさきの霜ながら飛《とぶ》　　沾圃

脇　　冬十月ないし三冬（冬・霜）

〔句意〕柾《まさき》の葉が霜を置いたまま吹き飛ばされていく。

〔付合〕①前句の冬の嵐が吹く状況に着目し、②本来は丈夫な常緑樹が吹き散らされるさまを想定して、③柾の葉が霜を置いたまま飛んでいるとした。

〔備考〕「まさき」は「正木・柾」で、ニシキギ科の常緑樹。その「まさき」が「飛」のは、前句の嵐の凄まじさに呼応する。冬の狩場の景と見てよい。

大根のそだゝぬ土にふしくれて　　芭蕉

第三　　秋九月か（大根のそだたぬ）

〈句意〉大根も育たないような痩せた土地を相手に、手先もすっかり節くれだってしまった。

〈付合〉①前句の場を寒冷の地と見込み、②山中などの不毛な畑地を想定し、③収穫前の大根は育ちが悪く、見れば自分の手も節だらけであるとした。

〈備考〉『滑稽雑談』は「大根引」を十一月とし、「大根は…雑なるべし」とするも、「大根」で冬季にした句例はある。『毛吹草』等で「大根引」は十月の扱い。「ふしくれて」は、木などに節が多くごつごつしていることであり、また、手足などの節が固くごつごつしていること。作者芭蕉としては、これを大根引の句として詠み、冬三句の展開としたものかもしれない。そうであれば、一句は、痩せた畑に節くれだった大根が引き抜かれてある光景となる。[1] しかし、この後が秋二句で終わることからすれば、沾圃らは第三を秋季と判断し、「大根のそだゝぬ」を収穫前の土中のそれで九月と見なした可能性が高い。[2] その場合、一句の「ふしくれて」は、不作にうなだれた農夫の節くれた手を表すことになろう。そう考えて右のような句意とした。

上《かみ》下《しも》ともに朝《あさ》茶《ぢや》のむ秋　　馬莧

初オ4　　三秋（秋）
〈句意〉上下の区別なく、主従が朝茶を飲む秋である。
〈付合〉①前句の「ふしくれ」を農夫の手として、畑仕事の労作の場と見込み、②主従が仕事に精を出す繁忙期を想像して、③早朝の仕事前に一服の茶を飲むさまを描いた。

（備考）「上下」は上位の者と下位の者。ここでの「朝茶」は、朝に行なう茶の湯（朝茶事）ではなく、『邦訳日葡辞書』（岩波書店）に「アサヂャ　朝、食前に飲む茶」とある通りにとればよいであろう。「起き抜けの茶」（『新大系』）というよりは、身じたくを整え、朝食前に一仕事する際のそれと見られる。茶で体を温めてから作業するのであり、秋の朝寒が背景にある。

町切《ちやうぎり》に月見の頭《とう》の集め銭《せん》　沾圃

初オ5　秋八月（月見）　月の句

（句意）月見の世話役が町内中から銭を集めて回る。

（付合）①前句で朝茶を飲むのをくつろぎの時間帯と見込み、②どの家でも一様に茶を飲んでいると考え、それを当て込んで訪ね回る者を想定して、③当番役が月見を前に会費を徴収して歩くとした。

（備考）「町切」は町内限定の意。「頭」は行事に際して世話をする幹事役。ここは、月の出を待って飲食を共にする月待講《つきまちこう》ではなく、十五夜の月見を町内で行なう場合であろう。前句の「上下」を「町の上下に附《つけ》なせり」（『古集之弁』）と見てもよい。[3]

荷がちら〳〵と通る馬次《うまつぎ》　　里圃

初オ6　雑

〔句意〕荷物もちらほらとしか通らない、この日の宿場である。

〔付合〕①前句を月見が迫ってのことと見て、②当日の準備にいそしむさまを想定し、③宿場は閑散として荷もわずかに通るばかりだとした。

〔備考〕「馬次」は宿場・宿駅で、前句の「町切」を宿場内の意に取りなしている。

知恩院《ちのんに》の替《かは》りの噂極《きはま》りて　　馬莧

初ウ1　雑

〔句意〕知恩院の住職が交替する噂は種々あれど、ようやく後任が決まった。

〔付合〕①前句を何かの事情で馬が通る様子と見換え、②大きな出来事があって宿場の人々が情報交換する場面を趣向として立て、③噂になっている知恩院の住持交替の一件も、やっと本決まりになったとした。

〔備考〕「知恩院」は京都東山にある浄土宗の総本山。慶長年間に吉純法親王が入って以来、宮門跡の寺院であった。通常の発音はチオンインながら、ここでは『婆心録』の「知恩院《ノンニ》」に従っておく。

さくらの後は楓《かへで》わかやぐ　　沾圃

初ウ2　　夏四月（楓わかやぐ＝若楓）

〈句意〉桜の花が散った後は、若楓の新緑が輝きを増す。

〈付合〉①前句から物事の推移する相をとらえ、②季節の変化を知恩院の境内に探って、③桜の散った後は若楓が若々しさを見せているとした。

〈備考〉「わかやぐ」は若々しく清新なさまを表す。『古集之弁』に「真《まさ》にその門前の景をいえり」とある見方に従うも、場所は門前ではなく、知恩院の広い境内であろう。

俎《まないた》の鱸《すずき》に水をかけながし　　里圃

初ウ3　　三夏（鱸に水を…＝洗鱸）

〈句意〉俎板《まないた》の鱸に水をかけ流しながら調理する。

〈付合〉①前句をよく手入れがされた料理屋などの庭園と見換え、②景観のさわやかさにも見合うその店の料理を想像して、③俎板の鱸に水をかけ流して調理するとした。
〔備考〕「四季のながめに絶間《たえま》なき料理茶屋」（『古集之弁』）であろう。「鱸に水を…」は、薄くそいだ鱸の身を水で洗いさらして刺身にする、洗いと呼ばれる調理法。雑とするのも一見識ながら、『通俗志』が「洗鱸」を三夏とするのに従っておく。

目利《めきき》で家はよい暮《くら》しなり　　馬莧

初ウ4　雑
〔句意〕物を見る目がきくために、家は裕福な暮らし向きである。
〔付合〕①前句の料理が贅沢な点に着目し、②それを余裕がある家のことと考え、③目利によってよい暮らしをしているとした。
〔備考〕「目利」は書画・刀剣などの鑑定で世間の評価を得ていること。前句はその家での料理に見換えられていよう。

状箱《じやうばこ》を駿河《するが》の飛脚請《うけ》とりて　沾圃

初ウ5　雑

〈句意〉駿河からの飛脚が状箱を受け取る。

〈付合〉①前句を定評のある鑑定家と見込み、②遠方からも依頼があると考え、そうした品の見定めを終えた場面を想定して、③依頼先である駿河の飛脚が書状の入った箱を受け取るとした。

〈備考〉「状箱」は書状を入れた箱で、ここは鑑定書などの状のほかに鑑定の品も入っていよう。「駿河の飛脚」は駿河国（現在の静岡県の中央部）から来た飛脚の意であり、由緒がありそうな品の出所として、家康ゆかりの駿河の地に思い及んだと見られる。

まだ七つにはならぬ日の影　里圃

初ウ6　雑

〈句意〉日の傾き具合から見て、まだ夕刻の七つにはなっていない。

〈付合〉①前句の手紙の内容を大切な用事と見込み、②火急の用件を仕上げることができる時間帯を想定し、③時はまだ日のある七つ前であるとした。

〈備考〉「七つ」は午後四時ころ。「飛脚便には到着時刻を指定した時付の便もあった」（『新大系』）のであり、前句の時刻を定めた付けと見るのがよい。

草の葉にくぼみの水の澄《すみ》ちぎり　馬莧

初ウ7　雑

〈句意〉草の葉の陰、窪地にたまった水は澄みきって見える。

〈付合〉①前句の日没には間がある時間帯である点に着目し、②その時分にありそうな夕刻の雨を想定した上で、その上がった後へと想像を進め、③澄んだ水たまりが草の下にできているとした。

〈備考〉「草の葉に」は「草の葉がくれに」（露伴『評釈』）の意であろう。「澄ちぎり」は澄んだ度合いを強調する表現。「水澄む」が秋季になるのは近代以降らしく、ここは雑と見ておく。

伊《い》駒《こま》気づかふ綿《わた》とりの雨　沾圃

初ウ8　秋八月（綿とり）

〈句意〉綿を採る時期の雨を心配しつつ、生《い》駒《こま》の様子を眺める。

〔付合〕①前句を雨後の光景と見定め、②雨の影響を受けやすい農事を想像して、③綿の採取に不都合な雨を気づかい、生駒周辺に目をやるとした。

〔備考〕「伊駒（井駒）」は大和（現在の奈良県）・河内（現在の大阪府）にまたがる生駒山系で、その麓は綿の産地。「生綿とる」は『をだまき』に八月の扱いで、『秘註』に「雨ヲ嫌《きらふ》コト殊更《ことさら》也」とある。また、生駒と雨・雲も関係が深く、『連句抄』が指摘するように、「君があたり見つつををらん生駒山雲な隠しそ雨は降るとも」（『伊勢物語』）などの例がある。なお、雨後の景に「雨」を付けたのは、「大胆」（露伴『評釈』）にして「異例」（『全書』）のことであろう。

うき旅は鵙《もず》とつれ立《だつ》渡り鳥　　里圃

初ウ9　秋八月（鵙）

〔句意〕この憂き旅は、渡り鳥が鵙と連れ立つようなものである。

〔付合〕①前句を生駒越えをして行く身内を気づかう母のさまと見込み、②その家の娘が遠くへ奉公に出向く場面を想像して、③鵙に襲われる渡り鳥を見ては、つらい旅の身であることを嘆くとした。

〔備考〕「うき旅」は「憂き旅」。「鵙」はスズメ目モズ科の鳥で、昆虫・蛙などを捕食する。『毛吹草』等に八月。『古集之弁』が「託物体」で「人商人《ひとあきんど》の手に落《おち》し女はらへの風情」とし、『秘註』が鵙は「ワル物ニタトヘタルナリ」とするように、弱者と強者の同道する旅を鳥にたとえたものと見られ、同時に、その鳥は「句中の女の実際に見てゐるもの」（『連句抄』）なのでもあろう。

有明《ありあけ》高《たか》う明《あけ》はつるそら　馬莧

初ウ10　秋八月ないし三秋（有明）　月の句

〔句意〕有明の月が空に高く残ったまま夜は明けた。

〔付合〕①前句を連れのある旅の出立と見て、②時刻を鳥が飛ぶ夜の明け方と定め、③有明月がまだ空に残っているとした。

〔備考〕「明はつるそら」は夜のすっかり明けきった空をいい、「雀の字や」歌仙の初ウ9にも「明はつる」の語が見られる。

柴舟《しばぶね》の花の中よりつつと出て　沾圃

初ウ11　春三月（花）　花の句

〔句意〕両岸に爛漫と咲き誇る花の中から、柴舟がつっと現れた。

〔付合〕①前句を春の有明と見換え、②その下に展開する景を案じ、花が盛りの川辺を想起して、③柴舟がその花の中からにわかに現れるとした。
〔備考〕「柴舟」は薪となる柴を積んだ舟で、「花の中より…」は、川面に触れるほど枝垂れた花が咲く中を舟がやって来ること。「つつと」は速やかで勢いのよいさま。「宇治の柴舟」が和歌に詠まれた素材であることから、これも当地辺の景と見る説が多い。

柳の傍《そば》へ門《もん》をたてけり　　里圃

初ウ12　春三月（柳）
〔句意〕柳の木の傍らに門を立てて居を構えた。
〔付合〕①前句の景を眺める人がいると見込み、②川沿いに住んでいる人を想定し、③柳に寄せて門を立てているとした。
〔備考〕柳と川は付物《つけもの》（付合語）の関係（『類船集』に「柳→川辺」）。「門をたてけり」には、わざわざそこを選んで居とした意味合いがあろう。風流人らしい人物を引き出す表現で、「前句と同じく水墨山水画の世界」（『新大系』）と見られる。

百姓になりて世間も長閑《のどか》さよ　馬莧

名オ1　三春（長閑さ）

〔句意〕農夫となって、世間ものどかに思われることよ。

〔付合〕①前句から閑居のさまを看取し、②その人が退隠の身に自適するさまを想像し、③百姓仕事を始めて世間ののどかさが実感されるとした。

〔備考〕諸注が指摘するように、陶淵明「五柳先生伝」（『古文真宝後集』等）を踏まえる俤《おもかげ》の付け(4)。官を退き晴耕雨読に暮らす人物であり、その人の素朴な心境である。

ごまめを膳にあらめ片菜《かたざい》　沾圃

名オ2　雑

〔句意〕田作《ごまめ》を膳に載せ、副菜には荒布《あらめ》があるばかりだ。

〔付合〕①前句を質素に暮らす人と見定め、②その生活の一端を食事で表そうと考え、③田作に荒布があるだけの膳であるとした。

〔備考〕「ごまめ（鱓・田作）」は小さな片口鰯の乾物。正月料理の代表格ながら、ここは質素な日常の食事を表し、雑と見られる。「あらめ（荒布・荒和布）」は褐藻類コンブ科の海藻。「片菜」は不詳ながら、露伴『評釈』が「片添え」とするのに従い、副菜の意味にとっておく(5)。

売物《うりもの》の渋紙《しぶがみ》づゝみおろし置《おき》　　里圃

名オ3　雑

〈句意〉商売用に渋紙で包んだ荷を肩から下ろして置く。
〈付合〉①前句を簡素な食事と見て、②先を急ぐ行商人が茶屋で食事するさまを想定し、③その傍らに渋紙包みの荷が降ろしてあるとした。
〈備考〉「渋紙」は水などに強く丈夫な紙。行商の途中、大切な商売品を脇に置いて腰かけ、急いで食事をすませる光景である。

けふのあつさはそよりともせぬ　　馬莧

名オ4　夏六月ないし三夏（あつさ）

〈句意〉今日の暑さときたら、そよりとも風が吹かない。

〔付合〕①前句を商人が木陰などで休むさまと見換え、②暑熱に閉口しているだろうと考え、③今日は暑くて風も吹かない、との愚痴を発話体で表した。

〔備考〕『類船集』に「暑→重荷」とあるように、行商から暑熱への連想は常套的。②→③の飛躍にも欠ける点がある。

砂を這《は》ふ蕀《いばら》の中の絡線《ギス》の声　沾圃

名オ5　雑

〔句意〕砂地を這うように群生する蕀の中に、ギスの声がする。

〔付合〕①前句から酷暑のさまを見て取り、②熱せられて人気《ひとけ》もない地表の光景を想像し、③砂地に枝を伸ばす蕀の中でギスの声のみがするとした。

〔備考〕「蕀」は刺《とげ》のある灌木類の総称で、『訓蒙図彙』に「むらがり生ず」、『御傘』に「花を結《むすび》ては夏也」とある。「絡線」は『訓蒙図彙』に「はたをりめ。俗ニ云フきりぎりす」とある通り、キリギリスの別称と見られる。(6)『をだまき』等は七月の扱いながら、次が秋でないことからも、ここは雑とすべきである。

別《わかれ》を人がいひ出せば泣《なく》　　里圃

名オ6　雑　恋（別）

〈句意〉あの人が別れを言い出したので泣いてしまう。

〈付合〉①前句には荒涼として寂しい気分があることに着目し、②その場にふさわしい人事として愁嘆場を思いつき、③相手が別れの言葉を口にし始めたので泣いたとした。

〈備考〉古注以来、「墓所トミテ、其《その》亡キ人ノコトヲ聞《きい》テ泣《なく》ナリ」（『秘註』）のように、これを故人との別れに涙ぐむさまと見るものが多い。しかし、「別」は恋の詞でもあり、『古集之弁』が「郊外に余波《なごり》をおしむ女のさま」とするように、郊外辺に男を見送りつつ、長い別れを思って泣く女の姿と見るのが自然であろう。

火燵《こたつ》の火いけて勝手《かつて》をしづまらせ　　馬莧

名オ7　冬十月（火燵の火）

〈句意〉火燵の火を鎮め、早々に勝手向きの用事を終えさせた。

〈付合〉①前句を夫が旅に出る妻のさまと見定め、②出立の前夜にしばしの別れを夫婦で惜しむ場面を想像して、③冬の夜に早々と火を鎮め、勝手仕事を切り上げさせるとした。
〔備考〕「火いけて」は灰をかぶせて種火を保存すること。今夜は早々に家事をすませ、明日の旅立ちを前に、夫婦で別れを惜しむのであろう。前句よりも時間的に前のことを詠んだ、逆付《ぎやくづけ》である。

一《いつ》石《こく》ふみし碓《からうす》の米　　沾圃

名オ8　雑
〔句意〕唐臼を踏んで一石分も精米した。
〔付合〕①前句は女衆《おんなしゆう》を早めに休ませた場面であると見換え、②静かになった台所に一人だけ夜なべ仕事をする者がいると想定し、③一石もの米を唐臼で搗いたとした。
〔備考〕「碓」は土中に埋めた臼で、梃子《てこ》の原理で踏み搗いて用いる。前句の「しづまらせ」を重視すれば、主体は「忠義な下男」（『新大系』）でなく、一家の主人と見られよう。「農家と転じたり」（露伴『評釈』）とせず、商家のこととしても不都合はない。

折《をり》〳〵《をり》は突目《つきめ》の起《おこ》る天気相《てんきあひ》　　里圃

名オ9　雑

〔句意〕天候の具合か、折々に目の突き傷がちかちかと痛み出す。

〔付合〕①前句を長時間の重労働と見定め、②疲労した体に起こる異変を想像し、③天気の影響もあって目の古傷が痛むとした。

〔備考〕「天気相」は天気の具合。「突目」は目を突いてできた傷。露伴『評釈』に「突目は過《あやま》ちて小さきもの、たとへば麦の芒《のぎ》、藁の尖《さき》などにて眼を衝《つ》きたるよりの患《わづらひ》をいふ。一旦《いったん》治しても天気の甚だ乾く時などは、ちか〳〵として痛《いたみ》の起《おこ》るものなり」とある。

仰《ゲウ》に加減《(ママ)》のちがふ夜《よ》寒《さむ》さ　馬莧

名オ10　秋八・九月（夜寒さ）

〔句意〕大いに様子が変わり、きつい夜寒となった。

〔付合〕①前句の患いを気候条件によると見込み、②寒暖の変化に苦しみ嘆く様子を想定し、③急に厳しい夜寒になったとした。

〔備考〕「仰に」は程度が甚だしいさま。「滅」は「減」の誤り。「加減のちがふ」は様子が通常と異なることで、最近までとは変わっての意とも、日中に変わっての意とも、両様に解される。「夜寒」は秋の夜の寒気のことで、『せわ焼草』等に八月、『はなひ草』等に九月の扱い。

月影にことしたばこを吸《すう》てみる　　沾圃

名オ11　秋八月（月影・ことしたばこ）　月の句

〔句意〕月に向かって一服、新煙草を吸ってみる。

〔付合〕①前句を縁側あたりでのつぶやきと見て、②夜寒に驚きながらの月見を想定し、③月下で今年出来の煙草を吸うとした。

〔備考〕「ことしたばこ」は「若煙草」に同じく、その年に作られたばかりの煙草で、『毛吹草』『増山井』等に八月の扱い。

おもひのまゝに早稲《わせ》で屋根ふく　　里圃

名オ12　秋八月か（早稲で屋根ふく）

〔句意〕思い通りに早稲の藁で屋根を葺《ふ》く。

〔付合〕①前句から労働後の満足感を感得し、②豊年で稲もよく実ったと考え、③思うまま早稲の新藁で屋根を葺き直すとした。

〔備考〕「早稲」は諸書に七月の扱いながら、その藁を干して屋根に使うのであるから、八月ころのことと見られよう。

手払《てばらひ》に娘をやつて娵《よめ》のさた　馬莧

名ウ1　雑　恋（娵のさた）

〔句意〕財産を付けて娘を他家へ嫁がせ、いよいよ跡取り息子に嫁を迎える算段をする。

〔付合〕①前句の屋根の葺き替えを思い通りの周到な準備と見て、②その周到さが人事においても発揮される場面を思い描き、③まず十分な金を付けて娘を縁づけ、それから嫁取りの手配に入るとした。

〔備考〕「手払」は所持するものを出し尽くすこと、金品を使うこと。厄介払いの意ではなく、持参金をはずんだのである。

参宮の衆《しゆ》をこちで仕《し》立《たつ》る　沾圃

名ウ2　雑

〔句意〕伊勢参りの一行を定め、したく万般をこちらで手配する。

〔付合〕①前句を子に対して何かと世話を焼く親と見込み、②結婚前に息子がすべきこととして、一種の通過儀礼であった伊勢参宮を思い寄せ、③参宮の同行者についてもこちらでとりまとめるとした。

〔備考〕「参宮の衆」は神社に参詣する連中のことで、「参宮」は伊勢参りをさすことが多い。「こち」は「此方」でわが家の意。「仕立る」は「信者参拝のつれをこちらでまとめる」（『校本』）と見てよく、その費用まで負担するものと考えられる。

花のあと躑躅《つつじ》のかたがおもしろい　里圃

名ウ3　春三月（花のあと・躑躅）　花の句

〔句意〕桜の花が散った後は、躑躅の咲く方面がおもしろい。

〔付合〕①前句を旅の計画・準備と見定め、②花の時期に出かける一行を想像し、③花の後は躑躅の咲く所がよいと、帰りの寄り道について相談するさまとした。

〔備考〕『古集之弁』に「打寄居《うちより》ての話しならん。方《かた》の字、頃《ころ》の字の意なり」とあり、「打寄居ての話し」は妥当ながら、「方」を「頃」の意には取りにくく、方角と解すべきである。

寺のひけたる山際《やまぎは》の春　　馬莧

名ウ4　　三春（春）

〔句意〕寺が引き移った後の山裾にも、春がめぐってきた。

〔付合〕①前句から山間の趣を感じ取り、②山際によくある寺院を想定した上で、その移転へと想像を進め、③寺の跡地にも春が訪れているとした。

〔備考〕「ひけたる」は「退けたる」で、ここは寺が他へ移転したこと。「躑躅→山陰」（『類船集』）の連想が関与していよう。

冬よりはすくなうなりし池の鴨　　沾圃

名ウ5　　春二月（すくなうなりし…鴨＝鴨帰る）

〔句意〕冬のころから比べれば、数が少なくなった池の鴨である。

〔付合〕①前句を人気のない山麓の春景と見て、②その場にふさわしい大きな池を案じ、③北へ渡るため、鴨の数も冬より減ったとした。

〔備考〕『通俗志』『滑稽雑談』に寒冷地へ帰る鴨を意味する「引鴨」の語があり、前句の「ひけたる寺」

から「引鴨」を連想した可能性も考えられる。

一《ひと》雨《あめ》降《ふり》てあたゝかな風　里圃

挙句　三春（あたゝかな風）

〔句意〕雨が一《ひと》降りして、暖かな風が吹いてきた。

〔付合〕①前句から春の進展するさまを看取し、②これにふさわしい気候を案じて、③一雨の後には暖かな風が吹くとした。

〔備考〕いかにも春らしいさまを添えた、挙句らしい挙句。

〈参考・別歌仙分析〉

いさみたつ鷹引《ひき》居《すゆ》る霰かな　翁

発句　冬十一月（霰・鷹引居る＝鷹狩）

〔句意〕霰の降りかかる中、鷹が飛び立とうとするのを、経緒《へお》を引いてとどめることである。

〔備考〕霞は『はなひ草』等に十一月、『通俗志』等に兼三冬。

ながれの形《なり》に枯るゝ水草　沾圃

脇　冬十月ないし三冬（枯るゝ水草）

〔句意〕川が流れる形の通りに、冬枯れの水草が見える。

〔付合〕①前句を狩場のさまと見定め、②霞の降り込む水かさの減った川を想定し、③流れに任せて枯れている水草があるとした。

宿《しゆく》はずれ明店《あきだな》多く戸をさして　馬莧

第三　雑

〔句意〕宿場のはずれには戸を閉め切った空き家が多い。

〔付合〕①前句から荒涼とした気分を看取し、②これにふさわしくさびれた宿場のさまを思い描き、③宿はずれには戸を閉めた空き家が目立つとした。

三味線さげる旅の乞食《こつじき》　翁

初オ4　雑

〔句意〕三味線を手に携えた旅の乞食が通り過ぎる。

〔付合〕①前句を閑散とした街道筋と見込み、②稼ぎの当てがはずれてがっかりする旅芸人を想定し、③旅の乞食が三味線を手にしたまま歩くとした。

夕月夜《ゆふづくよ》そら豆《まめ》喰ふて更《ふか》しける　沾圃

初オ5　秋八月ないし三秋（夕月夜）　月の句

〔句意〕夕月の照らすもと、空豆《そらまめ》を食べつつ夜更《よふ》かしをしている。

〔付合〕①前句の乞食の孤独さに着目し、②粗末な宿などで夜を過ごすさまを思い描き、③夕月に空豆を食べて夜を更かすとした。

衾《ふすま》こそぐる秋寒きなり　　馬莧

初オ6　　秋九月（秋寒き）

〔句意〕秋の夜寒、夜具に体をごそごそさせている。

〔付合〕①前句を夜のつれづれなるさまと見換え、②夜寒に独り寝をする状況を想像し、③足りない夜具をごそつかせているとした。

〔備考〕「こそぐる」は、本来はくすぐるの意であるものの、ここは「もじ〱動いて音を立てること」（『連句抄』）であろう。

露霜にたれか問《とは》るゝ下駄の音　　翁

初ウ1　　秋九月（露霜）

〔句意〕露霜が降りる中を誰が訪ねて来たのか、下駄の音がする。

〔付合〕①前句に夜具を出かねる気分を看取し、②秋冷の朝に訪問者があると想定して、③露霜の中に下駄の音がするのは誰が来たものかと、いぶかしむさまとした。

大黄《だいわう》の葉のいく重《へ》かさなる　沾圃

初ウ2　雑

〔句意〕大黄の葉が幾重にも重なり茂っている。

〔付合〕①前句を来訪者に気づいた家の主人の思いと見定め、②草木の茂るその家の玄関先を想像し、③大黄の葉が何重にも重なっているとした。

〔備考〕「大黄」はタデ科の多年草で、乾燥させた根茎が健胃剤・瀉下剤となる。

力なく肱《かひな》ほそりしうきおもひ　馬莧

初ウ3　雑　恋（うきおもひ）

〔句意〕憂き恋に力もうせ、腕はほっそりとなっている。

〔付合〕①前句の大黄が薬用となることに着目し、②その家の一人が患っていると考え、③恋の悩みに力なく、肱もやせ細っているとした。

繕《つくろ》ふかひもなき木綿《もめん》もの　　翁

初ウ4　雑　恋（内容）

〔句意〕今はもう繕う甲斐もない木綿の衣服である。

〔付合〕①前句を恋にやつれた女性と見て、②その相手が会えない所にいると想定し、③木綿物を繕っても着せられず甲斐がないとした。

自《じ》仏《ぶつ》堂《だう》六畳半に出ばるらむ　　沾圃

初ウ5　雑

〔句意〕持仏堂は六畳に半畳分を出張《でば》らせてあるのだろう。

〔付合〕①前句から家人が世を去ったと見定め、②残された者の余念なく拝むさまを想像し、③その仏間は六畳半に出張っているとした。

〔備考〕「持仏堂」は日ごろ信仰している仏像を安置した堂や部屋のことで、ここは仏間《ぶつま》をさすのであろう。半畳分は仏壇などを設けるために突き出させてあるわけである。

暑きをほめてかゆる雑鯸汁《ざこじる》　馬莧

初ウ6　雑

〔句意〕熱いできたての雑魚汁《ざこじる》をほめ、お代わりをする。

〔付合〕①前句で持仏堂がある点に着目し、②法事を想定した上で、その後の飲食の席を思い描き、③熱い雑魚の汁をほめてお代わりするとした。

〔備考〕「雑鯸」は「雑魚」に同じく、いろいろな種類の入り混じった小魚。「雑鯸汁」はそれを入れて煮た汁。

釣《つり》の銭十二匁《もんめ》の相場なり　翁

初ウ7　雑

〔句意〕魚釣りの費用は十二匁が通り相場である。

〔付合〕①前句を舟で食べる料理と見換え、②舟を借り切って釣りをするさまを思い描き、③そのための代金は十二匁が相場であるとした。

〔備考〕釣りに要する費用の相場は未考ながら、『全註解』に「船頭を雇って舟一艘を借り切っての沖釣りの相場が、大体十二匁と言ったところか」とある。

伏見の橋も京の名残《なごり》ぞ　沾圃

初ウ8　雑

〈句意〉伏見のこの橋を過ぎれば、京の地ともお別れである。

〈付合〉①前句を川岸の釣り場と見て、②川舟で大坂方面に下る旅人を想定し、③伏見の橋が京の名残であると、その人の感慨で一句とした。

ふところえ畳んで入《いる》る夏羽織　馬莧

初ウ9　夏四月ないし三夏（夏羽織）

〈句意〉夏用の薄い羽織をたたんで懐に入れる。

〈付合〉①前句を京を離れる人の感慨と見定め、②その人が旅中に行ないそうなことを想像し、③夏羽織をたたんで懐に入れるとした。

〈備考〉「え」は「へ」の仮名違い。「夏羽織」は夏に着る薄い単《ひとえ》の羽織で、絽《ろ》・紗《しゃ》・麻などで作る。

親父《おやぢ》〳〵《おやぢ》と皆かはゆがる　翁

初ウ10　雑

〔句意〕親父、親父と呼んで、皆が好いている。

〔付合〕①前句から気さくな性情であることを見込み、②その人が誰からも好まれていると考え、③親父の愛称で皆に親しまれているとした。

月花の宵から仕込《しこむ》よせどうふ　沾圃

初ウ11　春三月（花）　月の句・花の句

〔句意〕月と花が美しい宵から、寄せ豆腐を仕込んでいる。

〔付合〕①前句から仲のよい近所づきあいを感得し、②行事には協力し合うものと考えて、③花見時分の月下で宵から寄せ豆腐を仕込むとした。

〔備考〕「よせどうふ」は「寄せ豆腐」で、型箱に入れる前のまだよく固まっていない豆腐。豆腐作りは花見に備えてのことであろう。

陽炎《かげろふ》たちて餅はわれけり　　馬莧

初ウ12　　春一・二月ないし三春（陽炎）

（句意）陽炎が立つ時分になって、餅にひび割れが入った。

（付合）①前句で豆腐を仕込んでいる点に着目し、②その勝手元には正月以来の鏡餅があると想定し、③陽炎が立つような陽気に餅も割れてきたとした。

灑《ソヽグ》水のとく〳〵落《おつ》るはるの風　　翁

名オ1　　三春（はるの風）

（句意）春風が吹き、そそぐ水がとくとく音を立てて落ちている。

（付合）①前句に春の駘蕩たる気分を感得し、②戸外も春らしさに満ちていると考え、③春の風が吹いて岩間の清水もとくとくしたたるとした。

（備考）「とく〳〵落る」は伝西行歌「とく〳〵と落《おつ》る岩間の苔清水くみほすまでもなきすまひかな」（『吉野旧記』等）の引用。[7]

門《もン》の左は見ざるいは猿　　沾圃

名オ2　雑

〈句意〉門を出た左には、「見ざる言はざる」の三猿を彫った庚申塔がある。

〈付合〉①前句を庭の景と見込み、②門前には街道が走っていると想定して、③門を出てすぐ左に庚申塔があるとした。

〈備考〉「見ざるいは猿」は、「見ざる・聞かざる・言はざる」の三猿を省略的に言い表したものであろう。この三猿は青面金剛の使者とされ、庚申信仰(8)にまつわる庚申塔に多く彫刻される。

時の間《ま》に一《ひと》むら雨《さめ》の降り通り　　馬莧

名オ3　雑

〈句意〉村雨が一降りして、しばらくして上がった。

〈付合〉①前句の門を寺などの大門と見て、②その下は雨宿りに恰好と考え、③しばしの間に驟雨が降り過ぎるとした。

菰《こも》より琵琶を出《いだ》す蝉丸《せみまる》　翁

名オ4　雑

〔句意〕蝉丸が莚《むしろ》の中から琵琶を取り出している。

〔付合〕①前句を奇特な行為による雨と考え、②琵琶を弾いて雨を降らせた蝉丸の説話を想起し、③蝉丸が菰から琵琶を取り出すとした。

〔備考〕『百人一首』の一作者である蝉丸が琵琶の名手でもあったことは、謡曲「蝉丸」等によって著名。『類船集』に「秘曲を弾じければ、旱《ひでり》の空に甚《はなはだ》雨したり」との逸話が記される。

烏《からす》てふおほよそ鳥はしれがたみ　沾圃

名オ5　雑

〔句意〕烏というあわて者の鳥は、その気が知れない。

〔付合〕①前句を演奏前の蝉丸と見て、②謡曲「蝉丸」の「鳴くや関路の夕烏…」を介して万葉歌を想起し、琵琶を弾きつつ歌う歌の内容を想像し、③烏というあわて鳥の心は知れがたいとした。

〔備考〕「烏てふおほよそ鳥」は「烏とふ大をそ鳥のまさでにも来まさぬ君を子ろ来とぞ鳴く」（『万葉集』）

を踏まえるもので、「おほよそ」は誤り。「大をそ」は大あわて者といった意。「しれがたみ」は知れ難いのでの意。

雪の細江《ほそえ》の山をとり巻《まく》　馬莧

名オ6　冬十一月（雪）

〔句意〕山に取り巻かれた狭い入江に雪が降り込む。

〔付合〕①前句は烏を見ての感慨と判断し、②烏が水辺を飛ぶ漢詩を想起し、③細い入江は山に囲まれているとした。

〔備考〕『連句抄』が述べるように、「主語と客語を入れ替へて、「雪の細江を山のとり巻」とあるべき」ところであろう。また、同書が指摘する通り、「寒鴉飛ビ尽クシテ水悠悠」（『三体詩』）を踏まえた付けと見られ、これは『類船集』の「鴉」の項にも引かれている。

入口《いりぐち》は松さまぐの竹扉《たけとびら》　翁

名オ7　雑

〔句意〕入口には種々の松が植えられ、奥に竹の戸が見える。

〔付合〕①前句を人里から離れた地と見込み、②そこには高士の庵があると想定し、③入口に近い松の向こうに竹の枝折戸《しおりど》が見えるとした。

仏《ほとけ》御《ご》前《ぜん》を神は請《うけ》ずも　沾圃

名オ8　雑

〔句意〕仏御前の祈願を神は受けないことよ。

〔付合〕①前句をいわくありげな閑居と見て、②嵯峨の奥で尼となった仏の逸話を想起し、③仏の名をもつ御前だけに神はその意を受けないとした。

〔備考〕「仏御前」は清盛が寵愛した白拍子《しらびょうし》（歌舞を業とする女性）の名で、「御前」は一種の敬称。仏と祇王・祇女が清盛をめぐって争い、やがて共に出家した話は、『平家物語』巻一にあって著名。「神は請ずも」は「恋せじとみたらし河にせしみそぎ神はうけずぞなりにけらしも」（『古今集』）を踏まえる表現。

黒紅《くろべに》の小袖は襟《えり》のあかばりて　　馬　莧

名オ9　雑

〔句意〕黒紅色の小袖の襟がすれ、赤みが強くなってきた。

〔付合〕①前句の仏御前を信心深いものと見込み、②着替えもせずに勤行を続ける姿を想定し、③黒紅の小袖の襟も赤く汚れているとした。

〔備考〕「あかばり」は「赤張り」で、汚れなどのために赤く色が変わること。

ゴスの茶碗を売《うり》に出さるゝ　　翁

名オ10　雑

〔句意〕呉須焼《ごすやき》茶碗を売りに出している。

〔付合〕①前句を零落した人のさまと見て、②元は裕福で茶道具なども揃っていたと考え、③呉須焼の茶碗を売りに出すとした。

〔備考〕「ゴス」は呉須焼のことで、中国の明末ころから作り始められた染付《そめつけ》焼の陶磁器をさす。

なま禅の二階を居間《ゐま》にとぢこもり　　沾圃

名オ11　雑

〔句意〕なま悟りの禅に凝り、二階を居間にして閉じこもっている。

〔付合〕①前句を独断による所為と見込み、②それは世俗を省みない中途半端な悟りゆえであると考えて、③二階を居間に籠もって生禅《なまぜん》三昧であるとした。

〔備考〕「なま禅」は徹底しない中途半端な禅の修行。

月を隣にテンカンをきく　　馬莧

名オ12　秋八月ないし三秋（月）　月の句

〔句意〕月が照らすもと、隣家で癲癇《てんかん》の発作が起きたのを聞く。

〔付合〕①前句の人は俗事への関心も強いと見込み、②近所の出来事に興味津々であると考え、③月下、隣家で癲癇《てんかん》の騒ぎが起こったのを聞くとした。

〔備考〕「テンカン」は「癲癇」で、発作的な意識障害と痙攣《けいれん》を主症状とする疾患。

ねり物の一番みゆる草すゝき　沾圃

名ウ1　秋八・九月ないし三秋（草すゝき）

〈句意〉祭りの練り物の先頭が、薄の向こうに見えてきた。

〈付合〉①前句の騒々しい気配に着目し、②秋の祭礼の賑やかさを連想して、③薄の向こうに練り行列が近づいているとした。

〈備考〉「ねり物」は祭礼で町中を練り歩く山車《だし》や行列など。「草すゝき」は花がなく葉ばかりの薄のことか。

蛸《たこ》に酢かゝる柚《ゆず》の切形《きりがた》　沾圃

名ウ2　秋九月（柚）

〈句意〉酢をかけた蛸に切り整えた柚子を添える。

〈付合〉①前句は家内から祭を見たものととらえ、②一行の通りかかる室内で、食事する場を想定して、③料理の中に柚を添えた酢蛸があるとした。

〈備考〉「切形」は切って形を整えたもの。ここは作者の順が乱れており、『金蘭集』では「翁カ」と傍記がある。

秋の空年《とし》〳〵《どし》くだる旅功者《たびこうしゃ》　馬莧

名ウ3　三秋（秋の空）

〔句意〕空が秋の気配になると、例年通りに旅巧者《たびこうしゃ》が下って来る。

〔付合〕①前句を宿屋の気の利いた料理と見なし、②それを楽しみにする馴染み客を想定して、③秋になると下ってくる、旅慣れた江戸下りの商人であるとした。

奉加帳《ほうがちやう》にはつかぬ也けり　沾圃

名ウ4　雑

〔句意〕奉加帳には名が記されないことだ。

〔付合〕①前句の人を商売上手と見込み、②利ばかりを追って信仰には無関心と考え、③奉加帳に名が付くことはないとした。

〔備考〕「奉加帳」は、神仏のために寄進する金品の目録や寄進者の氏名などを記した帳簿。

不公儀《ぶこうぎ》に花咲《さく》山のあら三位《ざんみ》　翁

名ウ5　春三月（花咲）

〔句意〕三位になったばかりの身で、こっそり花の咲く山に来ている。

〔付合〕①前句をお忍びゆえのことと見込み、②大願成就にお礼参りをするさまなどを想像し、③新たに三位となって独り花盛りの山に来ているとした。

〔備考〕「不公儀」は世の習慣に通じておらず、付き合いの悪いこと。その意味を重視すれば、あるいは、「前句の「奉加帳にはつかぬ」人を付き合いの悪い性向の人として、それを「あら三位」と定め、「不公儀に」と言ひ做した」（『連句抄』）だけと見てよいかもしれない。「あら三位」は新しく位階の三位に昇進した人。

田舎の谷になまる鶯《うぐひす》　馬莧

挙句　春一月ないし三春（鶯）

〔句意〕田舎の谷では鶯も訛《なま》って鳴いている。

〔付合〕①前句の場を山深い土地と見て、②春らしく鳥の鳴く場面を想像し、③田舎ゆえ谷に鳴く鶯の声も鄙《ひな》めいているとした。

〈解説稿〉

如上の分析に基づき、以下、小林は両歌仙の関係と意義、佐藤は両歌仙の付合の傾向に関して、それぞれ私見を示す。

〈両歌仙の関係と意義〉

先の「雀の字や」歌仙〈解説稿〉（115頁参照）で「雀の字や」歌仙の立句を取り上げて述べた私見を、ここにもう一度まとめておきたい。

馬莧の立句「雀の字や揃ふて渡る鳥の声」は、その直前に興行された芭蕉・沾圃・里圃の三吟歌仙（半歌仙の可能性もある）における芭蕉句「老の名の有共しらで四十から」を踏まえ、当日は臨席しない芭蕉を取り込んだ、特別の意図を込める挨拶句であった。沾圃・里圃はこの点を十分に承知し、三吟歌仙を満尾したのである。

およそ二ヵ月の時をおいて、再び沾圃亭での興行の機会を得る。それが本稿にいう別歌仙であり、馬莧・沾圃が芭蕉に「雀の字や」歌仙満尾の顛末を語ったのは、おそらくこの時であろう（もっとも、すでに芭蕉がこのことを知っていても問題はない）。「いさみたつ」歌仙を巻き終えた芭蕉の脳裏には、「雀の字や」歌仙の一件があったのではなかろうか。三十六句の模様や出来栄《できば》えのことではない。馬莧の立句に沾圃・里圃が気脈を合わせ、不在の芭蕉を幻の連衆として取り込む、その心根《こころね》である。いたく心を動かされた芭蕉は、一つの決断を下す。今日は一座しない里圃を連衆に迎え、「雀の字や」歌仙の運座（馬莧→沾圃→里圃）と同じになるよう、自身の発句を踏まえて新たな歌仙（本歌仙）の立句《たてく》（発句）に仕立て換え、自分は第三を詠み、立句が完成した時点で里圃の句とすることである。これを再現すれば、以下のようになろう。

いさみ立鷹引すゆる□　　里圃
□　　沾圃
大根のそだゝぬ土にふしくれて　　芭蕉

実際には、里圃にもう少し大きな裁量が与えられたとも考えられる。が、芭蕉の第三が事前に示されている以上、立句にも大幅なイメージの変更はありえず、結局、下五を「嵐かな」と換えるにとどまった。一語の置換といえど、俳諧ではそれも手柄たりえるし、「雀の字や」句の深い挨拶性を了解する里圃であれば、芭蕉句の上五・中七をそのまま用いて再吟することが、挨拶性の担保につながるとも考えたのであろう。そして、難しい役割を引き受けた主人の沾圃は、第三との距離も測りながら、冬を印象づけて発句に打ち添えるべく、「鷹」に「飛」、「そだゝぬ土」に丈夫な「まさき」を付け、荒涼とした景を描く。発句・脇・第三の展開が、別歌仙より連想面でやや窮屈になっている理由である。

では、なぜ芭蕉はこのようなお膳立てをしたのか。「雀の字や」歌仙満尾に心を動かされたことに加え、もう一つ隠された事実を指摘することができる。別歌仙を見ると、発句から「翁→沾圃→馬莧」と規則正しく運ばれてきたものが、名残ノ裏に入って順番が不統一になる。順当な運座の作者名を下に書き、

一致する場合は〇、不一致の場合は×を付して、六句分を掲げれば、

ねり物の一番みゆる草すゝき	沾圃	翁	×
蛸に酢かゝる柚の切形	沾圃	沾圃	〇
秋の空年〳〵くだる旅功者	馬莧	馬莧	〇
奉加帳にはつかぬ也けり	沾圃	翁	×
不公儀に花咲山のあら三位	翁	沾圃	×
田舎の谷になまる鶯	馬莧	馬莧	〇

となる。一見して明らかなように、これは沾圃と翁の句順が招いたことで、ことに沾圃の出句が異常である。意図的な改変であるとすれば、考えられる理由は一つ、花の座の作者をどうするかであろう。初裏十一句目で花・月の長句を詠んだ沾圃が、客の芭蕉に花をもたせるべく、自ら句順を乱したわけである。

　この沾圃の心根にも、芭蕉は深く感じ入ったのであろう。先の馬莧の立句の一件や、このたびの沾圃の配慮を受け、再び行なわれるであろう馬莧・沾圃・里圃の三吟興行に対して、お膳立てをしたのではないか。そして、翌元禄七年に初めて四人が揃う「八九間」歌仙が成り、添削・推敲に作者名の変更といった一連の流れがこれに加わっていく。つまり、本歌仙の意義は、四人の心をより強く結びつけた、その一点に存していたのである。

〈付合の傾向〉

前掲の「雀の字や」歌仙〈解説稿〉（115頁参照）における検討結果を確認すると、「雀の字や」歌仙から指摘されたのは、詞の関係に依拠した付合が少なからずあり、②と③の間が総じて近いこともあって、付け筋が追いかけやすいこと、素材の選択や付合の機構において発想の類同性が見られること、の二点であった。では「いさみ立」歌仙の場合はどうか。想定される興行順に従い、二つの歌仙のありようを検証してみよう。

別歌仙においても、やはり、素材や表現における均一化の傾向が指摘できる。中でも気になるのが芭蕉の付句で、たとえば、初オ4「三味線さげる旅の乞食」と名オ4「菰より琵琶を出す蝉丸」が同じ歌仙内に同じ翁の句としてあることは、「三味線」と「琵琶」、「乞食」と盲僧「蝉丸」の類似に加え、「菰」と「乞食」の密接な関係（『類船集』に「菰→乞食」）からしても、問題であろう。しかも、後者は、前句の雨に蝉丸の故事を想起したら、それをそのまま句にした恰好であり、詞の連想（『類船集』に「菰→旅の俄雨」）への依存も見られる。さらには、ここから同8「仏御前を神は請ずも　沾圃」まで、古典的な世界や表現を用いた句が連続する点にも、捌き手としての不備が指摘されねばなるまい。

もちろん、他の連衆にも力不足の付句は少なくない。

初ウ2　　大黄の葉のいく重かさなる　　沾圃
初ウ3　力なく肱ほそりしうきおもひ　　馬莧
初ウ4　　繕ふかひもなき木綿もの　　翁
初ウ5　自仏堂六畳半に出ばるらむ　　沾圃

を例にとると、馬莧の「力なく…」は、薬草から恋煩いを思いついたことに満足し、それをそのまま句にしたもの。芭蕉句も、一句の形象性は十分ながら、発想自体は相手が遠くにいると考えたものに過ぎず、沾圃の「自仏堂…」は、相手（夫であろう）が死んだと読み換え、供養の場を付けたもの。簡潔な一事による一句の形象は「かるみ」期芭蕉連句の大きな特色ながら、ここでは自仏堂が六畳半だという事実を提示するにとどまり、故人を大切に思うという余情がもたらされるわけではない。

総じて指摘できるのは、①→②での発想に独創性が欠け、②→③においてさらに想像力を発揮する姿勢があまり見られないことである。右に続く二句、

初ウ6　　暑きをほめてかゆる雑鯸汁　　馬莧

初ウ7　　釣の銭十二匁の相場なり　　翁

にしても、〈法事→精進落とし→出された雑魚汁〉〈雑魚汁→振る舞う場としての舟→釣り〉との連想は順当に過ぎ、飛躍的な想像力が駆使されているとは言いがたい。芭蕉の不調さが目立つ一巻であり、芭蕉といえども常に一様に実力が発揮できたわけではない、という結論が導かれそうである。芭蕉がこの巻に執着せず、里圃を加える本歌仙の興行を促したらしいことは、この点からも了承されようか。

その本歌仙では、「雀の字や」歌仙に家族のいざこざや仕事の苦労が目立ったのとは異なり、余裕のある家や生活に満足するさまが多見される。たとえば、

初ウ3　　俎の鱸に水をかけながし　　里圃

初ウ4　　目利で家はよい暮しなり　　馬莧

における特殊技能をもつがゆえの裕福さ、あるいは、

初ウ12　　柳の傍へ門をたてけり　　里圃
名オ1　　百姓になりて世間も長閑さよ　　馬莧
の退隠をしたことによる自適ぶり、さらには、
名オ12　　おもひのまゝに早稲で屋根ふく　　里圃
名ウ1　　手払ひに娘をやつて娵のさた　　馬莧
名ウ2　　参宮の衆をこちで仕立る　　沾圃
での羽振《はぶ》りがよい家、という具合であり、人物像や余裕の程度はまちまちでも、やはり一種の偏りが指摘されるべきであろう。ことに、最後の例には三句がらみの傾向もあり、前句の情を引きずった状態で付句を案じたものと推察される。

去来が芭蕉の言を引きつつ『去来抄』に述べるところでは、「蕉門の付句は、前句の情を引来《ひききた》るを嫌ふ」もので、「前句をつきはなしてつく」べきであるという。これを私にとらえ直せば、前句の見定めを付合の前提としつつも、そこから独自の趣向を立て、豊かな想像力で場面を構想し、前句から離れた事物で句を仕立てるのがよい、ということになる。これまでの分析に従う限り、その理想形に最も近いのが『すみだはら』「むめがゝや」歌仙で、同書や『別座鋪』『続猿蓑』に収められる他作品の場合、必ずしも十全の成果を挙げているとは言いがたい。本歌仙も同断で、たとえば、

名オ5　　砂を這ふ蕀の中の絡線の声　　沾圃
名オ6　　別を人がいひだせば泣　　里圃

であれば、前句の景から愁嘆場を思いついた連想力はみごとながら、句作はそれを最も安易な形で表現

しているに過ぎない。②→③の段階に問題が見られるわけである。
もう一つの例として、

名オ3　売物の渋紙づゝみおろし置　里圃
名オ4　けふのあつさはそよりともせぬ　馬莧

を取り上げてみよう。行商に従事する者の労苦を暑熱の中に描いた点で、『すみだはら』「むめがゝに」歌仙における「奈良がよひおなじつらなる細基手　野坡／ことしは雨のふらぬ六月　芭蕉」（初ウ2・3）との類似が注目される付合である。芭蕉の付句は、前句にかすかな愚痴めいた気分があるのを見逃さず（①）、そうした者が苦しむであろう暑さを別に想定した（②）上で、雨が降らないという発話だけを取り上げた（③）もの。前句を突き放して付けるとはこういうことなのか、と得心されるところであろう。一方、里圃・馬莧の付合では、前句の中に休憩をとるさまがすでに看取される（①）ので、その人が木陰で涼を得ようとする趣向（②）も、風の一つもない暑さに閉口するという発話体の句作（③）も、きわめて順当。飛躍には乏しいということになる。

もっとも、俳諧面では新人に等しい能楽系の作者三人が、芭蕉流の付合方法を身に付けていること自体、賛嘆に値することではある。その上で言えば、当座（芭蕉が一座する場合）で捌く芭蕉の調子と、後でこれに推敲の手を加えるかどうかが、一巻の出来に大きく関わるようである。慎重に考えるべきことながら、「雀の字や」歌仙や「いさみ立」歌仙の場合、芭蕉の手はさほど加わっていないとおぼしく、その点で、「八九間」歌仙との間には相応の懸隔があるように感じられてならない。

注

（1）露伴『評釈』は「山中の瘠土《やせつち》、蘿蔔《だいこん》のふしくれたる、さもあるべし」と注解し、『連句抄』も一句を冬季として同様の解を施している。

（2）従来は、「秋を二句で捨てた運びは、かなり異例の事に属する」（『連句抄』）と見られてきた。しかし、春・秋は三句以上という式目を、連衆が簡単に無視したとは考えにくい。

（3）『秘註』にも「上町・下町ト言《いふ》心ニ附《つけ》ナシ」とあり、その可能性は十分にある。

（4）「五柳先生伝」によれば、陶淵明は自らの居所に五本の柳を植え、五柳先生を自称した。露伴『評釈』は、「俤の附《つけ》も此《この》句ほどにべたりと附けたるは、…興もまた薄し」と、故事に依存し過ぎた付けであることを批判している。

（5）『新大系』は「堅海苔」のこととして、「片菜」をカタノリと読んでいるものの、根拠は不明。『書言字考節用集』にカタノリ（堅海苔）を「龍鬚菜」と表記することによるか。「堅海苔」はムカデノリ科の海藻。

（6）ただし、『連句抄』が引く柳田国男「生活の俳諧」（『木綿以前の事』〈創元社　昭和14年刊〉所収）には、「ギスは上代のきりぎりすで無く、我々の今いふバッタである」とあり、バッタの類と見ることもできる。

（7）『山家集』等の西行歌集類には見られず、伝承に属するものと見られる。ただし、芭蕉は、『野ざらし紀行』や「幻住庵記」などでもこの歌を踏まえた記述をしており、吉野での西行作と考えていたに相違ない。

（8）庚申《かのえさる》の夜に眠らず徹夜して行をすると長生きできるという信仰で、祭神は青面金剛。その行事を三年間連続で行なった際に供養をして造立するのが庚申塔で、青面金剛や三猿の彫刻が施されている。

「猿蓑に」歌仙

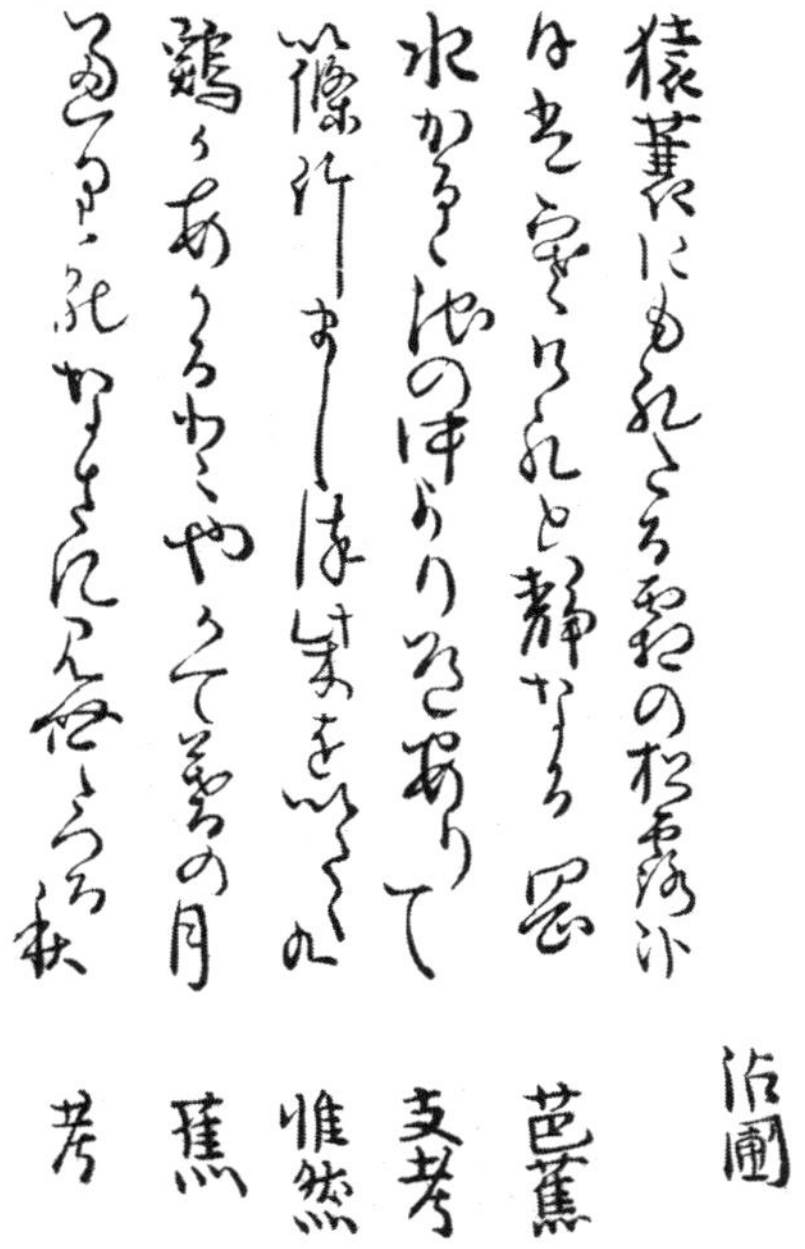

猿蓑にもれたる霜の松露哉　沾圃
日は寒けれと静なる岡　芭蕉
水かるゝ池の中より道ありて　支考
篠竹ましる柴をいたゝく　惟然
鶏かあかるとやかて暮の月　蕉
通りのなさに見世たつる秋　考

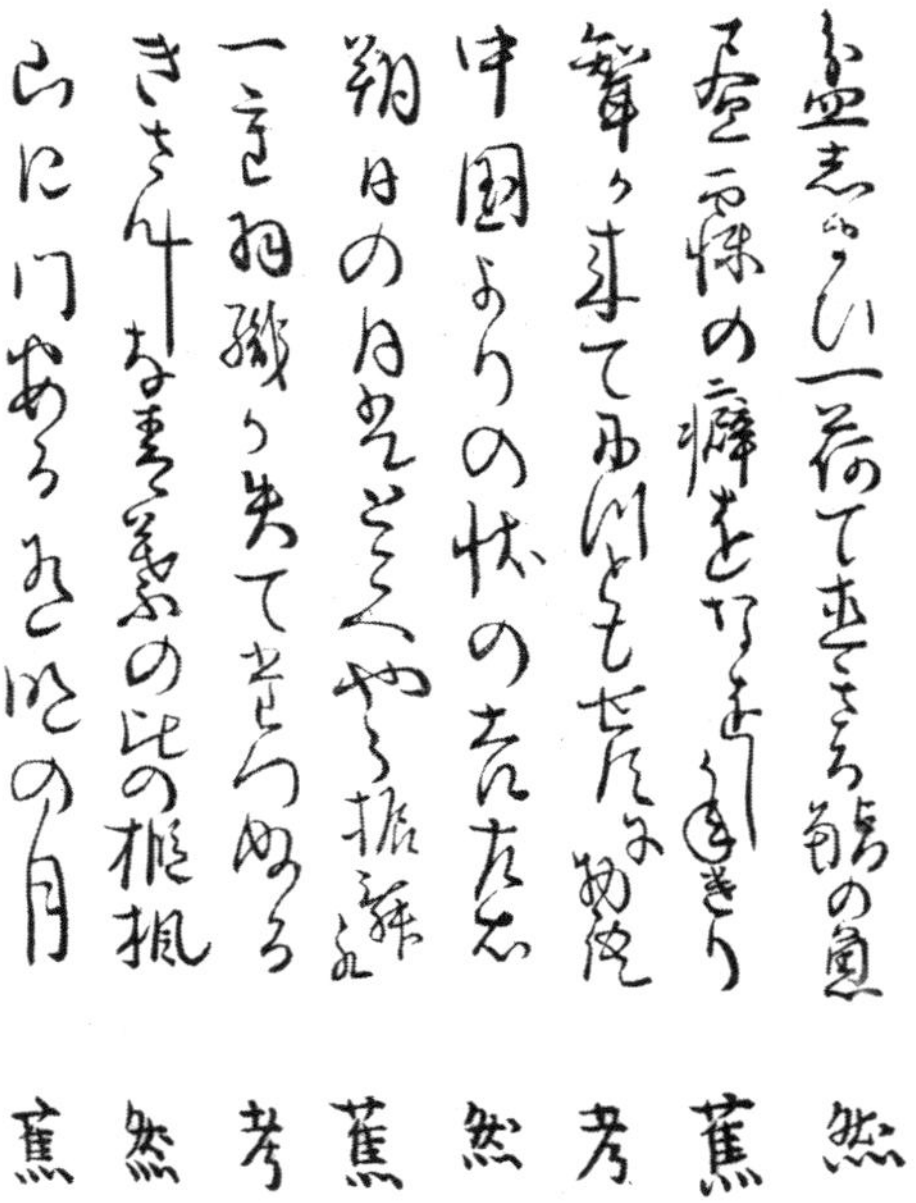

盆しまひ一荷て直きる鮨の魚　然
昼寐の癖をなをしかねけり　蕉
聟か来てにつともせすに物語　考
中国よりの状の吉左右　然
朔日の日はとこへやら振舞れ　蕉
一重羽織か失てたつぬる　考
きさんしな青葉の比の樅楓　然
山に門ある有明の月　蕉

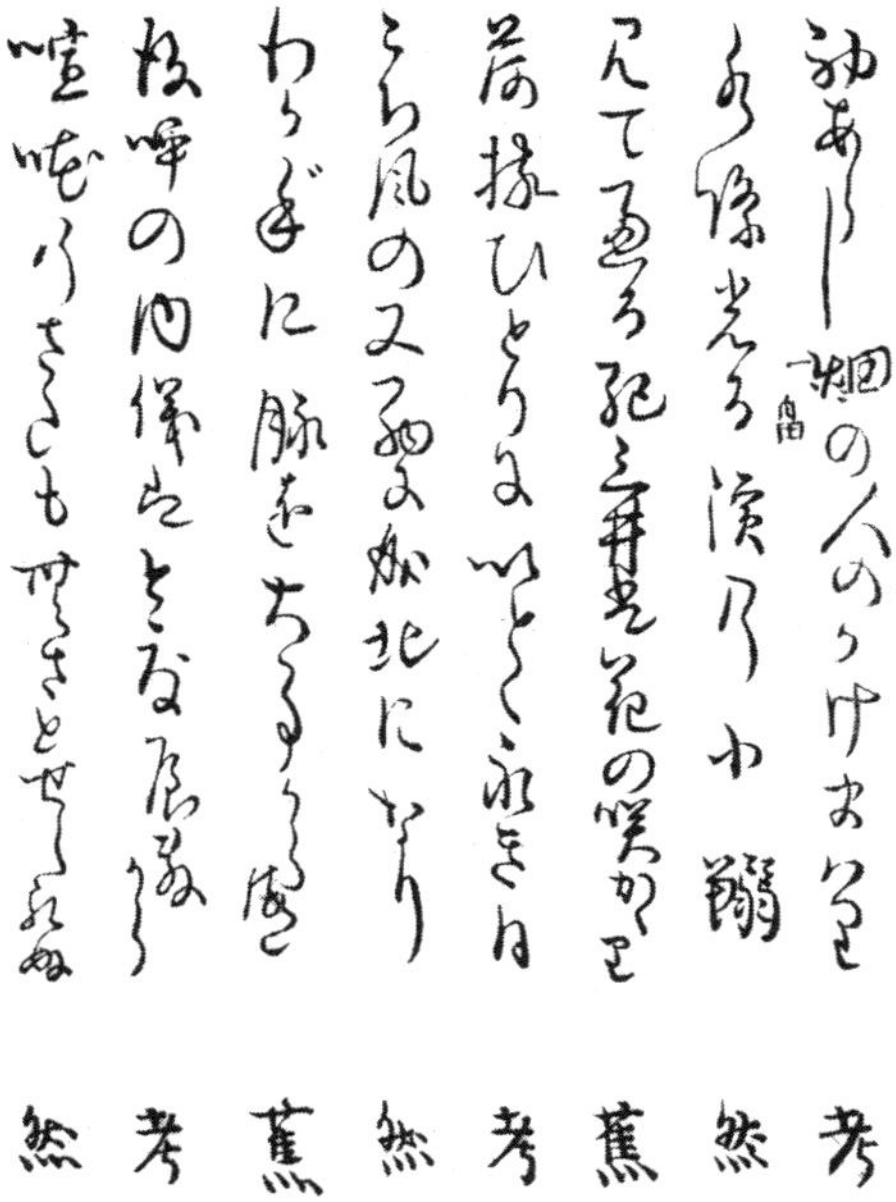

初あらし畠の人のかけまはり　考
水際光る浜の小鰯　然
見て通る紀三井は花の咲かゝり　蕉
荷持ひとりにいとゝ永き日　考
こち風の又西に成北になり　然
わか手に脈を大事からるゝ　蕉
後呼の内儀は今度屋敷から　考
喧嘩のさたもむさとせられぬ　然

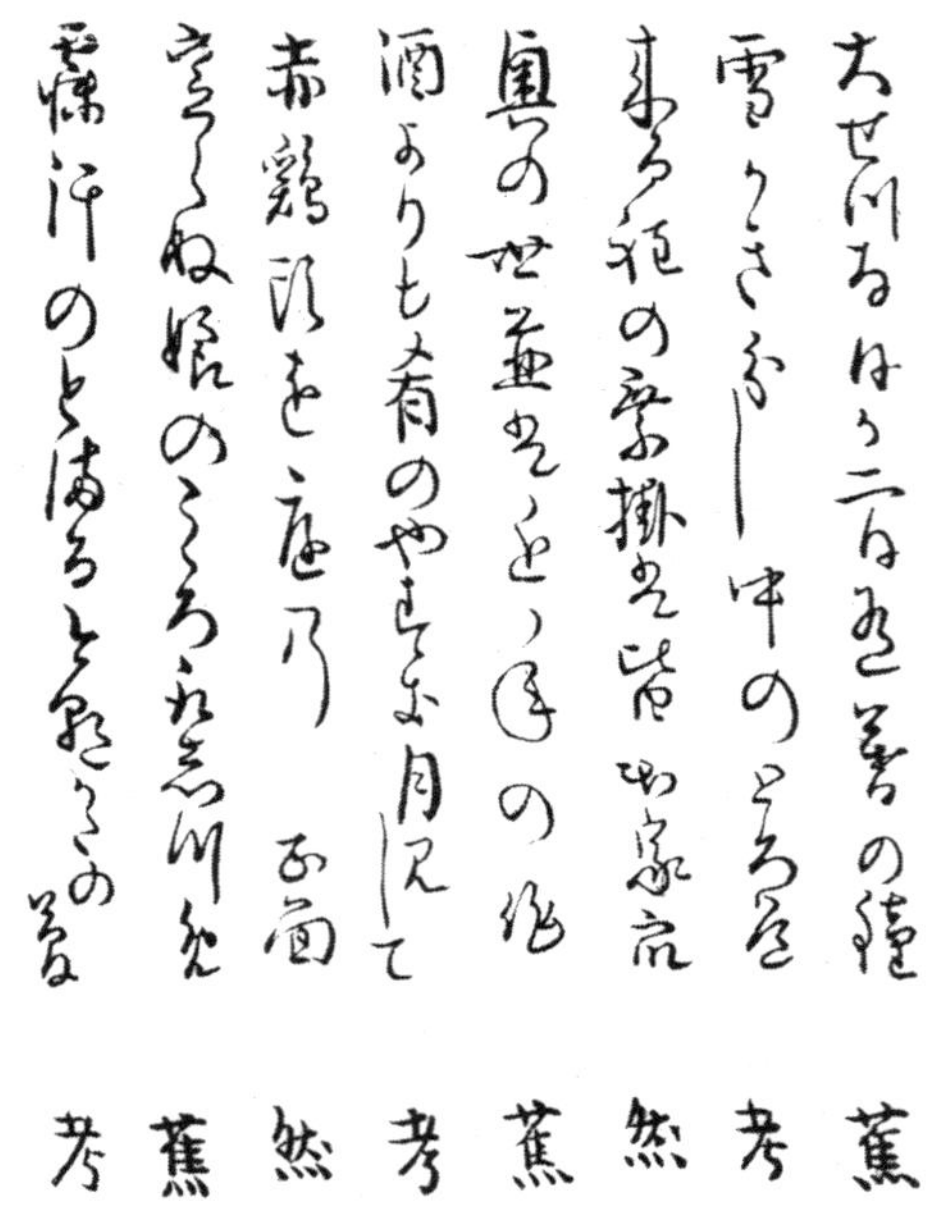

大せつな日か二日有暮の鐘　蕉
雪かき分し中のとろ道　考
来る程の乗掛は皆出家衆　然
奥の世並は近年の作　蕉
酒よりも肴のやすき月見して　考
赤鶏頭を庭の正面　然
定らぬ娘のこゝろ取しつめ　蕉
寐汗のとまる今朝かたの夢　考

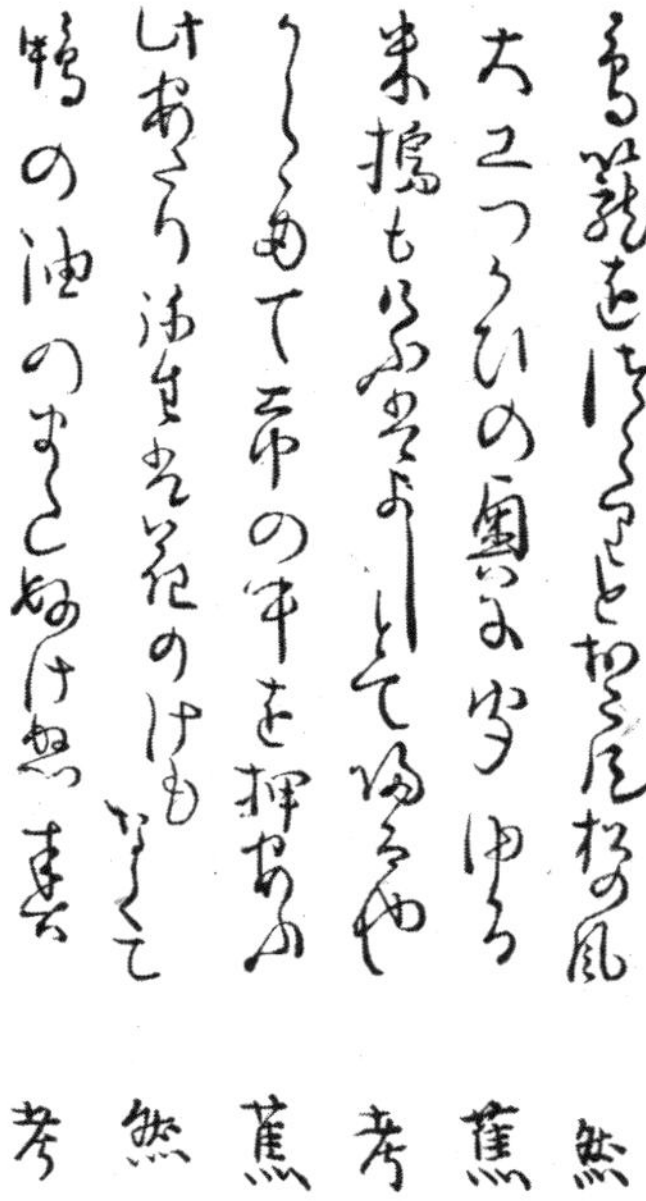

鳥籠をつらりとおこす松の風　然
大工つかひの奥に聞ゆる　蕉
米搗もけふはよしとて帰る也　考
から身て市の中を押あふ　蕉
此あたり弥生は花のけもなくて　然
鴨の油のまたぬけぬ春　考

本巻は、沾圃の発句を起点に、芭蕉が支考・惟然との三吟をなした脇起《わきおこ》しの歌仙で、発句を除けば、元禄七年（一六九四）の秋、伊賀上野における興行と推察される。これまでの三歌仙が能楽師系連衆の興行であったのとは異なり、支考・惟然という新たな連衆が加わったこの歌仙では、他の三歌仙と比べてどのような特色を見いだせるのかが、大きな関心事項となる。

〈歌仙分析〉

猿《さる》蓑《みの》にもれたる霜の松《しょう》露《ろ》哉　沾圃

発句　冬十月（霜）

〔句意〕朝霜に見逃してしまいそうな季節はずれの松露ゆえ、『猿蓑』に洩れたのも当然であろう。

〔備考〕『猿蓑』は元禄四年に京で刊行された、冬の発句を巻頭に据えた蕉門撰集で、「俳諧の古今集」と評されるもの。「松露」は砂浜の松林に生じる食用の茸で、風味がよい。「麦蕈《ばくじん》」ともいい、それ自体は秋季。発句の成立は元禄六年の冬と見られる。霜をかぶった松露の発見に自賛の意を込めつつ、芭蕉との対面を前提に、『猿蓑』に触れることで挨拶としたのであろう。

日は寒けれど静《しづか》なる岡　　芭蕉

脇　　冬十月ないし三冬（寒けれど）

〔句意〕日ざしは寒いけれど、実に静かな岡である。

〔付合〕①前句を海浜の松林の景と見込み、②松露が見落とされがちであることから、高所に立っている人を趣向として立て、③静かな岡に弱い冬の日が差しているとした。

〔備考〕単純な付けのようであるが、「「静」なので霜も降りたまま解けない。「岡」の上から眺めれば松原の浜の松露は見分けがたい」（『新大系』）と読めば、細かい配慮の上で成った句ということになる。これが発句に対してすぐに付けられたか否かは意見が分かれ、決するに有効な材料を欠くも、「挨拶の意が薄いことは事実であり、脇起しと見るのがやはり穏当」（『連句抄』）か。

水かるゝ池の中より道ありて　　支考

第三　　雑

〔句意〕池の水が涸れ、その中から人の通う道が現れている。

〔付合〕①前句の岡にたたずむ人がいると見込み、②眼下に広がる眺望の一景を探り、冬の季感から水の涸渇を着想し、③涸れた池の中に人の往来でできた道の跡が見られるとした。
〔備考〕転じの場である第三として、「変化に乏しい嫌ひがある」（『連句抄』）との指摘もある。が、具体的な景を描写する中に人事を含みもたせて、次句を引き出す配慮も施されている。なお、三好長慶が飯盛山で連歌を張行した折の、「すゝきに交る蘆の一むら／古沼の浅き方より野となりて」を踏まえたとする露伴『評釈』の見方[1]は、最近の注にほとんど踏襲されていない。

篠《しの》竹《だけ》まじる柴をいたゞく　　惟然

初オ4　雑
〔句意〕篠竹の混じった柴の束を頭上に戴いている。
〔付合〕①前句から涸れた池を歩く人がいると見込み、②それを山家の柴売と想定して、③頭上の柴荷に篠竹が混じるとした。
〔備考〕「篠竹」は細い竹で、用途はさまざま。「柴」は山野に自生する雑木。「いたゞく」は頭に物を載せることで、ここはそうして柴を運ぶさまである。柴売女とする注があり[2]、その可能性は十分にある。

鶏《にはとり》があるとやがて暮《くれ》の月　　芭蕉

初オ5　　秋八月ないし三秋（月）　月の句

〔句意〕鶏が塒《ねぐら》の木に上がったと見ると、空にはもう夕暮れの月が出ている。

〔付合〕①前句を家事に戻ってきたその家の人のさまと見て、②民家の庭先へ視点を移し、秋の日の暮れ行く早さを想定して、③鶏が木に向かうとすぐに月が現れるとした。

〔備考〕「やがて」はただちにの意。篠竹の混じる柴は、すばやく焚き付けになるものと理解されていよう。急いで炊事に取りかからねばならない、秋の夕暮れの早さを考慮した付句である。鳥家《とや》ではなく、木に鶏が上がった(3)のを見て、月の存在に気づいたものと考えたい。

通りのなさに見世《みせ》たつる秋　　支考

初オ6　　三秋（秋）

〔句意〕秋の一日、人通りもないので店じまいをする。

〔付合〕①前句から日が短くなっていることを感得し、②夕暮れになると人の活動も衰えがちになると想定して、③人の通りも絶えたので店を早くたたむとした。

〔備考〕「通り」は人の通行。「たつる」は戸を立てることで、ここは店じまいを意味する。諸注の指摘するように、「寂しい田舎町」（『新編全集』）のさまと見るのが適当であろう。

盆じまひ一荷《いつか》で直《ね》ぎる鮨《すし》の魚《うを》　惟然

初ウ1　秋七月（盆じまひ）

〔句意〕盆前の売れ残った魚を、鮨を作るために一荷まとめて買うからと値切っている。

〔付合〕①前句を通りの店々が早じまいした様子と見込み、②それをお盆の準備のためと考え、③盆の前だからと、鮨にする魚を一荷まとめて値切っているとした。

〔備考〕「盆じまひ」は盂蘭盆《うらぼん》の前の大きな決算期。「一荷」は天秤棒の前後にかつぐ荷の全体。この時代の「鮨」は、魚の腹に飯を詰めるなどして漬け込む熟《な》れ鮨。「一荷で直ぎる」は、まとめ買いを想定した表現であると同時に、天秤棒をかついだ行商の魚売りを考慮したものであろう。「直」は「値」に同じ。家の勝手口に回って声をかけるのか、わずかに通る人々を目当てに行商を続けるのかは不明ながら、市中に場が移っていることはよく了解される。

昼寐《ひるね》の癖《くせ》をなをしかねけり　芭蕉

初ウ2　雑

〔句意〕昼寝の習慣を直しかねている。

〔付合〕①前句でまとめ買いするのを大家《たいか》であると見込み、②その家で鷹揚に暮らす主人が、門口の喧噪にはっとする場面を想定して、③昼寝の癖がしみついてなかなか直らないとした。

〔備考〕夏の暑さから身を守るため、昼寝をするのは生活の知恵。秋を迎えてもその習いが抜けないのは、それが許される境遇にあるからでもある。値切る人自身の様子と見る必要はない。

聟《むこ》が来てにつともせずに物語　支考

初ウ3　雑

〔句意〕娘聟が来てにこりともせずに話をする。

〔付合〕①前句の人物を老年の男と見て、②昼のうとうとする時間、来訪者にうたた寝を妨げられる場面を想定し、③聟がにこりともせず淡々と話をするとした。

〔備考〕対照的な人物を配する向付《むかいづけ》の典型で、ゆっくりと午後の時間をもつ老人に対して、少しの時間を見て、都合よく用件を済ませようとする聟を出す。「につともせず」は、無愛想な人柄を表すと同時に、用件を優先させる様子を意味していよう。

中国よりの状の吉左右《きつさう》　　惟然

初ウ4　雑

〔句意〕中国地方からの手紙はよい知らせであった。

〔付合〕①前句の聟は伝えるべき用事があって来訪したものと見込み、②遠方よりの手紙を携えてきたと想定し、どのような内容でも表情を変えずに話すさまを考慮して、③予想外にも、中国よりの便りはうれしい内容であるとした。

〔備考〕「中国」は近畿と九州の間にある地方の意で、山陽道・山陰道の十六国をさす。「左右」はあれこれの事情で、知らせ・便りの意となる。「吉左右」は吉報。とかくの通知の意にも用いるため、「ここはよくない知らせなのであろう」（『全集』）と解することも可能ながら、吉報の方がおもしろい場面となる。[4] なお、「聟」「状」が恋の詞であることから、『新大系』は「右二句、用語の上でのみ恋の扱い」とする。[5]

朔日《ついたち》の日はどこへやら振舞《ふるまは》れ　　芭蕉

初ウ5　雑

〔句意〕この月の一日には、どこぞの家でご馳走になった。

〔付合〕①前句を旅先から寄こした吉報とし、②冒頭近くに記された文面を具体的に案じ、今月も穏やかで楽しい旅が続くと想定して、③朔日はどこやらで振る舞ってもらったと、書かれている文章を一句にした。

〔備考〕「朔日」を例に出して、旅の今後の吉相を暗示しているのであろう。「朔日」は象徴的な意味をもつ日であり、単に「かいつまんで例示」（『新大系』）をしただけではない。

一重羽織《ひとへばおり》が失《うせ》てたづぬる　　文考

初ウ6　夏四月（一重羽織）

〔句意〕一重の羽織をなくして探し回る。

〔付合〕①前句をどこで饗応を受けたかと思いやるさまに見換え、②酒を過ごして物を遺失し、醒めてその日の行動を思い出そうとする場面を想定して、③夏羽織が見当たらずに探すとした。

〔備考〕「一重羽織」は裏地のない夏用の羽織。「夏羽織」は『増山井』等に四月の扱いで、「単《ひとへ》羽織」も『通俗志』等に兼三夏として収録される。「伊達《だて》のもので実用のものではなく、…肩に掛けたり、懐《ふところ》に入れて歩くことが多かったので、宴席などで置き忘れてくることも十分想像される」(『新編全集』)のであり、「いさみ立」の別歌仙に「ふところえ畳んで入る夏羽織　馬莧」(155頁)の付句もあった。

きさんじな青葉の比《ころ》の樅《もみ》楓《かへで》　惟然

初ウ7　夏四月(青葉の比の…楓＝若楓)

〔句意〕青葉の時期は樅も楓も散る心配がなく、のんびりできる。

〔付合〕①前句を羽織が失せてもあまり動じない人物と見込み、②その人にふさわしい遊山の場面を想定して、③新緑の樅と楓は散る気遣いもなく落ち着いて過ごせるとした。

〔備考〕「きさんじ」は「気散じ」で、気楽・呑気の意。「比」は「頃」に通用。「青葉の比」は若葉の新緑のころ。当時、「青葉」だけで季の詞としていた様子はなく、「若楓」ならば『増山井』等に四月の扱い。『新大系』のように、この句を雑とする見方もある。

山に門《もん》ある有明《ありあけ》の月　　芭蕉

初ウ8　　秋八月ないし三秋（有明の月）　月の句

〔句意〕山には寺の門があり、有明の月に照らされている。

〔付合〕①前句を山に遊んだ折の感慨と見定め、②木々の合間に寺の見える景を案じて、③山門の上に明け方の月があるとした。

〔備考〕「山に門ある」は山寺の山門を意味すると見て問題はない。月の出所であり、「前句に寄せては夏の月」（『連句抄』）になるが、一句としての秋季は動かず、前句に敢えて月を付けた点はやや不審。(6)「洛北高雄・栂尾あたりの景とする説が多い」（『新大系』）とはいえ、場を限定する必要はないであろう。

初あらし畠の人のかけまはり　　支考

初ウ9　　秋七月ないし八月（初あらし）

〔句意〕初嵐が吹く中、畠の中で人々は動き回っている。

〔付合〕①前句を里から見た景ととり、②その里では収穫の時期を迎えていると想像し、③初嵐の中で人々は畑の中を駆け回っているとした。

〔備考〕「初あらし」は「秋の初風」とも「はた嵐」ともいい、『柱立』に七月、『通俗志』に八月の扱い。原本は「畑」に訂正の印を付して、「畠」と傍記する。作者らに両字体の分別意識がどこまであったかは不明ながら、節用集には「畠」の表記が多見される。「かけまはり」は忙しく動くことで、作物を保護するためとも、収穫を急いでいるとも、両様に解される。

水際《みづぎは》光る浜の小鰯《こいわし》　惟然

初ウ10　秋八月（小鰯）

〔句意〕浜には小鰯が満ちて、水際が銀鱗で光っている。

〔付合〕①前句を収穫期の畠と見定め、②近辺の海でも漁に忙しいはずと思い合わせ、③小鰯の漁で浜辺の光るさまを描いた。

〔備考〕「水際」は陸地と水の接する所で、ここは海の波打ち際。ミナギハとも読める。「小鰯」は片口鰯の別名であると同時に、五センチ程度の小型の鰯をもいう。『毛吹草』『増山井』等に「小鰯」も「小鰯引《ひく》」も八月。地引き網で捕るのが普通で、ここも網の中の鰯が光っていると見るのが妥当であろう。

見て通る紀三井《きみゐ》は花の咲《さき》かゝり　　芭蕉

初ウ11　春三月（花）　花の句

〔句意〕通り過ぎながら見上げると、紀三井寺の中腹あたりは、早くも花が咲きかけている。

〔付合〕①前句の「小鰯」を春のものと見換えつつ、浜の水際という点に着目し、②浜街道から見上げた春景を想像して、③紀三井寺のあたりに花が咲きかかっているのを見て通るとした。

〔備考〕「紀三井」は紀三井寺のことで、現在の和歌山県和歌山市の名草山にある金剛宝寺の俗称。「見て通る」は見ながら通るの意で、街道筋から見ることを想定していよう。秋季に定座の花を付ける工夫に関しては、「小鰯」の「小」に注目し、「水際光る」を春光に取りなしたとする先注の指摘(7)に従う。貞享五年（一六八八）に『笈の小文』の旅をした実体験も句作りに反映していようか。

荷持《にもち》ひとりにいとゞ永き日　　支考

初ウ12　春三月（永き日）

〔句意〕荷物持ち一人を供の旅、春日がいっそう長く感じられる。

〔付合〕①前句で花をただ見て通るのは所用あっての旅ゆえと見込み、②長い道中に感興も失っている姿を想定して、③話し相手にもならない供との二人旅に、一日を長く感じるとした。
〔備考〕「荷持」は荷物を持ち運ぶ従者。諸注に指摘される通り、ほかに話す相手はなく、風雅の思いも起きないのであろう。

こち風の又西に成《なり》北になり　　惟然

名オ1　春一月ないし三春（こち風）
〔句意〕春の東風が西風になったり北風になったりする。
〔付合〕①前句の日が長いという点に着目し、②そうした春の日にありそうな気象を案じ、②東風の向きが西になったり北になったりくるくる変わるとした。
〔備考〕「こち風（東風風）」は「東風《こち》」に同じく、東方から吹く春風のこと。その向きの変わりやすさで、天気の不安定さを表している。

名オ2　雑
わが手《で》に脈を大事がらるゝ　　芭蕉

〔句意〕自分で脈をとってみては、一人で深刻がられている。

〔付合〕①前句の天候の変わりやすさに着目し、②それに注意を払う養生第一の人物を想定して、③自分の脈をとっては大げさに病気を心配されているとした。

〔備考〕原本では「手」に濁点がある。「手」は一種の当て字で、「わがでに」は自分自身での意。「大事がる」は心配すること。「るゝ」は尊敬の助動詞で、目上の人を端から見てそう判断したのであろう。これを老人としてはおもしろ味に欠ける。

後《のち》呼《よび》の内儀《ないぎ》は今度屋敷から　　支考

名オ3　雑　恋（後呼の内儀）
〔句意〕このたびの後添《のちぞ》いは武家方から呼ばれたそうだ。
〔付合〕①前句を大店の主人などがすることと見定め、②その人は養生に余念がなく、壮年を過ぎてなお血気旺盛であると考え、③金満家らしく今度は武家屋敷から後妻を迎えるとした。
〔備考〕「内儀」は主として町人の妻をさす呼称で、「後呼の内儀」は後妻のこと。「屋敷」は「屋敷方」に同じく、武家屋敷・武士階級の意。ここは武家奉公をしていた者を想定すればよいか。その女が脈を診るわけではない。

喧《けん》嘩《くわ》のさたもむざとせられぬ　　惟然

名オ4　雑

〔句意〕けんかもうっかりとはできないことである。

〔付合〕①前句の人物は果報者だと皆から噂されていると見込み、②誇らしくも気恥ずかしくもある、その人の内面を想像し、③めったに喧嘩もできぬとの、その人のつぶやきを発話体にまとめた。

〔備考〕「さた」は「沙汰」で、行ない・しわざ。ここでの「喧嘩のさた」は、口げんかほどのささいなもめごとであろう。「むざと」は無造作なことをいい、何気なく・うっかりとの意。〈他〉の句が続いたことからも、ここは〈自〉の句とすべきであろう。(8)「下男たちの嘆き」(『新大系』)と見る解もある。

大《たい》せつな日が二日有《ある》暮《くれ》の鐘　　芭蕉

名オ5　雑

〔句意〕年に二度ある大切なこの日、夕暮の鐘が鳴っている。

〔付合〕①前句を特別な事情から自制する人物の心境と読み換え、②その理由として精進日などを想定して、③そうした二度の大事な日に入相の鐘をしみじみ聞くとした。

〔備考〕「大せつな日」は何らかの理由で特別になっている日。さまざまな解が可能ながら、「二日」からは、両親の命日を想定するのが最も自然であろう。「暮の鐘」は日暮れ時に鳴る入相の鐘で、一句としては雑。ただし、「暮」から「師走の意が浮び上つて来る」（『連句抄』）という見方にも、顧慮すべきものがある。

雪かき分《わけ》し中のどろ道　　　支考

名オ6　　冬十一月ないし三冬（雪）

〔句意〕雪をかき分けたその道は、ぬかるんだ泥道になっている。

〔付合〕①前句を残すところ二日となった歳暮と見換え、②年が押しつまってあわただしく、人通りも多いものと想像し、③雪をかき分けた中の道もぬかるんでいるとした。

〔備考〕『古集之弁』に「門徒に霜月の法会なることをあらはす。前句を補ふの手段を感ずべし」とあり、『蔦羽集』に「両親の命日の墓参とおもひよせたり」とあるように、先注には、前句から法会や墓参を連想したとする説も多い。「霜月の法会」と「雪」は季感が一致するものの、前句からの変化・展開に欠ける憾みがあり、少なくとも「法会」の発想は次句に見るべきものであろう。(9)「前句を年内余す所あと二日と見て歳暮の雑踏混雑を付けたか」（『新大系』）との見方に従っておきたい。

来る程の乗《のり》掛《かけ》は皆《みな》出《しゅつ》家《け》衆《しゅう》　惟然

名オ7　雑

〔句意〕乗掛馬《のりかけうま》で到着するのは、いずれもお坊様ばかりだ。

〔付合〕①前句を人の往来が多い街道筋と見定め、②法会などのため、ぬかるみの中を馬が次々に通るさまを想像し、③乗掛馬で来るのはみな僧たちだとした。

〔備考〕「乗掛」は乗掛馬に同じく、人と荷を一緒に運ぶ馬のこと。「出家衆」は複数の僧侶たち。「程」は程度を表し、「来る程の…皆」で来るのがどれも一様であることをいう。「十一月二十八日の親鸞忌を中心に行われる報恩講のために、上洛する北陸筋よりの門徒・僧侶とする説がある」(『新大系』)ものの、必ずしも特定する必要はないであろう。

奥の世《よ》並《なみ》は近年の作　芭蕉

名オ8　秋八月(作)

〔句意〕奥州筋は作柄もよく、近年にない豊作である。

〔付合〕①前句がめったにない事例である点に着目し、②景気のよさを見込んだ勧進の旅などを想定して、③奥州筋は近ごろまれな豊作であると、宿場で人々が噂話をする体に仕立てた。

〔備考〕「奥」は奥州。「作」は田畑の収穫物で、秋季となる。「近年の作」は近年にないような豊作。「世並」は世の風潮・景況をさし、ここは作物の出来を意味しよう。「檀家の好況に支えられて、出家の旅行もぜいたくとなる」（『新大系』）とする解、「前句の背景としての世情」（『連句抄』）とだけ見る解もある。

酒よりも肴《さかな》のやすき月見して　　文　考

名オ9　　秋八月（月見）　月の句

〔句意〕酒よりも肴の方が安くつく、月見の宴をしている。

〔付合〕①前句を世の景気に目を光らせる人の言と見込み、②それを都会の商人と考えた上で、豊作の恩恵を受けることに思いを及ぼし、③酒よりも食べ物が安い月見の宴をするとした。

〔備考〕「肴」は酒に添える食物で、必ずしも魚類とは限らない。「肴のやすき」は、「肴が乏しくて貧弱な料理しか出来ず金がかゝつてゐぬ」（『講座』）のではなく、「豊作で食料品が値下りした」（『新大系』）ものと見られる。月見をする主体としては、奥州の農民、奥州にやって来た商人、都会で奥州の噂をする人、単に値下がりの余波で安く宴会をする人など、種々の見方が可能ながら、右のようにとらえるのが自然であろう。

赤《あか》鶏《けい》頭《とう》を庭の正面　惟然

名オ10　秋八月（赤鶏頭）

〔句意〕赤い鶏頭花を庭の正面に植えている。

〔付合〕①前句を粗末な料理の月見と見換え、②それにふさわしい侘びた家居を想定し、③庭の正面には赤鶏頭があるとした。

〔備考〕鄙びた鶏頭花をわざわざ庭の正面に植える武骨な感じが、前句の安価な月見に響いている。『新編全集』が指摘するように、「典型的な遁句（遣句）の例」であり、「それによって、しばらく続いた人事・叙情の句から解放された」と見られる。

定《さだま》らぬ娘のこゝろ取《とり》しづめ　芭蕉

名オ11　雑　恋（娘のこゝろ）

〔句意〕恋にのぼせて取り乱した娘の心を鎮《しず》めにかかっている。

〔付合〕①前句の赤鶏頭に赤く燃え上がるような気分を感じ取り、②それを見る者として、恋に熱を上げたその家の娘を想定し、③情緒の不安定な状態になった娘を家の者が抑えているとした。

〔備考〕「定らぬ…こゝろ」とは、心が動揺して錯乱状態に近くなったものであろう。「娘」が恋の詞である上に、ここは「娘のこゝろ」で「胸の火」「恋心」などの意味をもたせたと見られる。「取しずめ」は、周囲がその高ぶりを鎮めようとしているのに相違なく、母親の行為と見るのが順当。「鶏頭の花に女の情熱の象徴を感じて、意馬心猿を狂はせた娘のすがたを描き出した」（伊藤『全解』）との見方も首肯に値しよう。

寐《ね》汗《あせ》のとまる今朝がたの夢　　支考

名オ12　雑

〔句意〕寝汗もとまり、今日の朝方はよい夢を見ることができた。

〔付合〕①前句を心が落ち着いてきた娘と見なし、②それまでには悪夢にうなされた辛い期間があったと想像して、③そうした寝汗もやんで、今朝は正常な夢を見るようになったとした。

〔備考〕「今朝がたの夢」は心が鎮まった娘の夢で、昨日までの悪夢とは異なり、正常なものになったことを表していよう。古注以来、これも恋とする見方が多いものの、思春期の不安定な精神状態と見て、恋離れの手際を認めるのがよい[10]。客観的な視点による〈他〉の句ではなく、正気に戻った娘自身の視点による〈自〉の句と判断する。

鳥《とり》籠《かご》をづらりとおこす松の風　　惟然

名ウ1　雑

〔句意〕松風が吹き、ずらっと並んだ籠の鳥たちを起こしている。

〔付合〕①前句を熱病から回復しつつある人物のことと見換え、②その家は経済的に余裕もあり、いくつもの鳥籠が病中の徒然を慰めていたであろうと考え、③今朝のさわやかな風にその鳥たちが起き出してさえずり始めるさまを描いた。

〔備考〕「おこす」は「起こす」で、風が鳥籠に吹き寄せて、中の鳥たちを目覚めさせたというのであろう。「つらり」か「づらり」かは説の分かれるところながら、ここは『反故集に「座一面」をヅラリと訓む』（『新大系』）との指摘を容れ、濁音で読んでおきたい。縁先あたりに籠が数多く並んでいるのであり、元禄当時、裕福な家では鳥の飼育が流行していた。

大工《だいく》づかひの奥に聞《きこ》ゆる　　芭蕉

名ウ2　雑

〔句意〕大工が使う鑿《のみ》や槌《つち》の音が屋敷の奥から聞こえてくる。

〔付合〕①前句を大きな屋敷内の点描と見なし、②そうした立派な邸内ではひんぱんに修繕等がなされていると考え、③大工が道具で普請する音が奥から聞こえるとした。
〔備考〕「大工づかひ」は大工を使って普請・修理をさせること。また、大工が道具を使って作業することであろう。その音が「奥の方まで聞こえてくる」（『新大系』）のではなく、奥から表の方まで響いているのであろう。「奥」が名オ8と同字の式目（『御傘』の「奥といふ字」の項には「折に一《ひとつ》づゝなり」とある）に違反するとの指摘が『新大系』にあるが、これは、歌仙全体に同字の使用が散見されることにも関係しよう。

米《こめ》搗《つき》もけふはよしとて帰る也　　文考

名ウ3　雑
〔句意〕今日の分はこれでもうよいと、米搗き人夫も帰っていく。
〔付合〕①前句を富裕な大家《たいか》と見込み、②そうした家の日常的なありようとして、日々の食料も相当なものになろうと考え、③米搗きがその日の仕事を終えて帰るとした。
〔備考〕「米搗」は唐臼を踏んで玄米を精白する人。大邸宅では職人を継続的に雇うことが多く、ここもそうした出入りの者であろう。分限者《ぶげんしや》の家ゆえ、米も日々に一定量を精げる《しら》のである。「けふはよし」も、「今日の作業は休む」（『連句抄』）の意ではなく、「今日の分はもう済んだ」（『新編全集』）と解するべきで、そのように見てこそ、二句間には充足した余情が通い合うことになる。

から身《み》で市《いち》の中を押《おし》あふ　芭蕉

名ウ4　雑

〔句意〕手ぶらで市の出ている雑踏を押し合うように進む。

〔付合〕①前句を特別な日ゆえの措置と見換え、②祭礼などで半日の休みを得た者が自由に行動するさまを想像し、③荷もないまま、市で賑う中を押し合うように歩くとした。

〔備考〕「から身」は「空身」で、手ぶらの意。気の向くままの行動が暗示され、道具などは仕事先に置いてきた場合が想定されよう。「市」は都会の意ではなく、出店が並ぶ市のこと。

此《この》あたり弥生《やよい》は花のけもなくて　惟然

名ウ5　春三月（弥生・花）　花の句

〔句意〕このあたりは三月といっても花の咲く気配がない。

〔付合〕①前句の中にぬくもりを求める気味を看取し、②春がたけても寒気の残る地を想定して、③花の咲く弥生になってもその様子が見られないとした。
〔備考〕「花のけ」は「花の気」で、花が咲きそうな気配。つぼみが一向に開かないのであり、「から身」の「空しさ、寂しさの余情を感じて、花もない三月とうけた」(『全集』)のであろう。

鴨《かも》の油のまだぬけぬ春　　支考

挙句　　三春(春)
〔句意〕鴨の油がまだ抜けない春である。
〔付合〕①前句を北国の春のさまと見定め、②花の時期には鴨も脂肪を落として渡っていくことを思い起こし、③この余寒では鴨の油も抜けていないだろうと、思いやる体にした。
〔備考〕鴨の肉は冬に脂肪が乗って美味となり、春になると渡りに備え、再び油分が抜けて味も落ちる。花の気がないのに対して、鴨の油気はまだあると応じ、おかしみを加えた挙句。

〈解説稿〉
如上の分析に基づき、以下、小林は立句と歌仙の成立事情、佐藤は付合の傾向に関して、それぞれ私見を示す。

〔立句と歌仙の成立事情〕

沾圃の発句が、いつ、どのような意図のもとで制作されたかについては、おそらく、芭蕉の『猿蓑』巻頭句「初しぐれ猿も小蓑をほしげ也」が関係していよう。元禄二年初冬、伊勢から伊賀へと峠を越す山中で想を得たこの句は、其角の序文に言うように、猿に小蓑を着せた俳諧性が高く評価されたのであり、芭蕉もこの点を句の手柄として自賛したことであろう。これには、自らがかつて「旅人と我名《わが》よばれん初しぐれ」（『笈の小文』）と詠んだ、〈初時雨―旅人〉（さらには〈旅人―蓑〉）の連想がいかされている。芭蕉の経験的な詩心に基づく発想、といえばよいだろうか。

一方、伝統的な詩題としての「猿声」を背景に置いてみると、この「初しぐれ」句は、「朗詠百首／夜雨ニ猿ノ断腸ノ聲ヲ聞ク／木の下の雨に鳴くなるましらよりも我が袖の上の露ぞかなしき　慈鎮」（『夫木和歌抄』）などのように、冷たい「夜雨」が踏まえられていたと考えられる。『便船集』『類船集』にも「猿」の付合語に「夜雨」があり、芭蕉画〈旅路の画巻〉（柿衞文庫蔵）冒頭の旅立ちの図で、時雨の中を行く旅姿を描くに際し、画題「瀟湘夜雨」を粉本にしていたことを挙げれば、芭蕉の「時雨」と「夜雨」の接点を理解する一つの傍証が得られよう。『猿蓑』巻頭の時雨十三句の中にも、やはり夜の時雨が詠み込まれたものがある。

沾圃は『猿蓑』に学び、「猿」「夜雨」「時雨」「蓑」の伝統的な詩情を理解する中で、ふと素朴な疑問に襲われる。なぜ同書では「霜夜」（これも伝統的な詩題である）が軽視されているのか、と。時雨十三章の質の高さに比較すれば、「霜夜」の発句は無きに等しく、百歳・其角の初霜二句と野水の霜夜一句を数えるばかり。芭蕉に疑問を問うよりもまず、沾圃はその事情を自ら考え、一つの句をもって答えに代える。すなわち、「霜夜」を題に据えつつ、翌早暁へと想像を広げ、初冬になお残った松露ならば、霜をかぶったまま見とがめられもせず、『猿蓑』に洩れるのもやむをえないことであると、自句を以て軽く興じたのである。

沾圃は多分に、そこに自賛の気持ちを含ませたであろう。それは、芭蕉が「初しぐれ」句に自賛の気持ちを強くした時と同じようにである。ここに、沾圃の周到な酬和の姿勢を読み取ることができる。元禄六年初冬十二月、江戸で芭蕉に相対した時の発句であろう。では、この句が発句として拾われず、歌仙の立句となったのはなぜか。その理由には、もう一つ別の事情がある。それには、およそ一年後の元禄七年秋九月を待たなければならない。

芭蕉は伊賀上野の生家の離れに身を置き、大坂行きなど今後の対応について考えていた。そこへ八月二十二日ころ惟然が訪れ、九月三日には支考が斗従を伴って伊勢より伊賀の地に顔を見せる。五日後には大坂に向かう気ぜわしい中にも、歌仙を巻く機運が生じる。時期の違いは多少ある（この年は五月に閏があり、季感としては三週間ほど早い）ものの、元禄二年の冬、同じ伊賀越えをして故郷上野に入った時のことを、芭蕉は支考に語って聞かせる。もちろん、内容は『猿蓑』巻頭句の成立にまつわる思い出話であり、その場には惟然の顔もあったであろう。そして、話は江戸での後日譚に及び、沾圃の発句が成立した事情から、里圃・馬莧を加えてなされた短期間の心の交流にまで展開する。

すでに「雀の字や」歌仙〈解説稿〉（115頁参照）、「いさみ立」歌仙〈解説稿〉（169頁参照）で述べた通り、沾圃・里圃・馬莧の三名は、不在の芭蕉を連衆に取り込むという、興味深い歌仙を二度にわたって満尾させている。それは、

○元禄六年秋興行「雀の字や」歌仙
○元禄六年冬興行「いさみ立」歌仙

の『続猿蓑』所収二歌仙であり、それぞれ、芭蕉の発句を踏まえた馬莧・里圃の立句で巻き始められるという共通点がある。しかし、同じく芭蕉の発句を踏まえた沾圃の立句に始まる歌仙が存在しない。この点は、『続猿蓑』編集時点の芭蕉にも、気がかりな事柄の一つであったことであろう。

そこで、話は次のように切り出される。「猿蓑にもれたる霜の松露哉」の成立からさほど時を移さず、沾圃との間で『猿蓑』に続く撰集を編むべく準備を進め、元禄七年の夏までに大方の枠組みと構成が定まったものの、前集に見劣りしないよう、発句編の最終調整を託された自分としては、沾圃の「猿蓑に」句を発句編に入れるのではなく、連句編に収めるべく、これを立句にした脇起し歌仙を今ここにいる連衆で満尾してみたい、と。脇は芭蕉、第三は支考、続いて惟然と句順を定め、二人に期待する意を伝えるとともに、沾圃の思いにも応えるよう、おそらくは以上の話を終えて間もなく、この企ては実行されたのであろう。

以上を要するに、この歌仙は、芭蕉・支考・惟然による心の交流の端緒をなすものとして、また、江戸で三名と行なった交流を反芻し、芭蕉からも沾圃への酬和の気持ちを示すものとして興行されたということになる。そして、ここまでの話をすべて承知した支考は、この時を境に、『続猿蓑』の後事を託される運命を担うことになったのである。

〔付合の傾向〕

これまで『すみだはら』『別座鋪』『続猿蓑』等の連句を読んできて、[11]一巻の出来を左右する要因として浮かび上がってきたのは、主として次の二点である。その一は、前句から付句の趣向を立てる段階（①→②）で、各連衆がどこまで独創性を発揮できているかということで、付合語への依存や発想の類同化が目立つものは、この点がうまくない一巻ということになる。その二は、そうした趣向立てに満足せず、どれだけ付句段階（②→③）での飛翔をなしとげているか（すなわち、想像力を駆使しているか）ということで、この点が不十分な付合はかなりの数になる。問題を残す付句は芭蕉にもあるわけであるから、芭蕉が一座しない『続猿蓑』の「雀の字や」歌仙や「いさみ立」歌仙で、多分に欠点が指摘できるのは当然かもしれない。

その点で、今回の「猿蓑に」歌仙は相当に高い到達度を示しており、「八九間」歌仙にも劣らない一巻といえる。支考・惟然に期待して、芭蕉が気合いを込めて取り組んだ結果に相違なく、芭蕉自身の付句も高水準を示している。たとえば、

初オ4　篠竹まじる柴をいたゞく　惟然
初オ5　鶏があがるとやがて暮の月　芭蕉

の場合、柴を戴く人から山家の生活を思い寄せるのは順当（『類船集』に「柴人←山家」）ながら、その次元にとどまらず、鶏が塒に戻る場面を具体的に選び出した点が秀逸なのである。また、

初ウ1　盆じまひ一荷で直ぎる鮨の魚　惟然
初ウ2　昼寐の癖をなをしかねけり　芭蕉

は、「かるみ」の時期に典型的な疎句体（詞の意味上のつながりを離れて二句が付いていること）の付合であり、一見すると単純な一事を提示しただけにも思えるのは、富家の主人という趣向を句の表面にとどめず、その性癖だけで一句をまとめたからであった。

名オ10　　赤鶏頭を庭の正面　　惟然
名オ11　　定らぬ娘のこゝろ取しづめ　　芭蕉

にしても、赤鶏頭から娘の錯乱を導いたのは、驚異的な想像力と構想力の産物にほかならない。
連衆二名に関しても、付合の要諦をよく心得ていることは間違いない。それでも、文考の場合、前句から得た連想をただちに句とする傾向があり、②→③の飛躍に欠ける面が見受けられる。たとえば、

初ウ5　　朔日の日はどこへやら振舞れ　　芭蕉
初ウ6　　一重羽織が失てたづぬる　　文考

は、前句の振舞から酒に酔って物をなくす場面をただちに思い寄せたものであろうし、また、

名オ11　　定らぬ娘のこゝろ取しづめ　　芭蕉
名オ12　　寐汗のとまる今朝がたの夢　　文考

などは、「病人↑汗・夢」「物おもふ枕↑夢」（『類船集』）といった連想の次元にとどまる付合ということになろう。一方、これに付けた、

名ウ1　　鳥籠をづらりとおこす松の風　　惟然

の場合、病人のありようではなく、その周囲に目を向けることにより、前句を突き放した付句となりえている。ただし、惟然においては、

初ウ6　　一重羽織が失てたづぬる　　文考
初ウ7　きさんじな青葉の比の樅楓　　惟然

のように、失せ物に敢えて気楽さを付けたり、

初ウ9　　初あらし畠の人のかけまはり　　文考
初ウ10　　水際光る浜の小鰯　　惟然

のように、農事に漁を付けるなど、前句と逆の方向にもっていこうとする傾向が強く、これは離そうとする意識が過剰に出た結果なのかもしれない。

そのほか、瑕瑾を求めれば、同字使用がかなり多く見られ、脇・第三と名オ5・6など、趣向の重なりもないわけではない。が、①→②→③の過程を相応に経た上で句が付けられ、各形象も明瞭であるため、それらはさほど目立たない。芭蕉自身、夏季の前句に月を付けて夏の月を匂わせた「山に門ある有明の月」(初ウ8)、秋季の小鰯を春季と見替えて花を付けたらしい「見て通る紀三井は花の咲かゝり」(初ウ11)など、敢えて難しい付合に挑み、季の約束に柔軟な姿勢を示しているのであり、もはや形式面でのこだわりからは自由になっていたようでもある。[12]「かるみ」の付合を支えるのは、前句を受けて具体的な場面を考え抜く力と、これを適切かつ単純な一句にまとめる力のほかになく、それらに比べれば、細かい式目などさほど問題ではなかったのかもしれない。総じていえば、転じがよくて多様性と面白みに富んだ一巻といってよく、「芭蕉の最後の旅中の作としては最高の収穫であろう」(『連句抄』)との評価に賛同する次第である。

注

（1）三好長慶は戦国時代の武将で、下剋上社会の典型的な人物であると同時に、連歌にすぐれたことでも知られる。飯盛城での逸話は、『翁草』等に見ることができる。

（2）「柴刈り女」（伊藤『全解』）との見方に対して、『連句抄』は「こゝは刈るよりも売る方の姿と考へたい」とする。

（3）「夕暮になつて鶏が鳥屋に戻り、睡りに就く」（『連句抄』）とも見られる一方、「ねぐらとする庭木や土間の隅の横木に飛びあがって勝手に静まる」（『新大系』）と見ることもでき、ここでは庭木説を採用する。

（4）なお、「よくない知らせ」とすると、悪報だから笑わずに話したということにもなり、理屈がかった付合となろう。

（5）この歌仙ではほかに恋の場面が二つあり、ここを恋と見なくても問題はない。しかし、佐藤が「「かるみ」継承の一態―『別座鋪』『続別座敷』の分析から―」（『和洋女子大学紀要』54〈平成26・3〉所収）で指摘した通り、『別座鋪』や『続別座敷』には、「聟」「娘」といった語の使用でようやく恋を確保したという恰好の歌仙が、少なからず存在する。その意味では、ここを恋と見る余地も残されてはいよう。

（6）この付合からは、『おくのほそ道』日光の「あらたうと青葉若葉の日の光」が想起されもする。あるいは、前句の「青葉」からこの句を思い起こし、日の光に代えて月の光を神聖な場に配したものでもあろうか。

（7）『講座』には「小鰯を春のものに見直し、光りを久方の光り長閑けき春の日に見直すことにして、こゝに花を呼び起す感が出来た。…浜に花をつけねばならぬ。そこで…ふと杜国を伴つての南紀の旅を思ひ出した。そして、和歌浦を思ひ浮べると共に、又この折に神祇釈教の句のひとつもない事を思ひ合せて三井寺の花を附けたのである」との指摘があり、首肯に値する。

（8）蕉門の俳論等による限り、〈自〉とは行為・感想などを作中人物が自身のこととして詠んだ体裁の句、〈他〉は作中人物が他者のことを見聞する形で詠んだ句、としてよさそうである。ただし、三句の転じの上から

〈自・他・場〉ということを盛んにいうようになるのは後代のことで、芭蕉たちにその意識がどこまであったかは確認できない。

（9）露伴『評釈』は「後句に出家衆とあるよりの惑《まどひ》なり」と法会説を否定する。ただし、泥道だけを詠んだこの句から次句が「法会」を想定できたということは、惟然には名オ5・6が法会の場面に見えていたということかもしれない。そうであれば、名オ5から名オ7までは三句がらみの展開となる。

（10）『連句抄』は「前句と併せ見れば、心の定まらぬ原因は当然恋」とし、「次の句に対しては恋離れとなつてゐる」とする。しかし、恋離れとは、前句と合わせれば恋の情を引きずりながらも、一句としては恋でないことであるから、次句との関係とは無縁に、この句を恋と見る必要はなくなろう。一方、『新大系』は「夢」によって恋の句になるとしており、たしかに『はなひ草』等に「夢」は恋の詞として登録されるものの、芭蕉たちが詞だけで恋の認定をしていたかどうかは疑問である。

（11）佐藤「『すみだはら』所収連句の傾向」（『和洋女子大学紀要』52〈平成24・3〉所収）、同「「かるみ」継承の一態―『別座鋪』『続別座敷』の分析から―」（同54〈平成26・3〉所収）、本書所収の他巻〈解説稿〉を参照。

（12）同字の指合では、名オ8と名ウ2の「奥」など、「「折に一づつ」（御傘、俳諧無言抄）という式目に違反している」（『新大系』）のはたしか。大事なのは内容であり、一巻の実質的な多様性であろうから、表す意味が異なれば、字面に拘泥せずともよい、との判断が働いたのでもあろうか。

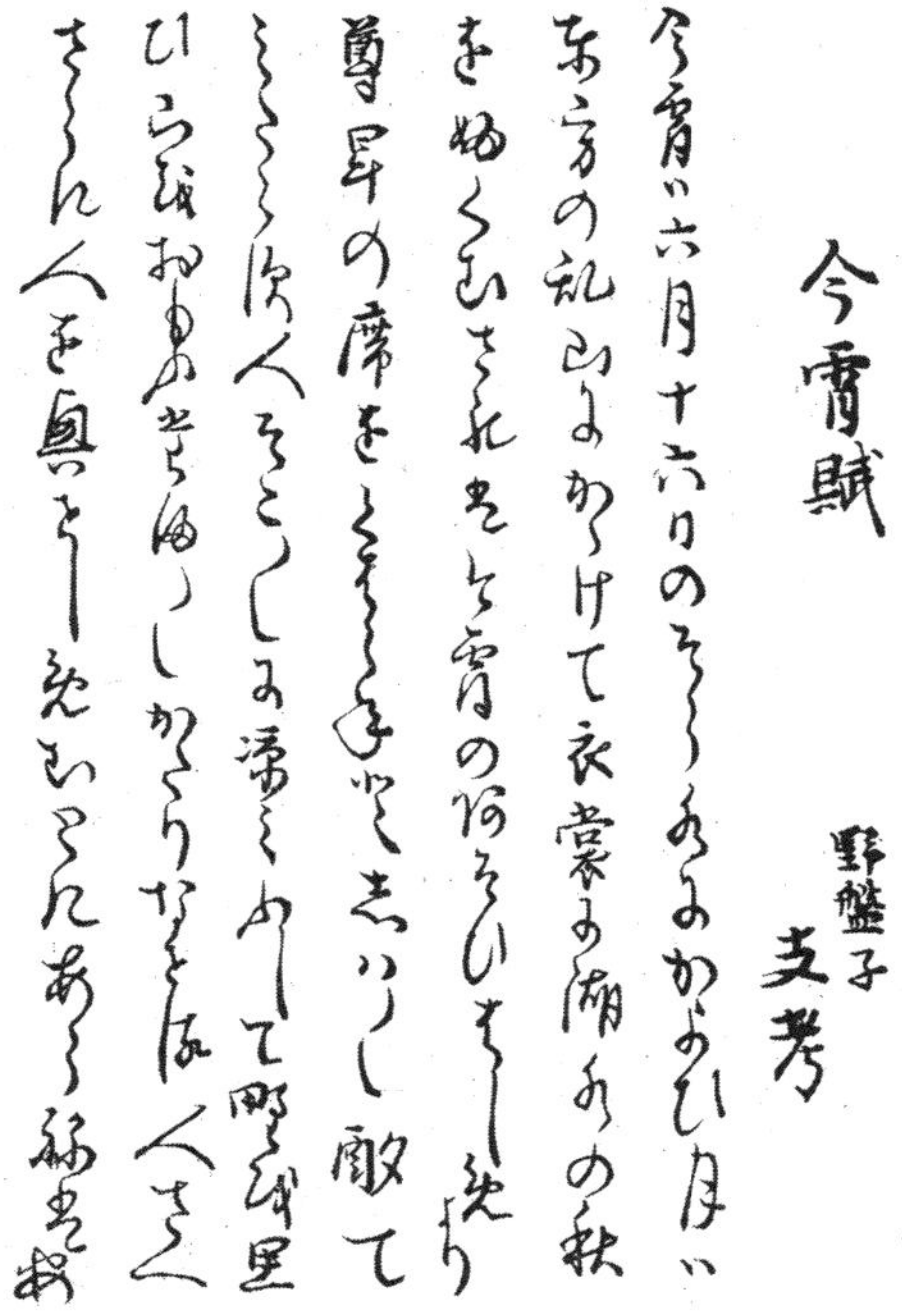

今宵賦

野盤子
文考

今宵は六月十六日のそら水にかよひ月は東方の乱山にかゝけて衣裳に湖水の秋をふくむされは今宵のあそひはしめより尊卑の席をくはらねとしは〳〵酌てみたらす人そこ〳〵に涼みふして野を思ひ山をおもふたま〳〵かたりなせる人さへさらに人を興せしめむとにあらねはあ

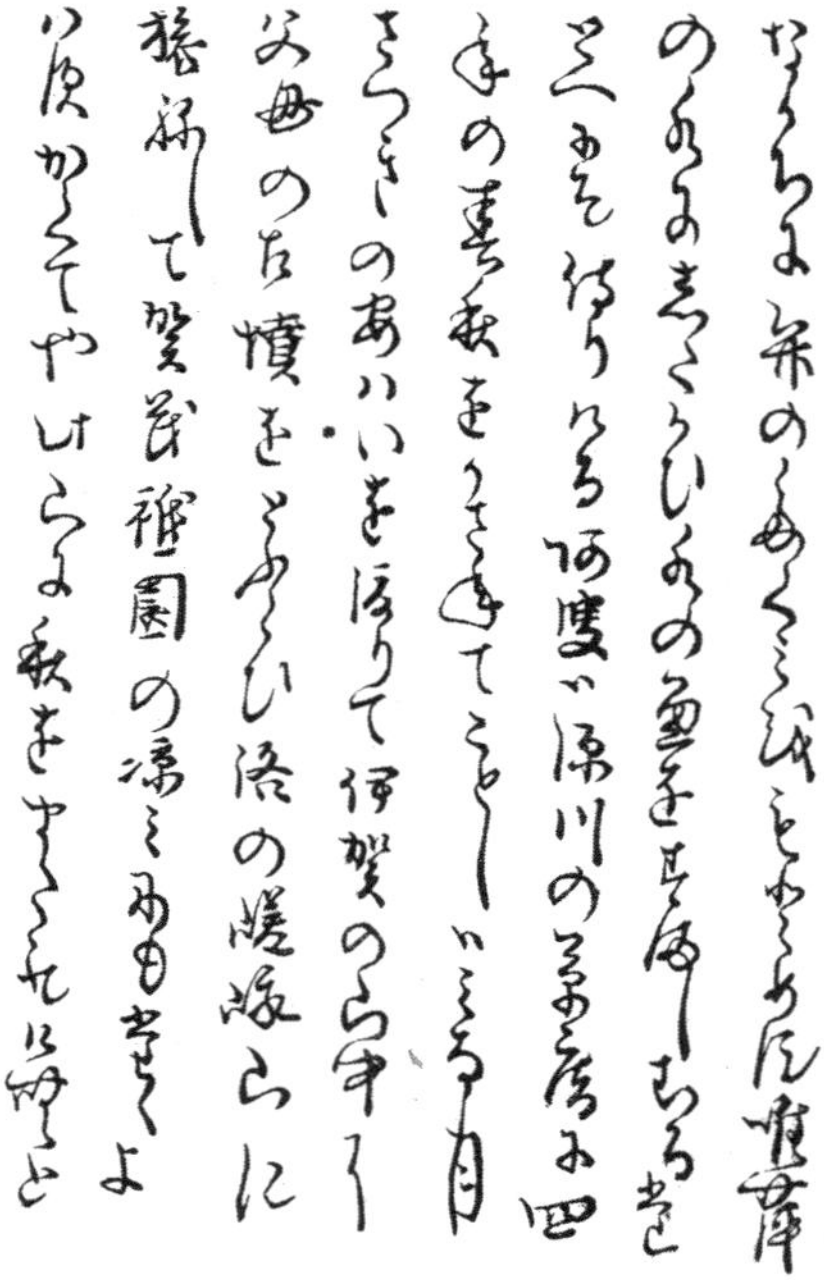

なかちに弁のたくみをもとめす唯萍
の水にしたかひ水の魚をすましむるた
とへにそ侍りける阿叟は深川の草庵に四
年の春秋をかさねてことしはみな月
さつきのあはいを渡りて伊賀の山中に
父母の古墳をとふらひ洛の嵯峨山に
旅ねして賀茂祇園の涼みにもたゝよ
はすかくてや此山に秋をまたれけむと

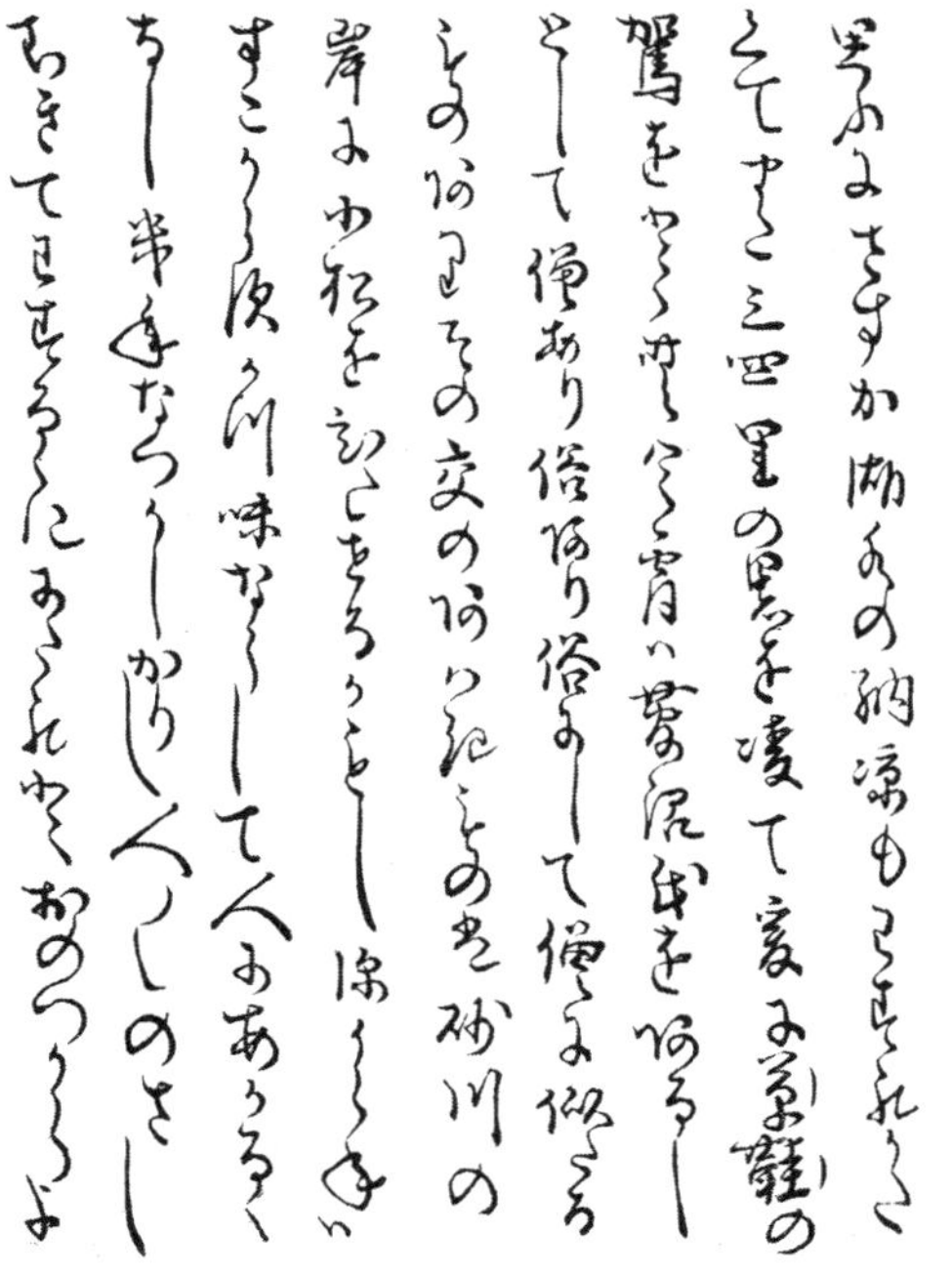

思ふにさすか湖水の納涼もわすれかたくてまた三四里の暑を凌て爰に草鞋の駕をとゝむ今宵は菅沼氏をあるしとして僧あり俗あり俗にして僧に似たるものありその交のあはきものは砂川の岸に小松をひたせるかことし深からねはすこからすかつ味なうして人にあかるゝなし幾年なつかしかりし人〳〵のさしむきてわするゝににたれとおのつからよ

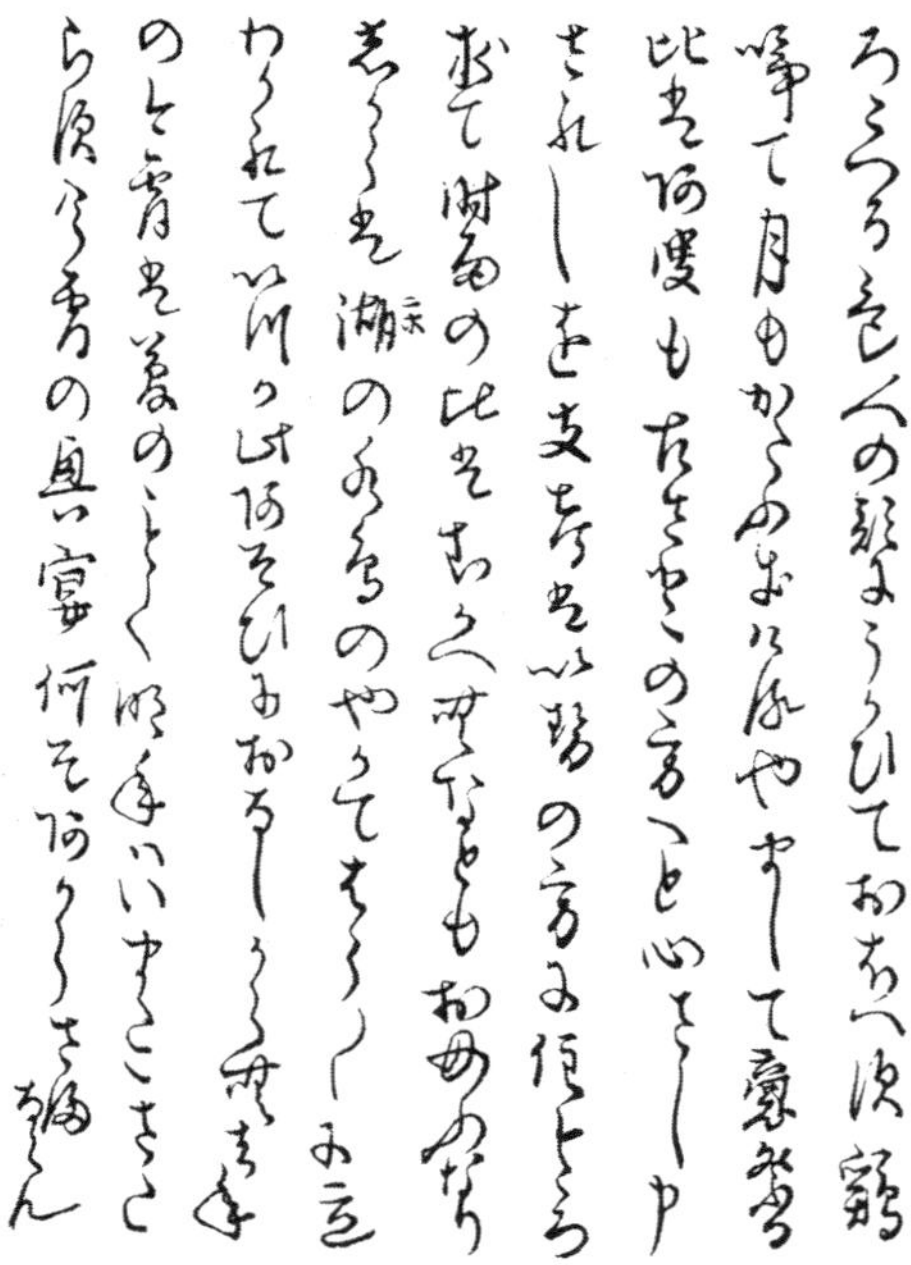

ろこへる色人の顔にうかひておほへす鶏
啼て月もかたふきける也まして魂祭る
比は阿叟も古さとの方へと心さし申
されしを支考はいせの方に住ところ
求て時雨の比はむかへむなともおもふなり
しからは湖《ニホ》の水鳥のやかてはら〳〵に立
わかれていつか此あそひにおなしからむ去年
の今宵は夢のことく明年はいまたきた
らす今宵の興宴何そあからさまならん

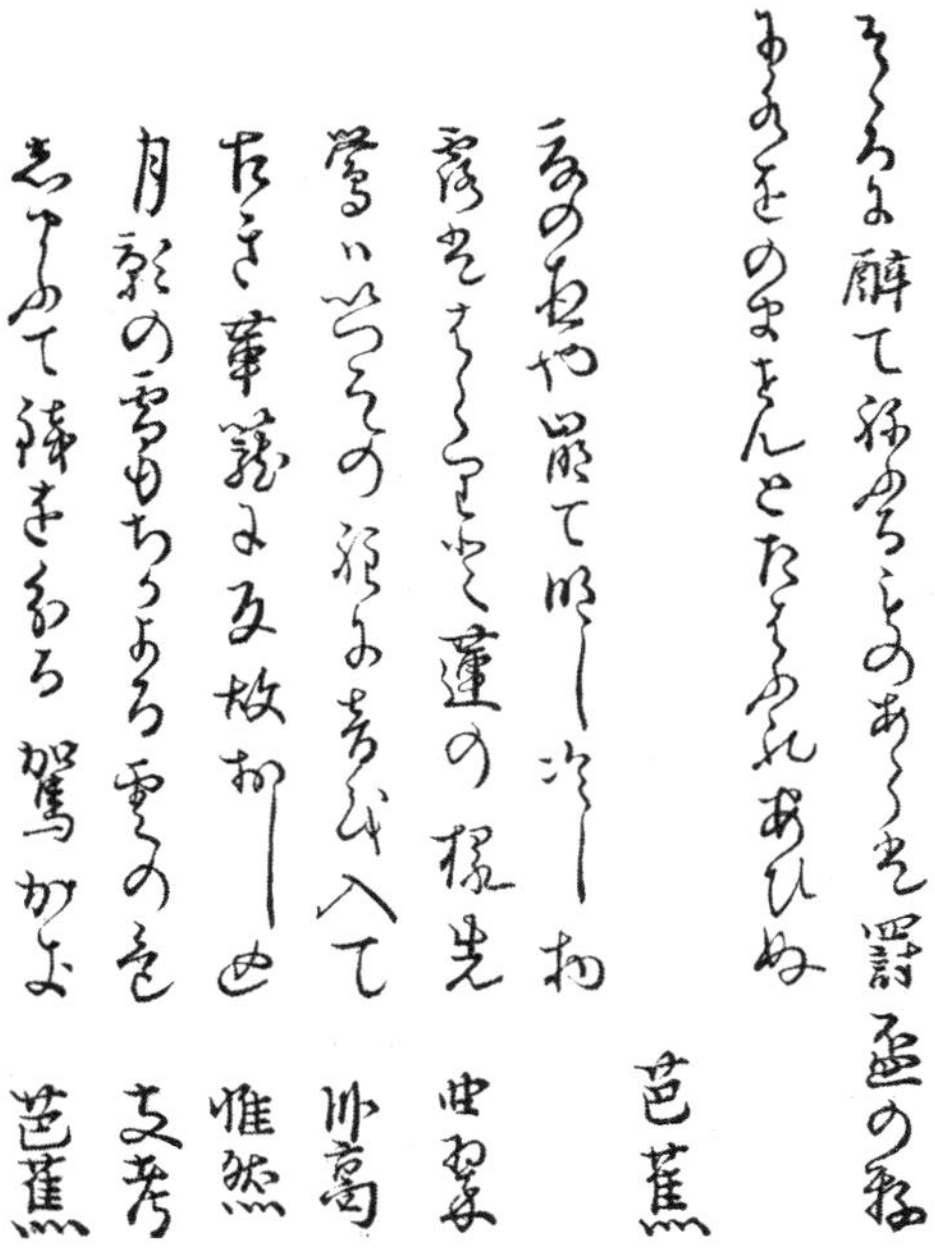

そゞろに酔てねふるものあらは罰杯の数
に水をのませんとたはふれあひぬ

夏の夜や崩て明し冷し物　芭蕉
露ははらりと蓮の縁先　曲翠
鶯はいつその程に音を入て　臥高
古き革籠に反故おし込　惟然
月影の雪もちかよる雲の色　支考
しまふて銭を分る駕かき　芭蕉

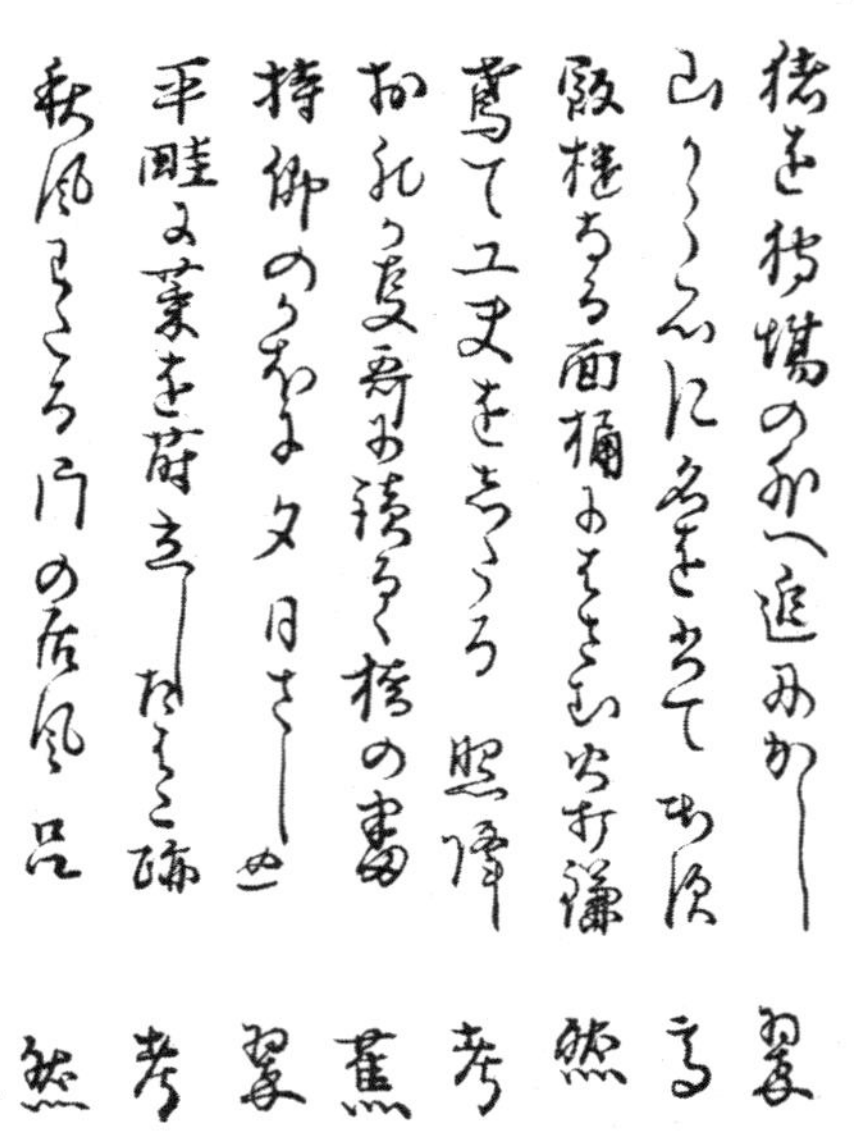

う

猪を狩場の外へ追にかし　翠
山から石に名を書て出す　高
飯櫃なる面桶にはさむ火打鎌　然
鳶て工夫をしたる照降　考
おれか事歌に読るゝ橋の番　蕉
持仏のかほに夕日さし込　翠
平畦に菜を蒔立したはこ跡　考
秋風わたる門の居風呂　然

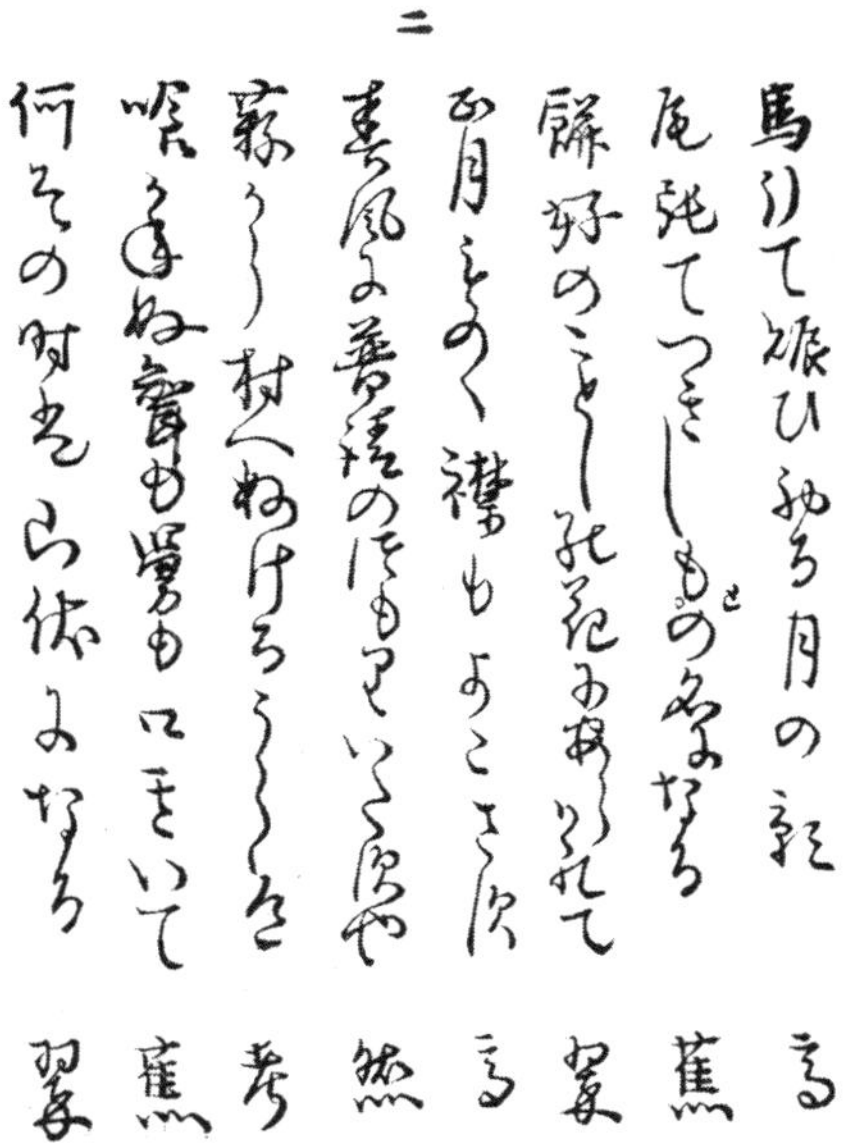

馬引て賑ひ初る月の影　高
尾張てつきしもとの名になる　蕉
餅好のことしの花にあらはれて　翠
正月ものゝ襟もよこさす　高
二
春風に普請のつもりいたす也　然
薮から村へぬけるうら道　考
喰かねぬ聟も舅も口きいて　蕉
何その時は山伏になる　翠

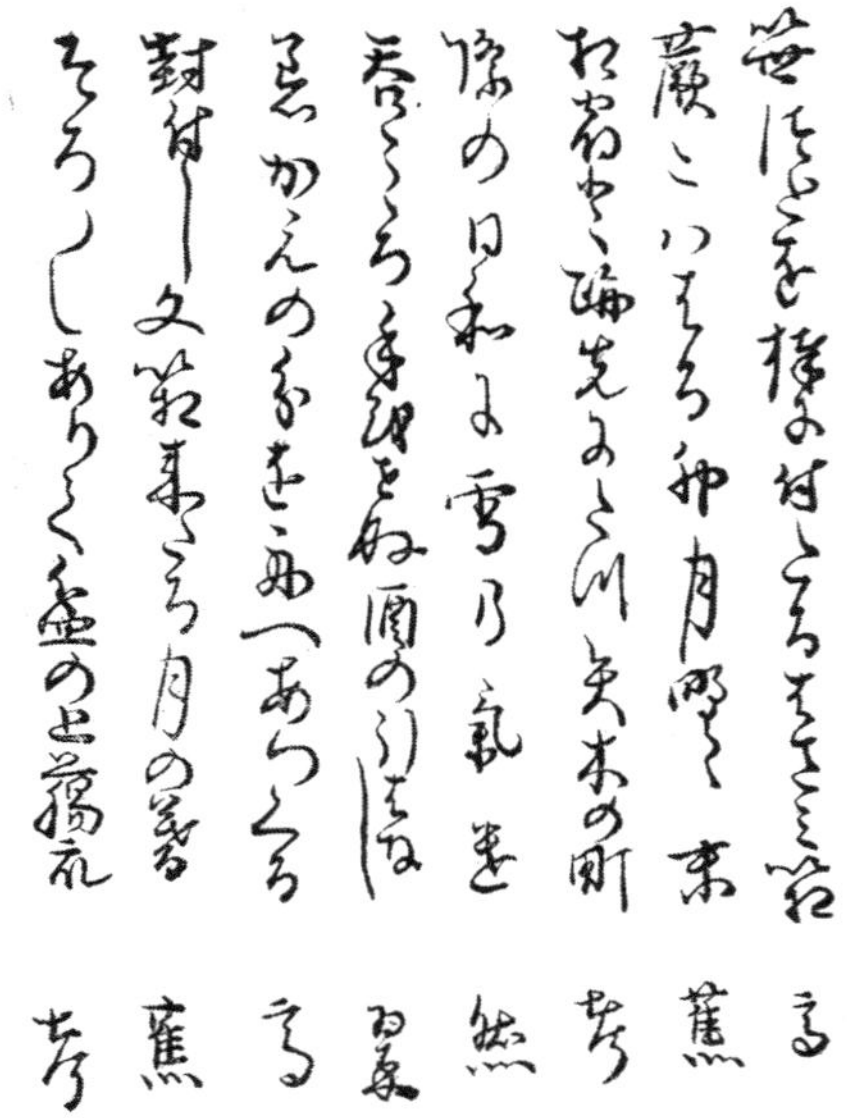

笹つとを棒に付たるはさみ箱　高

蕨こははる卯月野ゝ末　蕉

相宿と跡先にたつ矢木の町　考

際の日和に雪の気遣　然

呑こゝろ手をせぬ酒を引はなし　翠

着かえの分を舟へあつくる　高

封付し文箱来たる月の暮　蕉

そろ〳〵ありく盆の上臈衆　考

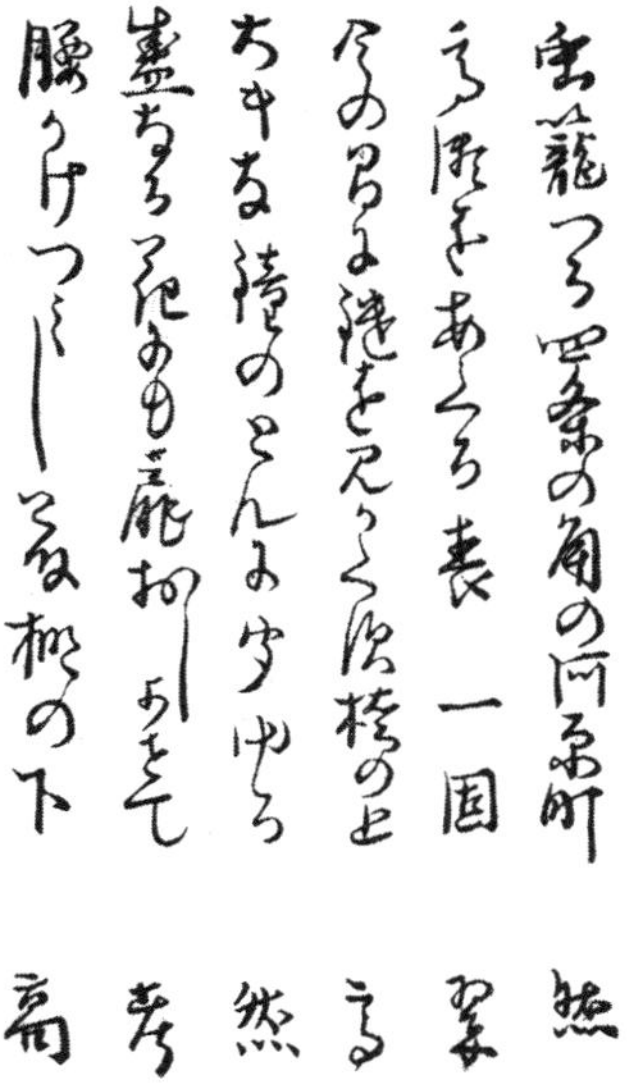

虫籠つる四条の角の河原町　然
高瀬をあくる表一固　翠
今の間に鑓を見かくす橋の上　高
大キな鐘のとんに聞ゆる　然
盛なる花にも扉おしよせて　考
腰かけつみし藤棚の下　高

本巻は、元禄七年（一六九四）六月十六日（正確には十七日の早暁）、膳所の曲翠（曲水）亭に芭蕉を迎え興行されたものであり、支考・惟然・臥高が連衆に加わった五吟歌仙である。芭蕉・支考・惟然による「猿蓑に」歌仙と同様な傾向を示すかどうかが、主たる関心事項となろう。なお、この歌仙の前には、支考の手になる俳文「今宵賦」が配されており、これは本歌仙の前書的な役割を果たすものゆえ、大意をとり、語釈などを施すこととする。

〈歌仙分析〉

今宵賦《こよひのふ》

野盤子 支考

今宵は六月十六日のそら水にかよひ、月は東方の乱山にかゝげて、衣裳に湖水の秋をふくむ。されば今宵のあそび、はじめより尊卑の席をくばらねど、しば〳〵酌《くみ》てみだらず。人そこ〳〵に涼みふして、野を思ひ山をおもふ。たま〳〵かたりなせる人さへ、さらに人を興ぜしめむとにあらねば、あながちに弁のたくみをもとめず、唯萍《ただうきくさ》の水にしたがひ、水の魚をすましむるたとへにぞ侍りける。阿叟《あそう》は深川の草庵に四年の春秋をかさねて、ことしはみな月・さつきのあはいを渡りて、伊賀の山中に父母の古墳をとぶらひ、洛の嵯峨山に旅ねして、賀茂・祇園の涼みにもたゞよはす。かくてや此山に秋をまたれけむと思ふに、さすが湖水の納涼もわすれがたくて、また三・四里の暑《あつさ》を凌《しのぎ》て、爰に草鞋《さうあい》の駕をとどむ。今宵は菅沼氏をあるじとして、僧あり、俗あり、俗にして僧に似たるものあり。その交《まじはり》のあはきものは、砂川の岸に小松をひたせるがごとし。深からねばすごからず。かつ味なうして人にあかるゝなし。幾年なつかしかりし人〳〵の、さしむきてわするゝににたれど、おのづからよろこべる色、人の顔にうかびて、おぼへず鶏啼《なき》て月もかたぶきける也。まして魂《たま》祭る比《ころ》は、阿叟も古さとの方へと心ざし申されしを、文考はいせの方に住《すみ》どころ求《もとめ》て、時雨の比はむかへむなどもおもふなり。しからば湖《ニホ》の水鳥の、やがてばら〳〵に立《たち》わかれて、いつか此《この》あそびにおなじからむ。去年の今宵は夢のごとく、明年はいまだきたらず。今宵の興宴《きょうえん》何ぞあからさまならん。そゞろに酔《ゑひ》てねぶるものあらば、罰杯《ばつぱい》の数に水をのませんと、たはぶれあひぬ。

〔大意〕秋の気配も兆してきた六月十六日の今宵の会は、席次の高下などない代わり、酔って席を汚すこともない。連衆はそれぞれ涼みながら、心を雅境に置き、弁の巧みを誇ることもない。芭蕉翁は深川の草庵にここ四年を過ごし、今年の五・六月は伊賀で墓参。京の嵯峨で旅寝する内にも、琵琶湖で納涼する望みも絶ちがたく、暑熱の中を三・四里の道のりで、ここ近江に草鞋をとどめた。今宵は菅沼曲翠を主人とする会で、僧も俗も僧に似た俗も混じっている。それは「君子の交」ともいうべきもので、淡々とした交流の中に喜びがあり、気づけば朝を迎えようとしている。お盆の時期は翁も故郷に帰る志であり、私は伊勢に住まいを求め、初冬には迎えに上がろうと念じている。湖水の鳥のように、立ち別れても、いつかまた再会して興行をすることとなろう。去年の今宵はすでに夢のように茫漠とし、来年の今宵も不明のことながら、だからといって、今宵の宴もにわかの夢ということにはならないはず。むやみと酔って眠る者があれば、罰盃の水を飲ませようと、戯れ合ったことである。

〔備考〕題名にある「賦」は、中国の古典文学における代表的な文体・叙述法の一つで、出来事・風景や心に感じたことなど、そのままに述べたものをいう。「野盤子」は支考の別号。「六月十六日」は嘉《か》定喰《じやうぐひ》の日で、納涼を兼ねて菓子などの食物が供される。「そら水にかよひ」は空と水が同色であること。「乱山」は高低さまざまに連なる山々で、琵琶湖の東方には伊吹山・霊仙山などがある。元禄七年は閏五月があった年で、六月十六日は立秋に相当。「衣裳に湖水の秋をふくむ」という記述も、そのことを反映させたに相違なく、集まった者の衣装にも湖水の秋らしさが顕れている、といいたいのであろう。「尊卑の席をくばらねど」は、身分による席次の配慮をしないこと。「みだらず」は「乱さず」に同じく、秩序を乱して錯綜させはしないの意。「野を思ひ山をおもふ」は山野に思いを馳せ、風雅な心になることと見られる。「弁のたくみ」は弁舌の技術を凝らすこと。「唯」以下のたとえは、この座の人々がきわめて自然にふるまい、それが実に心地よいということであろう。「阿叟」は老齢者に対する敬称で、支考は芭蕉に対してしばしば用いている。「四年の春秋」は四年ということで、元禄四年十月二十九日に帰江してから、元禄七年五月十一日に出立するまで、芭蕉は足かけ四年を江戸で過ごした。「あはい」は「間」で、歴史的仮名遣いでは「あはひ」。「嵯峨山」は現在の京都府京都市右京区の嵯峨をめぐる山をいい、ここの「嵯峨山に旅ねして」は、嵯峨野の落柿舎に滞在したことを文飾的に表したもの。五月二十八日に伊賀入りした芭蕉は閏五月十六日に出郷し、落柿舎には同月二十二日から六月十五日まで滞在した。「賀茂・祇園の涼み」は、六月七日の祇園会から十八日まで四条河原の川床で行なわれる納涼と、同十九日から下鴨神社の林間に茶店を設けて行なわれる納涼。「たゞよはす」なのか「たゞよはず」なのかは議論のあるところながら、前者と考え、あちこちで涼を得たと解しておきたい。「三・四里」は京と近江の距離で、京・大津の間は約三里。「草鞋の駕」は徒歩で行ったことの文飾的表現で、「草鞋」の傍線は音読符。「菅沼氏」は膳所藩士の菅沼外記定常で、俳号は曲翠（曲水）。「僧あり、俗あり」の「俗」は臥高が該当しよう。「僧」は少年時に雛僧であった支考をさし、「俗にして僧に似たるもの」は惟然や芭蕉自身をさすか。その交流を「あはき」と記すのは、『新大系』が指摘するように、『荘子』の「君子ノ交ハ淡クシテ水ノゴトシ」を踏まえると見られる。ここに「すごからず」や「あかるゝなし」とあるのも、いやな思いになることがないということであろう。「幾年」以下は、その交わり方を比喩的にいったもの。久々に会った人々が、互いを忘れたようにしていながらも、実は喜びの感情を抱いている、といった意味になる。「鶏啼て月もかたぶきける」は朝を迎えたこと。「魂祭る日」は七月十五日の盂蘭盆で、実際、芭蕉は墓参をするため、七月中旬に帰郷している。支考の動向については、堀切実「新訂・支考年譜」（『蕉風俳論の研究』〈明治書院　昭和57年刊〉所収）に「七・八月、伊勢の新庵に滞在し、涼菟らと交わる」とある通り。「時雨の比はむかへむ」というのが出迎えに行く意であるのならば、その予定は早まり、同稿には「九月二日、伊勢の斗従を伴い伊賀へ赴き、芭蕉の『続猿蓑』撰集に参加す」とある。「湖」にはニホのカナが振られているので、ここは、鳰の海の別称をもつ琵琶湖のこと。「湖の水鳥の」以下では、連衆を琵琶湖の水鳥であるカイツブリになぞらえ、別れてもまたいつか再び興行したいとの意を表する。「去年の…、明年の…、今宵の…」は、これが偶然の興行であっても、互いの記憶にとどめておきたいということか。「罰盃」は罰として無理に飲酒させることで、『新大系』が指摘する通り、『世説新語』（日本では『世説新語補』として普及）には、王羲之が作詩できない者に三斗の酒を飲ませた故事がある。ここは、途中で飲み疲れ眠る者には罰盃の水を飲ませようというので、まさに「たはぶれあひぬ」の気分を漂わせながら、しめくくっている。全体的にも興じる気分が濃厚で、俳文としても楽しめると同時に、歌仙興行の実況的な面を含みもち、貴重な資料となりえている。

夏の夜や崩《くづれ》て明《あけ》し冷《ひや》し物　　芭蕉

発句　　夏六月ないし三夏（冷し物・夏の夜）

〔句意〕夏の夜は早くも明けていき、もてなしの冷やし物も崩れた様相となっている。

〔備考〕先に見た文考筆「今宵賦」によれば、六月十六日、膳所の曲水亭で十六夜の月を賞する宴が開かれ、その翌朝にこの句が詠まれたことになる。同年六月二十四日付《づけ》の杉風宛芭蕉書簡に「曲水亭」の前書で報じられ、『笈日記』には、「曲翠亭にあそぶとて田家といへる題を置《おき》て／飯あふぐかゝが馳走《ちそう》や夕涼《ゆふすずみ》　翁／夏の夜や崩て明しひやし物　同／是に今宵の賦をくはへて『後猿みの』に入集す。爰にしるさず」という形で入集する。歌仙の興行もこの時と見るのが妥当であろう。「冷し物」は煮冷《にびやし》の料理法をいい、野菜などを煮てから冷やしたもの。また、冷やして盛った食物一般をさすともいわれる。「明し」には「料理の蓋を取る」（『新大系』）の意も掛けられているか。「煮冷」は『糸屑』『俳諧新式』等に六月、『通俗志』等に兼三夏の扱い。

露ははらりと蓮《はす》の縁先《えんさき》　曲翠

脇　夏六月（蓮）

〈句意〉縁先の蓮の葉に朝露がはらりとこぼれて光っている。

〈付合〉①前句を夜の宴も果てた早朝の座敷と見て、②短夜のはかなき一景を案じつつ、視点を室内から屋外に移し、③縁側から眺めると、池の蓮の葉に露がはらりと転がっているとした。

〈備考〉「蓮」は『増山井』『番匠童』等で六月の扱い。発句の季感をそのまま移し、眼前の景を打ち添えた脇句で、「崩て」に「はらり」を響かせている。ちなみに、『古集之弁』は「寺院の体」とし、『校本』は「庭の泉水の景情」とする。

鶯《うぐひす》はいつぞの程《ほど》に音《ね》を入《いれ》て　臥高

第三　夏五月（鶯…音を入て＝鶯音を入）

〈句意〉鶯はいつの間にやら鳴きやんでしまった。

〈付合〉①前句を静寂な庭のさまと見定め、②その景を見ている人が、そこでもう一つ別のことがらに感じ入る場合を想定し、③鶯も鳴き終わったことに気づいたとした。

〔備考〕「いつぞの程に」はいつの間にか。「音を入て」は鳴き声を出さなくなることで、「鶯音《ね》を入《いる》」は『増山井』等に五月の扱い。転じの場である第三としては、やや変化に乏しい。

古き革籠《かはご》に反故《ほうご》おし込《こむ》　惟然

初オ4　雑

〔句意〕古い革の行李に書きおいた文書をしまい入れる。

〔付合〕①前句をあわただしく時を過ごす人物の感慨と見込み、②忙しさの常としてありがちな、文書の整理ができずにいるさまを連想し、③古い革の行李に反故紙を詰め込むとした。

〔備考〕「反故」は何かが書いてある紙のことで、ホゴ・ホンゴ・ホウグ等の読みもある。「革籠」は回りに皮革を貼った行李で、「行李」は竹・柳などで編んだ箱形の物入れ。それを「古き」としたのは、「いつぞの」の語感を意識したものであろう。「おし込」も「音を入て」に呼応させた表現と見られ、やや付き過ぎの印象を受ける。

月影の雪もちかよる雲の色　　文考

初オ5　　冬十一月ないし三冬（雪）　月の句

〈句意〉月光に照らされた雲の色は寒々しく、いかにも雪が降りそうな様子である。

〈付合〉①前句の「反故」を家の補修用のそれと見換え、②冬が本格化し、あわててあちこち隙間などを繕う場面を想定して、③月が出ている空もすぐに雪が降りそうな模様であるとした。

〈備考〉「反故→ふすま障子」（『類船集』）は一般的な連想範囲にあり、「反故」から障子などの修繕に思い及んだのは常套的な発想ながら、そうした人事を句の表面から消去し、雪模様の空だけを描写の対象とした点は興味深い。

しまふて銭《ぜに》を分《わく》る駕《かご》かき　　芭蕉

初オ6　　雑

〈句意〉一日の仕事を終わらせ、駕籠《かご》かき二人が稼ぎの銭を分け合っている。

〈付合〉①前句の雪模様という点に着目し、②その状況でありそうな仕事の早じまいを想定し、③駕籠かきが業を終えて銭を分け合うとした。

〔備考〕「その日稼ぎの…生活を、寒さの募りゆく厳しい季節に向《むか》ひ合はせた」（伊藤『全解』）との見方もあるが、そこまで読むべき付句かどうかは、検討を要する。なお、芭蕉が元禄六年夏以前に関与した〔旅路の画巻〕（柿衞文庫蔵）に駕籠かきの生態を描いた一画面がある。

猪《いのしし》を狩《かり》場《ば》の外へ追《おひ》にがし　　曲翠

初ウ1　雑

〔句意〕猪を追っていたのに、狩猟場の外に逃がしてしまった。

〔付合〕①前句を相応の稼ぎがあった駕籠かきと見込み、②それとは対照的に、うまく事が運ばない人夫を想定し、③狩場で猪を駆り立てる役が、追い込み損ねて逃がしてしまったとした。

〔備考〕「狩場」は狩猟をする場所。二句の関係には諸説あり、さまざまな可能性が想定される中[1]、ここでは、稼ぎを得た前句の駕籠かきに対して、獲物の狩り出しに失敗した勢子《せこ》を向かわせたものと見ておきたい。「勢子」は狩猟で鳥獣が逃げるのを防ぎ駆り立てる役の人夫。場面としては、狩場の近くで駕籠かきが銭を分けていると見られよう。

山から石に名を書《かき》て出す　　臥高

初ウ2　雑

〔句意〕山から切り出した石に名を記して運び出す。

〔付合〕①前句の「狩場」を山間の地と見定め、②「外へ…にがし」に応じた「山から…出す」ものとして切石を着想し、③山から石に名を書いて運び出すとした。

〔備考〕「名を書て出す」に関しては、「幕府造営の城郭の建材に各大名が献上したものには、それぞれの紋章・姓名を刻んだ例がある」(『新大系』)との指摘に従うとして、一句の場合、「○○山」などとする産地の表記や石工の名前を記したとも解せられる。二句を合わせて味わえば、狩場から切り出す石にはそうしたことが責務として課せられる、といった含みも感じ取られよう。

飯櫃《いびつ》なる面桶《めんつ》にはさむ火打鎌《ひうちがま》　　惟然

初ウ3　雑

〔句意〕ゆがんだ弁当箱に火打ち用の鉄がはさまれてある。

〔付合〕①前句を石工が自分の名を刻むものと見定め、②その人が山で昼食をとる場面を想定し、③湯を沸かすなどの必要に応じ、火を起こすための道具を弁当と一緒にしているとした。

〔備考〕「いびつ」は形状がゆがんだことで、用字は、飯櫃《めしびつ》が楕円形であったことによるという。「面桶」は一人前ずつ飯を盛る容器で、本来の読みはメンツウ。弁当箱であり、薄い板を円筒形に曲げ底を付けてある。「火打鎌」は「火打金」に同じく、火打石と打ち合わせて火を起こすための鉄片。山中で自ら火を起こすため、弁当箱にその着火器を結びつけてあるのであろう。

鳶《とび》で工夫をしたる照降《てりふり》　　支考

初ウ4　雑

〔句意〕鳶の鳴き方で晴雨を見定める工夫をしている。

〔付合〕①前句を野良仕事などに出かける人物の身じたくと見て、②準備万端の様子に何らかの根拠となる事由があると探り、③その人が鳶の鳴き声で天候を判断しているとした。

〔備考〕鳶の鳴き方で晴雨を判断することについては、『本朝食鑑』「鴟《とび》」の項に、早朝であれば雨・風ともにあり、夕刻に鳴けば雨といえども必ず晴れる、との記述がある。「工夫」は思案してよい方法を考え出すことであり、その方法をもいう。ここは、その鳴き方を判断・納得の材にしているのであろう。(2)「釣魚《てうぎよ》の徒とも見なしつらん」(『古集之弁』)との見方もある。

おれが事《こと》歌に読《よま》るゝ橋の番　芭蕉

初ウ5　雑

〔句意〕俺のことといえば、和歌にも詠まれる橋の番人である。

〔付合〕①前句を天気が気になる者のことと見込み、②それを橋の管理人と特定し、その自慢する場面を想定して、③俺の仕事は歌にも詠まれた橋番であるとした。

〔備考〕「橋の番」は橋の番小屋に居て、その管理などを任された橋守《はしもり》。露伴『評釈』が挙げた「千早ふる宇治の橋守なれをしぞあはれとは思ふ年の経ぬれば」（『古今集』）などを念頭に、橋番自身に「歌に読るゝ」と言わせたもの。「出水のことなどに心を配る役目であるから、しぜん日毎《ひごと》の天気合《てんきあい》にも注意する」（太田『解説』）との見方で、二句の関係はよく理解されよう。

持仏《ぢぶつ》のかほに夕日さし込《こむ》　曲翠

初ウ6　雑

〔句意〕室内の仏像に夕刻の西日が差し、お顔を照らしている。

〔付合〕①前句の人物を代々世襲の橋番と見て、②先祖伝来の品もある番小屋の具体的な様子に連想を進め、③持仏の顔に夕日が差し込んでいるとした。

〔備考〕「持仏」は身近に置いて信仰する仏像。その御加護を受け、今日一日の勤めを無事に終える安堵感を表現したものであろう。「夕日」と「照降」には指合《さしあい》(3)の気味があるものの、打越は晴雨の意味、当該句は夕日の実景であるから、その難は避けられたと見たのであろうか。なお、伊藤『全解』が『大鏡』の説を採用し、宇治の橋守通円(4)の俤付《おもかげづけ》を指摘するのは賛成しがたい。

平畦《ひらうね》に菜《な》を蒔立《まきたて》したばこ跡　　支考

初ウ7　秋八月（菜を蒔立し＝菜種蒔）

〔句意〕煙草の葉の収穫後、土盛りをしない畑に菜種を蒔きはじめる。

〔付合〕①前句を日当たりのよい家の仏間と見込み、②日ざしの恩恵を受けて収穫に恵まれる農家の様子を想定し、③大切な煙草を刈り入れた後の平畝に、油菜の種を蒔きつけるとした。

〔備考〕「畦《あぜ》」は田の間の境界。ここは「平畝」のことと見て、「平畦《ひらうね》」と読みを施した。「畝」は種を蒔くため畑に土を盛ったところで、「平畝」はその措置を施さないものを言う。「たばこ畑は特別の日当たりのよい所を選ぶ」（『新大系』）といい、収穫後、その日ざしを当てにして、菜の種をすぐ蒔くわけである。「菜」は油菜《あぶらな》で、『初学抄』『滑稽雑談』等に「菜を蒔」、『せわ焼草』『増山井』等に「菜種蒔」として、いずれも八月の扱い。

秋風わたる門《かど》の居風呂《すゑふろ》　惟然

初ウ8　秋八月ないし三秋（秋風）

〔句意〕秋風の吹きわたる門口で、風呂を沸かしている。

〔付合〕①前句をあわただしく行なわれる種蒔きと見て、②その農作業を終えた後に連想を及ぼし、③秋風の吹きわたるころ、家々ではその日の疲れを癒す風呂の準備をして帰りを待つとした。

〔備考〕「門《かど》」は家の通りに面したあたり。「居風呂」は湯舟の下に焚き口のある水風呂《すいふろ》。夕刻の点描と見られ、打越（二つ前の句）の「夕日さし込」との関係に配慮を欠いているといえようか。「秋風わたる」は、すっかり秋らしくなったことをさす措辞で、『新大系』が「早くも秋風」とするような「初風」ではない。「初風」は諸書に七月。『せわ焼草』『糸屑』等に「秋風」も七月の扱いながら、『番匠童』『柱立』は八月を「秋風月」とする。

馬引《ひい》て賑《にぎは》ひ初《そむ》る月の影　臥高

初ウ9　秋八月ないし三秋（月の影）　月の句

〔句意〕月光の下、馬を引いた人で賑わい出してきた。

〔付合〕①前句を旅宿のさまと見換え、②秋風の時節に人々が集まる馬市を案じ、③月下、馬を引いた人で賑わってきたとした。

〔備考〕「馬引て」とあり「月の影」とあれば、「望月の駒牽き」「駒迎え」を連想するのが順当。朝廷に献上する馬を諸国から連れて来るのが駒牽きで、これを逢坂の関で出迎えるのが駒迎え。すでに絶えていたものが、「今は所司代より馬を出さるゝなり」（『滑稽雑談』）という形で再興されていたという。(5) 一句は、この行事を発想の背景に置きながら、庶民の馬市を取り上げて、「駒迎えの近世化」（『新大系』）を図ったのであろう。太田『解説』は貫之歌「逢坂の関に清水の影見えて今やひくらん望月の駒」（『拾遺集』）の影響を指摘し、その可能性も考えられる。

尾《を》張《はり》でつきしもとの名になる　　芭蕉

初ウ10　雑

〔句意〕かつて尾張で付けられた昔の呼び名に戻った。

〔付合〕①前句を馬を引いて各地を行商する人々と見て、②旧知の人と偶然に出会い、懐旧の情にひたる場面を想定し、③かつて尾張で知り合った頃の懐かしい名で呼ばれるとした。

〔備考〕「尾張」は街道一の賑わいを見せる土地柄で、この地名を用いた意図もおそらくそこにあろう。ただし、一句はその尾張とは異なる場所での再会を想定している。「辛苦の末に再び立身の機を得て、漸く旧時の地位を得た。馬をも引かせて一門は繁栄」（『新大系』）など、句中の人物を武門の人とする見方が多く、それは「改名」を見込んでのことでもあろう。ここでは、前句が庶民の馬市であることを受けた、市井での行商を想定すべきと考える。なお、底本の版本では、「○」を付して「と」の文字を補入する表記がある。

餅好《もちずき》のことしの花にあらはれて　曲翠

初ウ11　春三月（花）　花の句

〔句意〕今年の花見、酒の苦手な餅好きと知られてしまった。

〔付合〕①前句の「もとの名」を替名の類と見換え、②その人は命名の元になった性情などを隠していたと考え、③餅好きの下戸《げこ》であることが花見の席でばれてしまったとした。

〔備考〕「餅好」は餅が好きな人である以上に、酒が苦手なことを表象する。「あらはれ」は露顕すること。

正月ものゝ襟《えり》もよごさず　　臥高

初ウ12　　春一月（正月もの）

〔句意〕正月用の着物の襟元も汚さずにいる。

〔付合〕①前句の人物を酒も飲まない生真面目《きまじめ》な男と見て、②その几帳面な性分がよく出る事例を探り、③新年用に用意した着物を汚すことなく、諸礼万端をこなしているとした。

〔備考〕「正月もの」は新年を迎えるための品物で、とくに晴れ着をさす。「襟もよごさず」は、正月の挨拶ごとが重なる中、数日間（三箇日など）、寸分も汚さず着こなしているのであろう。

春風に普請《ふしん》のつもりいたす也　　惟然

名オ1　　春一月ないし三春（春風）

〔句意〕春風の吹くころ、家普請の見積もりをすることである。

〔付合〕①前句の人物は物を大切にする倹約家であると見て、②その始末による蓄財を想定し、それは何かに使うためであると考え、③春風が吹く時期に普請の概算を出しているとした。

〔備考〕「普請」は家の増改築や修繕で、春は普請の好季節。「つもり」は見積もりで、金銭などの計算をすること。『新大系』が指摘するように、「「いたす」は少し改まった口語調」で、「堅い人物を暗示する」と見られる。なお、蕉風の付合では、『去来抄』に「前句の位を知《しり》て附《つく》る事也」とあるように、前句の人物・事物・言葉などの品格を見定めて付けることを〈位《くらい》〉と呼んで重視する。これもその一つの例であろう。

藪《やぶ》から村へぬけるうら道　　支考

名オ2　雑

〔句意〕藪を通って村へ抜ける裏道がある。

〔付合〕①前句を少し暇と余裕ができての普請と見込み、②地方の閑静な土地に暮らす人物を想定して、③裏には藪があって、村への道が通じているとした。

〔備考〕人事句が続いたことから、その後の展開を容易ならしめるため、あっさり前句の場を付けたものであろう。隠居所の建築や、農閑期の改築などが想定できようか。「裏道を造らうと設計にとりかかつてゐる」（伊藤『全解』）など、「うら道」を前句の「普請」の内容としては、前句に引き付け過ぎた解となってよくない。

喰《くひ》かねぬ聟《むこ》も舅《しうと》も口きいて　　　　芭蕉

名オ3　雑

〔句意〕喰いつきそうな勢いの聟・舅、ともに口達者である。

〔付合〕①前句の裏道を村へ抜ける近道と見て、②便利な道なのに使いかねる事情があり、それは近くの一家に問題があるからだと考え、③聟も舅も口が達者で食いつきかねない様子だとした。

〔備考〕「喰かねぬ」には諸説があり、大別すると、「食ふには困らぬ才覚がある」（伊藤『全解』）と、「喰いつきかねない勢い」（『新大系』）とに分かれる。「口きいて」は「口利いて」で、弁が立つこと。ここは、この語との関連性を考慮して、後者で理解しておきたい。

何ぞの時は山伏《やまぶし》になる　　　　曲翠

名オ4　雑

〔句意〕何か事がある時には本来の山伏になる。

〔付合〕①前句の聟と舅を荒々しい気性の人と見て、②それを厳しい修行に由来するものと考え、③集落に何らかの事態が起きる際は、山伏姿になって対処するとした。

〔備考〕「山伏」は修験道の行者で、近世期には、里に定着して農業に従事しながら、時に修行に出かけ、時に祈祷などを行なう者が少なからずいた。「何ぞの時」は何事かがあった時。村に凶事などあれば、頼りにされるのであろう。

笹づとを棒に付《つけ》たるはさみ箱　臥高

名オ5　雑

〔句意〕笹で包んだ土産を挟み箱の荷い棒に付けている。

〔付合〕①前句を臨時の山伏姿と見て、②呼ばれた先に衣装を持参し、無事に加持祈祷の役を果たした場面を想像し、③帰りじたくの挟み箱に笹の包みが付けてあるとした。

〔備考〕「つと」は「苞」で、本来は食品などを包んだものをさし、旅への携行品や贈答品・土産物に対してもいう。「笹づと」は笹の葉による包みで、ここは先方からいただく土産であろう。「はさみ箱」は携行用の荷《にな》い箱で、衣服などを入れて棒に付ける。謝礼の品とともに、意気揚々と引き上げていく姿である。

蕨《わらび》こはばる卯月野《うづきの》ゝ末　芭蕉

名オ6　夏四月（卯月野）

〔句意〕蕨も固くなってきた、四月の野の果てである。

〔付合〕①前句を言いつかった用を果たす奉公人などのさまと見換え、②その人が荷を肩にして野山を歩く姿を想像し、③卯月の野末では蕨も葉が開いて固くなっているとした。

〔備考〕「こはばる」は「強張る」で固くなること。「蕨」は山野に自生するシダ類ウラボシ科の落葉多年草。早春、先端が拳のように巻いた新葉を出し、これを食用にする。旧暦の四月ともなると固くて、食べるには向かない。「卯月野」は卯月ころの野原。

相宿《あひやど》と跡先《あとさき》にたつ矢木《やぎ》の町　文考

名オ7　雑

〔句意〕八木宿で相宿になった者と前後しての出立となった。

〔付合〕①前句を宿場間《しゆくば》の街道沿いにありがちな景と見込み、②見知らぬ大勢の旅人が泊る大きな宿場を想定し、③八木の町では相部屋になった者と先を急ぐように早立ちして行くとした。

〔備考〕「相宿」は同じ宿や部屋に泊り合わせること。「矢木の町」は中街道・伊賀街道が交叉する交通の要衝、八木宿（現在の奈良県橿原市の中心地）で、支考をはじめ惟然・芭蕉にも馴染み深い宿場。「跡先に」は「後先に」で、相前後しての意。この句の「跡先にたつ」に関しては、「泊り合せた客と前後して出発するという意」（『大系』）といった出立説のほか、「後になり先になりして歩いて行くさま」（『連句抄』）などの歩行説がある。ここでは、所用で先を急ぐ旅と考え、前者と見ておきたい。また、前句の景を見ながら八木に着くのか、八木を発ってからその景を目にするのかも、厳密には断定しがたい。

際《きは》の日和《ひより》に雪の気遣《きづかひ》　惟然

名オ8　冬十二月（際の…雪）

〔句意〕歳暮の決算期、天気は雪になりそうで気がもめる。

〔付合〕①前句を商用による旅と見込み、②忙しい商人たちが歩きながら会話を交わす場面を想定し、③取り立てに忙しい節季前、雪が降りそうで心配だとした。

〔備考〕「際」は商売上の決算日で、「雪」との関わりから、ここは歳末のそれと見られる。「日和」は天候。「雪の気遣」は雪が降りそうなことへの心配。「雪」は一般に十一月の景物ながら、「際の日和」とあるので、ここは年末のことになる。「要地にあり、且つ木綿市場の取引が盛んだつた八木の土地柄」（『連句抄』）をよく理解した上での付けであり、「跡先にたつ」から複数の者が同方向をめざす様子を看取したのであろう。

呑《のみ》ごゝろ手をせぬ酒を引《ひつ》ぱなし　曲翠

名オ9　雑

〔句意〕呑み心地のよさは手を加えぬ酒そのものの風味にある。

〔付合〕①前句から気苦労な様子を看取し、②そのようなこととは縁遠い安楽な事例を案じ、③手を加えぬ酒が実に呑みやすいとした。

〔備考〕「手をせぬ」は手を加えないこと。潁原退蔵『江戸時代語の研究』（臼井書房　昭和22年刊）の指摘以来、「引はなし」はヒッパナシと読み、言葉の端や人のそぶり、物の気配などの意に用いるとされる。ここは、酒の風味や口あたりのよさといった意味に解されよう。付け筋としては、「寒さ凌ぎの一杯」（『新大系』）、「正月の為の試し酒をするところ」（『連句抄』）など、種々の指摘があるものの、前句と対照的な事案を探った付合と見ておきたい。

着がえの分《ぶん》を舟へあづくる　臥高

名オ10　雑

〔句意〕着替えの衣類を舟に預けておく。

〔付合〕①前句を酒に目がない人の思いと見込み、②なかなか腰を上げられない場面として、船宿などで出立前のぎりぎりまでねばるさまを想定し、③衣類などはすでに舟に載せてあるとした。

〔備考〕「着がえ」は歴史的仮名遣いでは「着がへ」。「着がえの分」は着替えにする分の意で、旅の荷をさすと見てよいであろう。

封付《ふうつけ》し文箱《ふみばこ》来たる月の暮　芭蕉

名オ11　秋八月ないし三秋（月）　月の句　恋（文箱）

〔句意〕月の夕暮れ時、しっかり封をした状箱が届いた。

〔付合〕①前句を着替えて陸に上がる船員の仕儀と見込み、②下船後はめかして色町などに向かうものと想像し、③月の夕暮れ、封のあるいわくありげな手紙箱が届くとした。

〔備考〕「文箱」は手紙を入れて送る箱で、「封付し」はその箱に封じ目がしてあること。「秘密めかした恋文を暗示」（『新大系』）しており、馴染みの遊女から届いた手紙と見られよう。文を受ける人については、種々の説がある。

そろ〳〵ありく盆の上臈衆《じやうろしゆ》　支考

名オ12　秋七月（盆）　恋（上臈衆）

〔句意〕お盆のころは女郎たちがそろりそろりと歩くようになる。

〔付合〕①前句の手紙を遊女からの恋文と見定め、②発信元である遊郭のありようを想像して、③盆の時分も女郎衆はゆったりとした風情であるとした。

〔備考〕「そろ〳〵」は動作がゆったりしているさま。「盆」は玉祭りをする盂蘭盆《うらぼん》。「上臈衆」は上臈の複数形。「上臈」は、本来は身分の高い女性をいい、転じて女性一般の意にも、「女郎」の宛字としても用いられる。ここは遊女と解し、盆前に客を誘い出そうとしたと見ておきたい。(6) 遊里には物日《ものび》（紋日《もんび》）という特別な日があり、代金も高く、遊女は必ず客を取る決まりであった。正月の三箇日や節句・盆・月見などはとくに重要な大紋日に当たり、遊女は客に来てもらえるよう手紙を書いた。

虫籠《むしこ》つる四条の角《かど》の河原町《かはらまち》　惟然

名ウ1　秋七月（虫籠）

〔句意〕虫籠《むしかご》を軒先に吊《つ》るす京四条の角、河原町の風情である。

〔付合〕①前句の「上臈衆」を上品な市中の女性に見換え、②その趣にふさわしい土地として京を選び、繁華街のさまを想像し、③四条河原町では街角の店に虫籠が吊るされているとした。

〔備考〕「虫籠」は秋の虫を入れた竹籠で、店の売物であろう。「四条」は京を東西に貫く大通り。「河原町」は鴨川に近い南北に沿った繁華な町。「角」は街角で、ここは四条通りと河原町通りが交叉するあたりをさす。虫の音を暗示した句作りといえよう。

高瀬をあぐる表一固《ひとこり》　曲翠

名ウ2　雑

〔句意〕高瀬舟から一つに括《くく》った畳表《たたみおもて》を荷揚げする。

〔付合〕①前句から四条あたりのすがすがしい気分を感得し、②その近くでありそうな人事として、高瀬舟からの荷揚げを想定し、③一つにまとめた畳の表を陸揚げしているとした。

〔備考〕「高瀬」は高瀬舟で、底の浅い小型の舟。鴨川に並行する小運河を高瀬川というのは、水深が浅く高瀬舟を用いたことによる。「表」は『邦訳日葡辞書』（岩波書店）に「畳のござ」とあるように、ここでは畳表《たたみおもて》をさす。露伴『評釈』によれば、「一固」は「一捆」の誤りでヒトコリと読み、一括《ひとくく》りのことであるという。一方、『新大系』は「「固」は動詞としてコルの訓がある」とする。(7)

今の間《ま》に鑓《やり》を見かくす橋の上　　臥　高

名ウ3　雑

〔句意〕わずかな時間に、槍《やり》を持った橋上の者を見失った。

〔付合〕①前句の荷揚げには多少の時間を要すると見込み、②手際のよい人足の作業をじっと眺める人物を想定し、③その人の目にさっきまで映っていた目立つ槍持ちも見えなくなったとした。

〔備考〕「今の間」はほんのわずかな時間。ここでの「鑓」は、武士の供をする槍持ちであろう。この句の場合、船着き場での尋常な荷揚げではなく、軽い荷を舟から橋の上へ投げ揚げる光景と見られる。「前句を日本橋あたりの、繁華な混雑するさまと見込んでの付《つけ》であろう」（『大系』）など、先注の多くは、「見かくす」理由に人通りの多さを指摘する。しかし、それでは打越と類似した光景となって、展開上の難が生じよう。

大《キ》な鐘のどんに聞《きこ》ゆる　惟然

名ウ4　雑

〔句意〕大きな鐘の音が何とも鈍い感じに聞こえる。

〔付合〕①前句の人を見失ったという点に着目し、②薄暗い入相ころの時間帯を想定し、③晩鐘が大きく鈍く響いているとした。

〔備考〕「どんに」は「鈍に」で、鈍重なさま。伊藤『全解』など、これを瀬田の唐橋と三井寺の鐘の組み合わせとする見方もある。が、とくに限定するには及ばないであろう。

盛《さかり》なる花にも扉《とびら》おしよせて　支考

名ウ5　春三月（花）　花の句

〔句意〕満開の花の時節でも扉を押し寄せ閉ざしている。

〔付合〕①前句の鐘の音を響かせる寺自体へと目を移し、②定座である花の季節の寺内のさまを想像して、③満開の桜にも本堂の扉を閉ざしたままであるとした。

〔備考〕「扉おしよせて」を「人々の押寄《おしよ》せて来る意」と解し、「花見の参詣人で賑はふ体」とする伊藤『全解』の説もある。が、「にも」を断定の助動詞「なり」の連用形「に」に「も」が続く、「でも」と同意の用法と見れば、扉を閉ざすとする解が穏当であろう。(8) 花には関心を向けず、勤行に明け暮れるわけである。

腰かけつみし藤《ふぢ》棚《だな》の下　臥高

挙句　春三月（藤棚）

〔句意〕腰掛けを積んだ藤棚の下のさまである。

〔付合〕①前句の花が盛りであるという点に着目し、②やや遅れて藤が咲けば、また人が押し寄せてくることを想像し、③掛け茶屋では藤棚の下に腰掛けを積んで用意しているとした。

〔備考〕ここでの「腰かけ」は茶店のそれと見られる。「つみし」には「積みし」と「詰みし」の二説があり、前者ではこれからの準備に積み上げてあるさま、後者では大勢の客に腰掛けを詰めて置いたさまとなる。花見客に応じる措置と見れば、後者でもよいことながら、わざわざ「藤棚の下」とあることからは、藤見客を想定してのしたくとするのが妥当であろう。「花」の後に「藤」が咲くのは順当で、『猿蓑』発句部でも花・桜の句の後に藤の花の句が配置されている。

〈解説稿〉

如上の分析に基づき、以下、小林は本歌仙収録の意味、佐藤は付合の傾向に関して、それぞれ私見を示す。

〈本歌仙収録の意味〉

『続猿蓑』の一冊に、江戸での三歌仙と「夏の夜や」歌仙・「猿蓑や」歌仙（成立順に記述）を合わせて五歌仙を収録する構想の目途を、「猿蓑に」歌仙〈解説稿〉（206頁参照）では「元禄七年の夏までに大方の枠組みと構成が決まった」と記しておいた。それは、「夏の夜や」歌仙の満尾とその出来栄《できば》えが、すでに完成している江戸の三歌仙に新たな二歌仙を合わせる五歌仙構想の、成否を分ける第一歩にほかならないということでもある。

さて、このように私見を述べておいて、目を『続猿蓑』の版下に移してみると、これまでの四歌仙（収録順）とは異なる、注目すべき相違点に触れなければならない。それは、当該歌仙が俳文「今宵賦」に接続する形で、俳文より二字ほど下げた位置に、他の四歌仙よりも小さめの文字で記され、「う」「二」という歌仙懐紙の移りを記していることである。これは、おそらく六月十七日早暁の曲翠（曲水）亭での当座の作品であることを、強く印象づける意図によるものであろう。

では、この歌仙は、「八九間」歌仙とは対照的に、ほとんど添削の手が加えられなかったと見てよいのであろうか。つまり、満尾の時点で、それ相応の出来栄えであったといえるのかどうか。私見は、この問いに対してやや楽観的である。前夜の「今宵賦」にも見える通り、このたびの五名の連衆は、多くを語らずとも気脈の通じ合う、「幾年なつかしかりし人々のさしむきてわするゝににた」る関係にあり、その関係性が反映してか、歌仙全体を眺めてみても、実に楽しげな気分を含んでいる。その最大の理由は、他の四歌仙と比較しても明らかなように、面白味のある人事句の多さにある。その要因を提供し、一巻の模様を形づくる役割を果たしたのが、ほかならぬ芭蕉その人の付句であった。たとえば、

①
初オ5　月影の雪もちかよる雲の色　支考
初オ6　　しまふて銭を分る駕かき　芭蕉
名ウ1　猪を狩場の外へ追にがし　曲翠

＊　＊　＊

②
初ウ4　　鳶で工夫をしたる照降　支考
初ウ5　おれが事歌に読るゝ橋の番　芭蕉
初ウ6　　持仏のかほに夕日さし込　曲翠

＊　＊　＊

③
初ウ9　馬引て賑ひ初る月の影　臥高
初ウ10　　尾張でつきしもとの名になる　芭蕉
初ウ11　餅好のことしの花にあらはれて　曲翠

＊　＊　＊

④
名オ2　藪から村へぬけるうら道　文考
名オ3　喰かねぬ聟も舅も口きいて　芭蕉
名オ4　何ぞの時は山伏になる　曲翠

＊　＊　＊

⑤
名オ10　着がえの分を舟へあづくる　臥高
名オ11　封付し文箱来たる月の暮　芭蕉
名オ12　そろ〳〵ありく盆の上臈衆　文考

がそれであり、発句を除く芭蕉の付句六句の内、五句までが人事句である。①・④では人事の転じとなる仕掛けの役割を担い、②は前句にふさわしい人物として、具体的な橋番への展開を試み、③では前句の「馬引て」に尾張の馬の賑わいを想定した行商の風情を描き出す。⑤でも、いわゆる恋の呼び出しとして次句への展開を促す働きをなしている。自らの演出によって、この一巻がうまく運ぶよう仕掛けたのであり、それは、この歌仙の成功いかんが編集・構想中の『続猿蓑』(「猿蓑後集」)の評価を左右すると考えたからに相違ない。

では、なぜこの一巻が必要なのであろうか。その一つの答えが、収録予定歌仙の四季のバランスにある。すなわち、

○「八九間」歌仙　……春
○「雀の字や」歌仙　……秋

○「いさみ立」歌仙　……冬
○（「猿蓑に」歌仙）〔この時点では未成立・冬〕
○「夏の夜や」歌仙　……夏

と、四季のすべてを立句に出すことであり、これは、『猿蓑』坤巻所収四歌仙が、乾巻の四季発句に合わせ、立句に四季を揃えたことに応じている。そして、もう一つには、『猿蓑』に通じる不可欠の要素として、「幻住庵記」に対応する「今宵賦」（歌仙成立後の執筆であろう）を収録する構想を挙げることができ、両作共通の要素としては、「湖南の納涼」が指摘できる。この後に興行する「猿蓑に」の脇起《わきおこ》し歌仙のみでは、『猿蓑』の「続」ないし「後集」とする要因に欠ける憾みがある、と判断したのであろう。

ところで、元禄七年は閏五月があり、奇しくも六月十六日が立秋であった。珍しいこととして、これを立句の素材にすることもできたはずである。しかし、ことさら「夏の夜や」を上五に据えて挨拶としたのは、その後の大津における、木節庵での「秋ちかき心の寄《より》や四畳半」（『鳥のみち』）や游刀亭での「さゞ波や風の薫《かをり》の相拍子《あひびやうし》」（『笈日記』）と同様、湖南での納涼に主眼があったからにほかならない。思い思いの納涼と巧まぬ語らいをともに伝える「今宵賦」は、翌朝の芭蕉発句へと受け継がれていく。夏の夜（短夜）の本意を踏まえて「夏の夜」句を解すれば、

暦の上では立秋翌日の秋とはいえ、水無月十七日の夏の朝、ともども話し込んだゆえでもあろう、嘉祥日の振る舞いに供された冷やし物にも手がつかぬまま、短夜の朝を迎えることになった。もてなしの宴の何とも早く明け、いよいよ別れの時が来た。

と、昨夜の謝意と留別の挨拶が含まれたものになる。脇は、露が蓮の葉から離れ落ちる様子をとらえ、この留別の意に応えたものであろう。すなわち、この歌仙は、名残を惜しむ早暁の留別興行とすべきで（とはいえ、内容・表現は前述の通り楽しげである）、その性格上、上巻末尾に据えられたのである。その一方、「猿蓑に」歌仙から続けて読むと、続集・後集としての模様がきわだつように工夫されている。『続猿蓑』上巻は、芭蕉の添削を経て完成度を増した「八九間」歌仙を冒頭に、江戸の二歌仙と沾圃発句「猿蓑に」の脇起し歌仙を配し、最後に「今宵賦」に続く納涼・留別の歌仙を据えて整う。成立の時点で、構想実現の一つの山場となり、編集・構成の上でも欠くべからざる一巻となったのである。

〔付合の傾向〕

先の「猿蓑に」歌仙〈解説稿〉（209頁参照）では、「猿蓑に」歌仙について、「総じていえば、転じがよくて多様性と面白みに富んだ一巻といってよく、「芭蕉の最後の旅中の作としては最高の収穫であろう」（『連句抄』）との評価に賛同する次第である」と論評した。それに先立って興行された、今回の「夏の夜や」歌仙についても、ほぼ同様の見方をしてよいかと考える。「転じ」および「多様性と面白み」が、その評価のための大きな判断基準である。これまでの分析から見えてきたことによると、転じがよい付合となるために必要なのは、〔見込〕（①）の段階における前句へのしっかりとした見定めであり、〔趣向〕（②）の段階での独自な発想による付句の構想であり、〔句作〕（③）の段階で適切な素材・語句を選び抜き具象性のある句にしていく構築力である、ということになる。

たとえば第三から初オ5までの三句、

第三　　鶯はいつぞの程に音を入て　　臥高
初オ4　　古き革籠に反故おし込　　惟然
初オ5　　月影の雪もちかよる雲の色　　支考

を見ても、それぞれの句は断片的な内容を示すばかりで、一見すると、各句の間に関係性はないようにも感じられる。しかし、右の三段階に注目するならば、作者は各段階で想像力を発揮し、よく付けながら転じてもいたことに気づかされる。惟然の初オ4は、前句の「いつぞの程に」を見逃さず、そこに多忙な人の感慨を読み取ったのであり、その上で、書類の整理にまで手が回らない様子を想定したところは、独創的としか言いようがない。支考の初オ5では、「反故」を家の中の繕いのためと見込みつつも、その補修という点は句に示さず、本格的な冬に向けてのしたくを想定し、空の様子だけに焦点をしぼったのであり、まさにこの時期の芭蕉が志向する付け方を実践したものといってよい。もっとも、人足に人足を向かわせたらしい、

初オ6　　しまふて銭を分る駕かき　　芭蕉
初ウ1　　猪を狩場の外へ追にがし　　曲翠

のように、やや強引とも見られる例がないわけではない。が、これも、離す意識が強く働いたものには違いがなく、疎句化の志向は連衆間によく共有されていたと見てよさそうである。

もう少し例を挙げてみよう。たとえば、

初ウ8　　秋風わたる門の居風呂　　惟然
初ウ9　　馬引て賑ひ初る月の影　　臥高

の場合、「風呂」から宿屋を連想するのは平凡でも、そこから馬市の喧噪を導き出したところに独自性があり、興味深い付合になっている。『国史大辞典』（吉川弘文館）によると、歴史的にも、馬の売買は春と秋に行なわれることが多く、その伝統を受け、「明治以降にも…南部駒の中心の盛岡では毎年九月十五日に二歳駒の競り市が開かれ、全国から数千人の仲買人が集まり大市場として賑わった」という。旧暦ならば名月のころ、秋風の中を馬は引かれて来るのであり、それは、かつて駒牽き・駒迎えが行なわれた時期とも合致する。前句の「秋風わたる」にも目配りを怠らなかったわけであり、こうした配慮ができる連衆であったことになる。また、

名オ3　　喰かねぬ聟も舅も口きいて　　芭蕉

名オ4　　　何ぞの時は山伏になる　　曲翠

の場合、修験者の気性の荒いことは常識的事項であるから、前句に「山伏」を寄せたことは順当でも、それを兼業の者とした点に工夫がある。「聟も舅も」とある点を看過せず、その人の事情を思いやり、句案を練った成果といってもよいであろう。

人事の多様性も、「猿蓑に」歌仙と同様、この歌仙に特徴的な一事といってよい。人物を抜き出しただけでも、駕籠かき・勢子・石工・橋番・馬商人・山伏・商人・遊女・荷揚げ人足・武家など、その多彩なことが了解されるし、二句を通して浮かび上がる人物像や行動にも、なかなか興味深いものがある。初ウ4の「照降」と名オ8の「日和」、名オ10と名ウ2に共通する「舟」の話題など、まったく難が指摘できないというわけではないにしても、上々の一巻として問題はない。それは、〈見込〉〈趣向〉〈句作〉の各段階で、各作者が想像力と創造力を発揮したからにほかならず、各人、芭蕉の期待に応じるだ

けの力量を示したといってよい。

その意味でも、「芭蕉の添削が加はつてゐないもののやうに見うけられる。それは句々の附肌にも未熟のところがあり、一句の出来あがりにもいま一息と思はれる処が多いので、そう想像される」（太田『解説』）との見方には賛同しがたく、一巻には、芭蕉の細かい配慮が加わっていたと見なければならない。「この巻も全体に不出来である。…一句として不束かな句、付け肌の粗い句、付意の不明瞭な句が目立つ」（伊藤『全解』）との指摘も同様で、三段階分析を通して見直せば、高度な思考活動を経て成った付合が多く、具象性の面でもおおむね問題はないといえる。「続猿蓑の中、此巻《この》観《み》る可《べ》し」（露伴『評釈』）との高評価をよしとし、「先づは上の部の出来といつてよい」（『連句抄』）との意見に賛意を表する次第である。

注

（1）「対附《ついづけ》である」（太田『解説』）との見方が一般的で、「その場所を狩場あたりの木陰とし、一曲もうけて獲物を取逃した場面を思いよせた」（『大系』）と説かれる一方、「前句の駕籠かきを、臨時に狩場の人夫として徴用された者と見た」（伊藤『全解』）といった解もある。

（2）西鶴の『武道伝来記』巻五ノ二「吟味は奥島の袴」に「弥《いよいよ》工夫に堕《おち》ず」とあり、「工夫」が得心の意で用いられた例と見られる。

（3）式目の規定に違反すること。連句では変化が尊ばれ、類似した用語・用字・題材などが近くに出ることは嫌われる。

（4）宇治橋のほとりに住んだとされる僧の通円。狂言「通円」によれば、無類の茶好きで、橋供養の際には群衆に茶を振る舞い、ついに命を失ったという。

（5）『延喜式』によれば、貢進される馬数は甲斐六十、信濃八十、武蔵・上野五十と定められ、牧場も勅旨によって決められていた。しかも、『滑稽雑談』の記すところでは、鎌倉時代の末から信濃望月の牧だけに限られ、応仁の乱以後はそれも一時途絶し、信長の時代に再興されたという。また、同書に「右献馬絶《たえ》て、今は所司代より馬を出《いだ》さるゝ也。是《これ》元禄年中の再興也とぞ。右これら、いにしへの駒引の遺意にや」とあるのを信じれば、元禄期のそれは形式的な行事に過ぎなかったことになる。

（6）「上臈衆」を宮仕えの女房や奉公する女性とする見方も少なからずあり、その場合、「火急の重要書類を届けに来たにもかかわらず、奥から門口へ受取りに出るのに時間がかかる」（『新大系』）などとも解されている。

（7）『大漢和辞典』（大修館書店）の「固」にコルの読みは収録されず、管見の節用集類でも同様。ただし、『日本国語大辞典』（小学館）の「凝る」の「語源説」には「（1）コル（固）の義〔言元梯〕」とあり、大石千引著『言元梯』（天保五年跋）を見ると、たしかに「凝《コル》」の下に「固《コル》」が小さく並記されている。

（8）『連句抄』は伊藤『全解』に対して、「これは「おしよせて」の意味を誤解してをり、従ふことは出来ない」と述べる。なお、『連句抄』は、付合に能因歌「山里の春の夕暮きてみれば入相の鐘に花ぞ散りける」（『新古今集』）の影響を看取しており、その可能性も否定できない。

『続猿蓑』の成立

小林　孔

一

一つの芭蕉書簡から話を起こしてみたい。元禄七年九月十七日付とされる宛名不明の短簡がある。天保六年刊行の荷了編『松蘿集』に収録されている模刻書簡である。本文を引いてみよう（私に校訂を施し、振り仮名を付す）。

一、続猿蓑、下清書《したせいしよ》に懸《かかり》候。殊之外《ことのほか》、其角・嵐雪・桃隣、家《いへ》〳〵集をかゝへて最中とんぢやくの折節、少《すこし》づゝあや出来そうにて物むつかしく候故《ゆゑ》、愚意《ぐい》を加へ候事はふかくかくし申《まうし》候。尤《もつとも》かまはぬ方能《よく》候へ共、前猿集のけがれに成候半《なりそうらはん》をいとひ、しのび手を入《いれ》申候。此《この》段左様に御意得《こころえ》可レ被《なさる》レ成《べく》候。発句も越前家中《かちゆう》無二是非《ぜひなく》一人々の句あまた加入、集面先《まづ》前集にをとり申候。愚句廿句計入《ばかりいれ》申候。貴様方五句づゝ入申候。其外《そのほか》は一句、二、三句づゝ入申候。御書越《かきこし》候方、皆《みな》〳〵は入不《まうさず》レ申候。愚老存《ぞん》知《じ》寄《より》御座候故、むざと句はちらし不レ申、随分御句《く》数《かず》御考《おかんがへ》可レ被レ成候。

中七日　　ばせを

大意をとれば、以下の五点にまとめることができよう。1、『続猿蓑』の下清書にとりかかったこと。2、前の『猿蓑』の名を汚さぬよう、江戸の人々には内緒で芭蕉自らが手を加えたこと。3、なお、現時点で『猿蓑』に劣っていること。4、あなた方の句を五句ずつ入れ、その他の人々は一から三句ずつ加入したこと。5、その他の句は心あたりの集にまとめて入れるが、今後、句数についてはよく考えてほしいこと。なお、この書簡の考証ごとで注意すべきは、不明の宛先と日付であろう。書簡考証の根幹部分に相当するもので、まず、その宛先を想像するところから出発しなければならない。

これまで荻野清氏の考証（『日本古典文学大系　芭蕉文集』〈岩波書店　昭和34年刊〉）以来、本文中の「貴様方五句づゝ入申候」という一節から、連名宛の書簡が想定されてきた。これに『続猿蓑』の下巻に見られる発句の入集状況を勘案し、五句入集の人物、それも二人が揃ってその近似値にあり、これまでも芭蕉が連名宛で書簡を出した前例に照らすと、大垣藩士で当時江戸勤番中の此筋・千川（実際は此筋四句、千川三句）が該当するという。文中に「越前家中」の語も出ており、書面を受け取る人物の位にも合致し、さらに地域的に複数の俳人を擁していた条件にもかなう、実に手際のよい考証で、今日の定説となった観がある。

この考証に唯一、異を唱えたのが田中善信氏（『全釈芭蕉書簡集』〈新典社　平成17年刊〉）で、この連名宛に伊賀上野の意専（猿雖）・土芳を想定する。日付の「中七日」が元禄七年であることは確実であり、これが九月十七日であるとすれば、書簡の発信地は大坂となる。同氏は、日付に月を欠く書簡については遠方を想定しないとする立場から、伊賀上野の両名を考え、文中に秘密ごとが記されている点に注目し、此筋・千川よりもさらに身近な故郷の門人二名を当てる。猿雖七句、土芳八句というそれぞれの入集状況からは、書面で伝えた句数よりも入集句が増加した、円満な結末さえも見えてくる。

しかし、この二名には、少し遅れて同月二十三日付でも書簡が出されており、その冒頭には、

先日御連翰忝《かたじけなく》、御無事之由《よし》珍重奉レ存《ぞんじたてまつり》候。拙者も其元《そこもと》なまかべ指出候処、参着已後《いご》毎晩〳〵ふるひ付《つき》中候而《て》、漸頃《やうやう》日常の通《とほり》に罷成《まかりなり》候。

と、二人の大坂着後の様子見舞の手紙に対して、初めて書面を出すといった趣旨が読みとれる。もしこの書簡が在坂中最初の両名宛の文面であったとすれば、もちろん田中説は大きな齟齬をきたすことになる。

それにしても、従来からの連名宛書簡であろうとする視点は変わらず、今もって「貴様方」の表現がその重要な根拠となっている。果たして、この表現のみで連名宛を想像すること自体に問題はないのであろうか。秘めごとを記す書簡であれば、むしろ単一名宛でもよいわけであり、この点については後に考証を加えることとし、現時点では宛名不明書簡としておこう。

二

ところで、右の書簡の年次考証のうち、元禄七年と日付の十七日は動かぬ事実として、これが九月であるという証拠はどこにあるのであろうか。これまでに挙げられてきた証拠は、芭蕉書簡群の中で用いられている書名の変遷、ただ一点にあるといってよい。これを一覧に示せば、

○元禄七年五月十日付去来宛書簡……………続集
○元禄七年七月十日付曽良宛書簡……………猿蓑の追加
○元禄七年九月十日付去来（推定）宛書簡………猿蓑後集
◎元禄七年中七日付宛名不明書簡……………続猿蓑
○元禄七年九月二十五日付正秀宛書簡…………続猿蓑

となり、題名が『続猿蓑』へと決定される道筋がたどれるというのである。一見して説得力のある根拠のようにも思えるが、続・後集・追加というあまり差異のない表現に、変遷や推敲意図を読み込むことにはやや危うさがある。また、『蕉門俳書集　四』（勉誠社　昭和58年刊）所収の解題（加藤定彦氏）につけば、題号の決定は芭蕉歿後の出版直前であったとする見方もあるほどで、芭蕉生前に決定されていたことを示す根拠は、右に書名を並べた推定以上には見いだしがたいのが現状である。

そこで、いま一度、書簡本文の内容に立ち返ってみよう。問題の書簡は、

1、『続猿蓑』の下清書にとりかかったこと。
2、前集の名を汚さぬよう芭蕉自らが手を入れたこと。

3、なお、現時点で前集に劣っていること。

4、入集句の状況。

5、書き寄こした句は別の集に加入すること、

の大きく五点にまとめることができる。つまり、この書簡の中心は、後に『続猿蓑』上下二冊となる、もっぱらその発句編である下巻に関連する事柄であったことが判明する。その編集に際して、句数や配置に芭蕉自身の手が加わったことと、句集の模様を眺めるためか、一度全体を清書してみたその結果を報告したようである。ちなみに、1の「下清書」を、右に模様を眺めるための清書と考えたのには理由がある。あまり見かけない言葉ではあるが、たとえば『千代倉日記』のうち、蝶羽の享保十七年十二月二十日に、歳旦を編集する際の準備とおぼしき「歳旦下清書」の文字が記されている[1]。

書簡に記された「下清書」は、時期的に見て、おそらく句数・句順などを決定する以前に全体を見渡すために行なわれる、編集上の清書をいうのであろう。それならば、物事の順序として、当該書簡を九月十七日時点のそれと理解してよいものかどうか、疑問が生じることになる。もし仮にこれを九月十七日付の書簡と見れば、大坂入りをした芭蕉がなお『続猿蓑』の編集を継続していたことになるが、それでは七日前に出された元禄七年九月十日付去来（推定）宛書簡との間に大きな矛盾が生まれる。この書簡は、「猿蓑後集」（つまり「続猿蓑」）の編集が大方まとまり、点検をし、版下の清書の手配をお願いしたいといった趣旨を、おそらく去来に依頼したもので、それが九月十七日付の下清書を報じた書簡よりも早い時期に位置するのではおかしなことになる。従来、九月十七日付とされてきた冒頭の書簡は、九月を遡るある月に変更する必要に迫られる。

元禄七年七月十日付の曽良宛書簡によれば、「猿蓑の追加」は「八月中伊賀にてとくと改《あらため》、秋中には出版可レ申《まうすべく》」と伝えられ、これが計画通りに進行していたとして、やはり九月中に去来に版下の手配を依頼する心づもりで、発句編は遅くとも八月中には下清書をすませて、一度とりまとめていたと考えるのが道理であろう。従来、九月と推定されてきた書簡は、内容の上から八月中七日付の書簡に変更されなければならない。したがって、発信地は伊賀上野となり、意専・土芳連名宛の書簡である可能性はさらに低くなる。

そこでもう一つ、先に保留のままにしておいた書簡の宛名の問題がある。この書簡に連名宛が想定されてきた経緯については、前にも述べた通り、「貴様方五句づゝ入申候」を根拠とする。しかし、一方、書簡の文面には「愚意を加へ候事はふかくかくし申候」のように秘めごとに属する内容も記され、越前家中の発句入集（沾圃の撰にかかるものであろう）が「前集にをと」る原因の一つであるかのように記す点も、わざわざ連名にして報ずる事柄に該当するのかどうか、疑問である。むしろ、信頼を寄せている曽良に「他へは沙汰無レ此《これなく》」（七月十日付）と記すように、秘すべき大事、心の内を吐露することのできる人物が想定されてしかるべきであろう。月を欠く書簡が遠方への書簡ではないとする田中氏の説につけば、江戸勤番中の大垣の両名を想定することはためらわれるとして、そもそも両名宛でなければならない理由もない。伊賀上野からは比較的近距離にいて、前集『猿蓑』の編者の一人であり、芭蕉としては『続猿蓑』の上梓までに何かと意見や助力を願いたい京の去来あたりが、現状を報告するに最もふさわしい人物ではなかろうか。

三

ここに『続猿蓑』の下巻、いわゆる発句編の入集状況を眺めておこう。先の書簡を去来宛だと考え、五句ずつと報じられたことを念頭に、去来周辺の俳人を句数順に列記する。芭蕉の発句は「廿句計」のはずが、謙退の辞を含んでいるとは思われるものの、結果としては三十一句に増加しているから、これまでの考証でももちろん増減は想定されている。

○去来　六　○史邦　五
○野童　三　○為有　二
○荒雀　一　○可南《女》　一　○田上尼　一　○景桃　一　○風斤　一
○牝年《長崎》　一　○卯七《長崎》　一　○野明　一　○魯町《長崎》　一

総勢十三名。「其外は一句、二、三句づゝ入申候」の文言にもまったく矛盾が生じないばかりか、これまでの大垣衆・伊賀衆を想定するよりは、書簡の内容に合致する率も高くなる。「貴様方」に当時江戸在住の史邦を入れるのは、もともと京の住で、去来に近い人物であることによっている。入集状況から見ても、去来宛書簡の可能性はより現実味を帯びてくる(2)。

さて、ここまで長々と一つの短簡をめぐって考証ごとに終始してきたのは、この書簡の位置づけを見直すことによって、『続猿蓑』の編集・成立の過程がより鮮明度を増すと考えたからである。わずか一ヵ月の違いに大きな差異はないかに見えるが、この年の十月十二日に大坂で歿する芭蕉の余命を考える時、意外にもこの一ヵ月の誤差が、『続猿蓑』成立の問題にかなりの影響を及ぼすことになる。まず、その一つは、『続猿蓑』の編集がなお大坂滞在中にも進められていたとする可能性が薄くなったことである。もともと長期の滞在を予定していなかった大坂に、編集未完の原稿を携行したかのごとくに説明されることがあったが、井筒屋重勝が奥付に記した通り、伊賀上野の松尾家に原稿を置いて大坂に向かったと見る方が現実的であろう。(3)発句編も、出立直前にようやく成った「猿蓑に」の脇起し歌仙（上巻第四歌仙）も、すべてである。

今この時点で見えてきた、元禄七年七月から九月までの、『続猿蓑』に焦点をしぼった芭蕉の動静を整理しておこう。

▼七月十日

江戸の曽良宛書簡に、八月中に伊賀上野で「猿蓑の追加」の編集を進め、秋九月に出版する予定と報じる。

▼八月九日

去来宛書簡（推定）で、大坂行きを変更し、伊勢参宮を優先したい趣旨を述べる。

▼八月十七日

八日後の同じ去来宛書簡で、「続猿蓑」発句篇のあらましができたことと、下清書の内容を報じる。

▼九月三日

斗従を伴って文考が伊賀入りを果たし、この日から八日までの間に「猿蓑に」の脇起し歌仙を巻く。

▼九月八日
伊賀を出立し、大坂に向かう。翌九日夕刻、洒堂宅に到着。
▼九月十日
江戸の杉風宛に書簡を書き、伊勢参宮の心づもりを伝える。同日、京の去来に大坂着を告げ、後集の内容・評価を報じ、版下清書の手配と序文を依頼する。
▼九月二十三日
伊賀門人の猿雖・土芳に大坂着後の様子を伝える。
▼九月二十五日
正秀宛の書簡を書き、洒堂の様子を伝えるとともに、伊賀で受け取った「飛入客」の句を「続猿蓑」に加入したことを伝える。

元禄七年五月十一日に江戸を出立した芭蕉は、同月二十八日に伊賀に到着。閏五月から七月上旬にかけては大津・膳所や洛西の嵯峨を巡遊し、多くの俳席を勤めた。再び七月中旬に盆会を営むべく帰郷し、九月八日の大坂行きまでの間に、『続猿蓑』の編集が進められたのであろう。江戸から携えてきた予撰の句稿は、八月十七日までには下清書として大方まとめられ、以降はもっぱら前集に劣らぬよう精選を加えて、ほぼ予定通りにことが運んでいたと思われる。八月の中旬ころからは、下清書からさらに中清書（なお草稿の面影を一部に残す）程度には進展していたに相違ない。
これを最も端的に示している例が、添削草稿→売立目録本文→版下本文の順に成立した、「八九間」

歌仙の推敲過程にある。歌仙の成立が撰集（集冊）のそれとまったく同断とまではいえないにしても、下清書→中清書→版下清書という手順があったことは、想像に難くない。下清書（添削草稿）から中清書（売立目録本文）への推敲の幅と、中清書から版下清書へのそれを比べ見れば（本章末【「八九間」歌仙本文対校表】参照）、中清書から版下清書への手入れはかなり減少している。

つまり、九月十七日になお下清書の段階であるのと、八月十七日にそうなっていたのとでは大きな違いがあり、前者の立場に立つと、芭蕉は大坂でなお本格的な編集中であるとの錯覚を招きかねない。私見では、大坂行き以前に中清書はほぼ終了し、去来に版下の手配を依頼する程度まで完成に近づいていたものと推察する。そもそも、芭蕉の大坂行きは、今日の学説がいうような大きな難題を抱えたものではなく、伊勢参宮を優先してもよい、数日内の滞在を見込んでの出立であった。その思いが、伊賀に原稿を置いて旅立つことにつながっただけなのである。

四

では、伊賀上野を離れた時点で、編集中の「続猿蓑」は具体的にどの程度までまとまっていたのであろうか。おそらく、その中清書は、『猿蓑』乾巻における半丁八行書きの版下を踏襲して、作成されたものと推定される。

たとえば、九月二十五日付で大坂から報じられた正秀宛書簡中の「飛入客、則《すなはち》続猿蓑に入集申候」に該当する発句は、下巻二十三丁裏の六句目に「飛入の客に手をうつ月見哉　正秀」として入集している。

惟然を介して、八月二十日過ぎに伝えられたこの近作の発句は、八行書きの行を乱さず加入されているから、伊賀で下清書から中清書に取りかかる段階で十分間に合ったものであろう。ところが、同じ正秀の発句「火の消て胴にまよふか虫の声」（二十六丁裏六句目）は、明らかに行間に割り込んだ追補のように見える。季題から見れば、この句は先の「飛入の」の句より早い成立かと思われるが、月見の発句の評価の影に隠れたか、また別の事情によるものか、中清書以後に入集が決定されたものであろう。

【図版1】

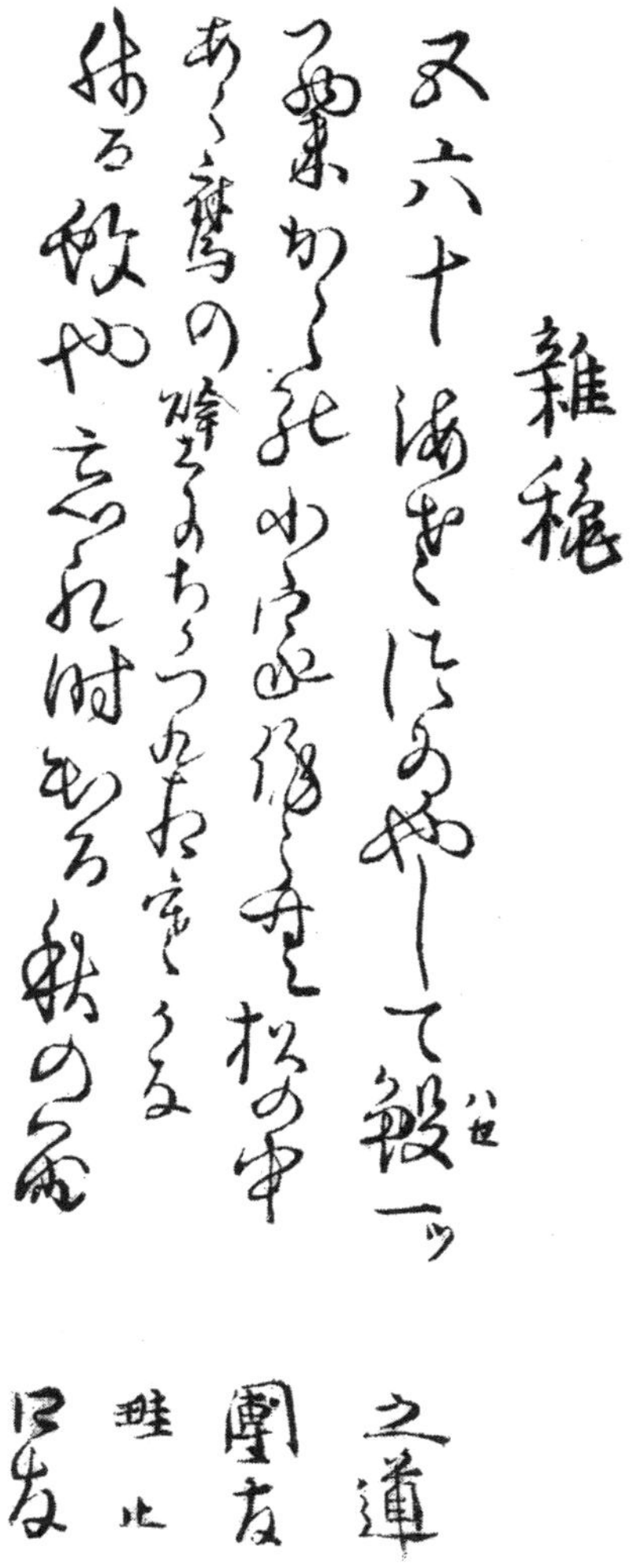

なお、加えていえば、二十八丁裏の芭蕉句の前書「いせの斗従に山家をとはれて」の見せ消ちと、これに関連する二十九丁表の前書の補入も、右と同様に芭蕉の手で修正されたと考えられる。(4) ところが、三十丁裏の「あら鷹の壁にちかづく夜寒かな　畦止」の挿入（【図版1】参照）は、大坂での面会を経た後に加入が決められたと見るのが自然で、大坂での客死を前提にすれば、芭蕉の指示に基づき、第三者を介して行なわれた補入と考えなければならないであろう。

要するに、伊賀上野で最終局面を迎えていた「続猿蓑」の編集は、芭蕉の死によって、最後の修訂を施すに至らなかった部分を若干残すことになったものであろう。そこにわずかに加えられた補訂が、従来から指摘されている支考の補撰と見られる。くり返すが、本稿の冒頭に引用した元禄七年八月十七日付去来（推定）宛書簡をめぐっては、これを九月十七日付の連名宛と考えてしまうと、一ヵ月のズレが生じ、芭蕉が心血を注いで編集した時間をいたずらに削ってしまう結果となり、支考補撰の余地を大きく見込むことになる。

『続猿蓑』は、沾圃の発起・予撰から、芭蕉の精選を経て、ほぼ前集に比肩しうる（「前集に大まけはすまじき様に」）質量を維持するようになった後、不慮の死を受け、支考の補訂を加えて決着がついたものであった。支考はかねてからの約束（遺言）に従い、伊賀上野の松尾家にある中清書の〈続猿蓑〉稿に追補の筆を入れ、ひとたび伊勢に持ち帰るなどして、某氏が版下を清書する。これを井筒屋庄兵衛方から出版したその功労者には、芭蕉が予定していた通り、やはり去来の姿を想定しなければならないであろう。これまでの経緯を十分理解した上での支考による斡旋依頼である。最後に一つの空想を加えて本稿を結ぶことにしたい。

五

元禄七年九月十日付去来(推定)宛芭蕉書簡には、版下を依頼する文言の中に、「手初心」の臥高の名を出している。したがって、『続猿蓑』の版下は臥高の手によるものではないかと見る向きもあるが、残念ながら臥高の筆跡を知らない。

版面に広がる小ぶりの文字や、字間の詰まるその連綿を見ると、伊勢の蕉門、團友(涼菟、元禄七年当時三十代半ば)や芦本の筆跡を重ねたくなる(【参考図版】参照)。もちろん、この年の九月三日、支考に随従して伊賀で面会を果たした、斗従であってもよい。ただ、先の【図版1】に見るように、畦止の発句を挿入する前後に名の見える團友や、八行書きを乱してなお後に加入されたとおぼしき【図版2】の芦本に、まず目がいってしまう。芭蕉が大坂行きとともに伊勢への訪問を同時に視野に入れていたのは、ほかでもない『続猿蓑』の中清書が成ったこの時期に、ほぼ計画通りにことを運ぶため、伊勢連衆の中から、版下の清書を引き受けてもらえる人物に白羽の矢を立てる心算があったからではなかろうか。

【図版2】

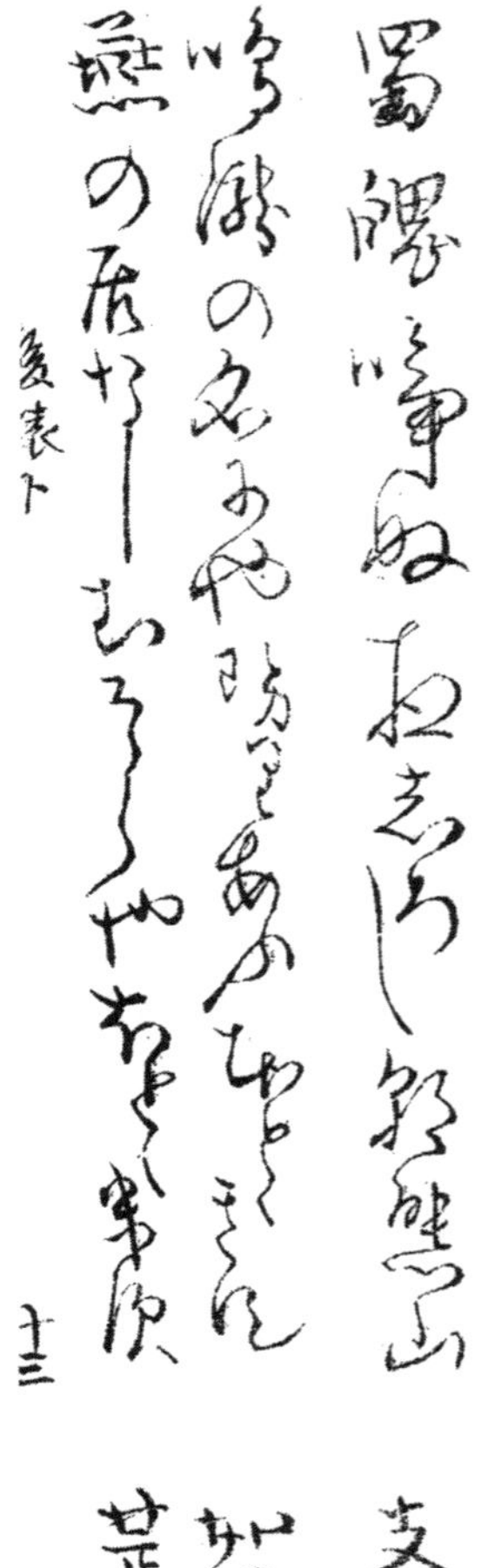

（【図版1】【図版2】はともに小林架蔵の小菊紋後刷本を85％に縮小した）

空想はさらに続く。その後、芭蕉の死によって頓挫していた版下の清書が、当初の予定通り、支考の算段によって中清書の紙面を尊重する形で完成し、これもまた予定通り、京の去来に出版の手はずを整えてもらう。そして、ようやく元禄十一年五月に出版。これを見届けた去来は、六月下旬に急ぎ故郷の長崎へ向かう。再び上京するのは翌十二年十月初旬のことであった。

【参考図版】右　團友　　左　芦本

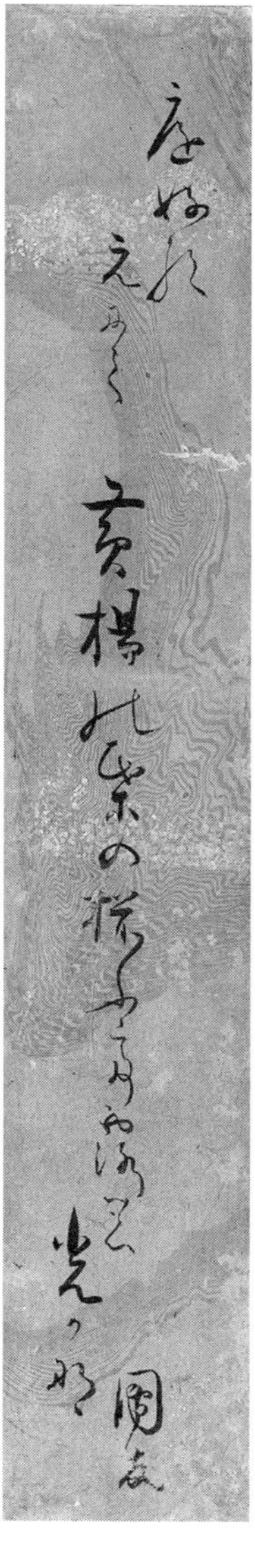

庭好る元にて／黄楊の葉の揃ふて露の光かな　團友

波〱に備のかはる千鳥かな　芦本
（小林　架蔵）

注

（1）森川昭「千代倉家日記抄　一八」（『帝京国文学』6　平成11・9）を参照。

（2）月を欠く書簡について、近距離を想定する考え方も当時の実情に照らして現実味があり、支持するにやぶさかではない。が、この書簡の場合、同じ去来宛の同月中の追便であったことが、大きく関係していたと考える。

（3）芭蕉の大坂行きの動機については、洒堂・之道の不和による仲裁説（志田義秀『問題の点を主としたる芭蕉の伝記の研究』〈河出書房　昭和13年刊〉）が出されて以来、ほぼこの考え方が定説となっているが、そもそも、この学説には十月十二日に芭蕉が死去する歴史上の大きな事実が前提にある。それを文脈として説明すれば、それほどまでして、なぜ大坂行きを実現しなければならなかったのかという問題が立てられ、当時の大坂の状況を描き出すべく、洒堂の性格をはじめ、諸俳書での入集や行実までもが加味されて、しばしば援用される分裂・不和の二元的構図が導き出される。このような結論に対しては、大坂着後、間もなく行なわれた「打込《うちこみ》の会」（ものごとの順序としては住吉詣の後のことであろう）の日程とその実態を中心に、今後、稿を改めて丁寧に反論を加えていかなければならないが、まず、何よりもその会が催される数日前の九月十日に認めた杉風宛書簡の「追付《おつつけ》参宮心がけ候故、先《まづ》大坂にむけて出《いで》申候。…洒堂方に旅宿、仮に足をとゞめ候」や、同日付去来（推定）宛書簡の「九日大坂へ到着致《いたし》候。洒堂亭を仮の旅宿相定《あひさだめ》候。…貴様も一夜泊りに成共御《なりともご》入来《じゅらい》候はゞ、大悦本望たるべく候」といった口吻に、当初から短期間での引き揚げが予定されていたと見る方がよいであろう。私見では、前年の夏に大坂に移住をした洒堂の後見を主とし、之道・車庸ら在坂俳人へのねぎらいを兼ねた趣旨があり、「打込の会」をもってほぼ所期の目的が果たせたものと考えている。大坂での芭蕉の体調を差し引いても、九月二十三日付の意専・土芳連名宛書簡に「爰元追付立《たち》可レ申候。長居《ながゐ》無益がましく存《ぞんじ》候而《て》…もはやあきはて候」と記し、二日後の正秀宛に「之道・洒堂両門の連衆打込之会相勤候。是より外に拙者勤《つとめ》とても無二御座一候」と報じた意味は、不本意ながら滞在が長期化してしまったという、まさに率直な芭蕉の本音であったと思われる。

（4）　堀切実「『続猿蓑』試論」（『蕉風俳論の研究』〈明治書院　昭和57年刊〉所収）を参照。

〔補記〕

『続猿蓑』の成立を論ずるにあたり、下清書→中清書→版下清書の三段階の編集過程を想定し、本稿中にも「八九間」歌仙の成立を例に出した。この編集方針については、必ずしも『続猿蓑』だけに限定された手法であったわけではなく、作品を清書（ないしは出版）にまで導くための手順であったとも考えられる。やや先んじて、ほぼ同時期に成立した『奥の細道』の自筆本（中尾本）→曽良本（天理本）→素龍清書本（西村本）の諸本は、まさしくこれと同じ過程を踏んで成立した作品にほかならない。

「八九間」歌仙本文対校表

	添削草稿	売立本	続猿蓑（版本）
発句	八九間空て雨降柳かな　芭蕉	八九間空て雨降柳かな　芭蕉	八九間空て雨降る柳かな　芭蕉
脇	畠ほる声 春のからすの田を□たる声　見	春のからすの畠堀る声　沾圃	春のからすの畠ほる声　沾圃
第三	初荷とる馬子も仕着せの布小きて 立年の初荷に馬を拵て　沾	初荷とる馬子も仕着の布子着て　馬莧	初荷とる馬子もこのみの羽織きて　馬莧
初オ4	内はとさつく 庭とりちらす晩のふるまひ　里	内はとさつく晩のふるまひ　里圃	内はとさつく晩のふるまひ　里圃
初オ5	きのふから　かたまる月の 宵月の日和定る柿のいろ　沾	きのふから日和かたまる月の色　（　）	きのふから日和かたまる月の色　沾
初オ6	せんまひかれて肌 薄の穂からまつ寒うなる　蕉	せんまひかれて肌寒うなる　（　）	狗背かれて肌寒うなる　蕉
初ウ1	旅の宿 手を摺て猿の五器かる草庵　見	手を摺て猿の五器かる旅の宿　里	渋柿もことしは風に吹れたり　里
初ウ2	とり みしらぬ孫か祖父の跡とる　沾	みしらぬ孫か祖父の跡とり　莧	孫か跡とる祖父の借銭　莧
初ウ3	に仕かへてほしき此かたな 脇指はなくて刀のさひくさり　里	脇指に替てほしかるさひかたな　蕉	脇指に替てほしかる旅刀　蕉

初ウ4	煤を掃へは衣桁崩るゝ ぬくへは　見	煤をぬくへは衣桁崩るゝ　沾	煤をしまへははや餅の段　沾
初ウ5	約束の小鳥一さけ売に来て　蕉	約束の小鳥一さけ売にきて　苴	約束の小鳥一さけ売にきて　苴
初ウ6	十里~~ほとある旅の~~出かゝり はかりの余所へ　里	十里はかりの余所へ出かゝり　里	十里はかりの余所へ出かゝり　里
初ウ7	笹のはにこみち埋りておもしろき す通りの薮の経を嬉しかり　沾	笹のはにこみち埋ておもしろき　沾	笹の葉に小路埋ておもしろき　沾
初ウ8	あたま打なと門の書付○　蕉	あたま打なと門の書付（　）　蕉	あたまうつなと門の書つき け　蕉
初ウ9	いつくへか後は沙汰なき甥坊主 ○　見	いつくへか後は沙汰なき甥坊主　里	いつくへか後は沙汰なき甥坊主　里
初ウ10	やつと聞たす京の道つれ　沾	やつと聞たす京の道つれ　苴	やつと聞出す京の道つれ　苴
初ウ11	有明に花のさかりのたてあひて をくるゝ花の　里	有明におくるゝ花のたてあひて　蕉	有明におくるゝ花のたてあひて　蕉
初ウ12	みことにそろふ籾のはへ口　見	みことにそろふ籾のはへ口　沾	見事にそろふ籾のはへ口　沾
名オ1	春無尽先落札か作太夫　蕉	春無尽まつ落札か作太夫　苴	春無尽まつ落札か作太夫　苴

名オ2	伊勢のみちにてへつたりと逢	里	伊勢の下向にへつたりと逢	里	伊勢の下向にへつたりと逢	里
名オ3	そは〳〵と の小揚の仲間そはつきて 長持にあけに江戸へ此仲間	沾	長持に小揚の仲間そは〳〵と	沾	長持に小挙の仲間そは〳〵と	沾
名オ4	くわらりと雲の 雲焼はれて青空になる	蕉	くはらりと雲のはるゝ青空	蕉	くはらりと空の晴る青雲	蕉
名オ5	禅寺に一日あそふ砂の上	見	禅寺に一日あそふ砂の上	里	禅寺に一日あそふ砂の上	里
名オ6	槻の角の堅き貫穴 果ぬ	沾	槻の角のはてぬ貫穴	莧	槻の角のはてぬ貫穴	莧
名オ7	浜出しの俵を牛にはこふ也	里	浜出しの牛に俵をはこふ也	蕉	浜出しの牛に俵をはこふ也	蕉
名オ8	よめには物を 名しまぬ嫁にかくす内証	見	なれぬ妻にはかくす内証	〔沾〕	なれぬ娵にはかくす内証	沾
名オ9	月待に傍輩衆の打そろひ	蕉	月待に傍輩衆の打そろひ	〔莧〕	月待に傍輩衆のうちそろひ	莧
名オ10	まかきの 畠の菊の名乗さま〳〵	里	籬の菊の名乗さま〳〵	里	籬の菊の名乗さま〳〵	里
名オ11	むれて来て栗も榎もむくの声 うそ火たき中にもさとき四十から	沾	むれてきて栗も榎もむくの声	沾	むれて来て栗も榎もむくの声	沾

名オ12	番僧走るのりもの〻供 小僧を供に衣かひとる　蕉	番僧はしる駕の脇　蕉	伴僧はしる駕のわき　蕉
名ウ1	そくやうに長刀坂の冬の風（八）　見	そくやうに長刀坂の冬の風　里	削《ソク》やうに長刀坂の冬の風　里
名ウ2	まふたに星のこほれか〻れる　沾	まふたにほしのこほれか〻れる　莧	まふたに星のこほれか〻れる　莧
名ウ3	引立てむりに舞するたをやかさ　里	引立てむりに舞するたをやかさ　（　）	引立てむりに舞するたをやかさ　蕉
名ウ4	そつと火入に落す薫　見	そつと火入におとす薫　沾	そつと火入におとす薫　沾
名ウ5	花ははや残らす（ぬ）春の只暮て　蕉	花にはや残らぬ春のた〻暮て　莧	花ははや残らぬ春のた〻くれて　莧
挙句	河瀬の水をのほるかけろふ（上のほる水の）　里	瀬かしらのほるかけろふの水　里	瀬かしらのほるかけろふの水　里

○添削草稿の推敲改訂については、すべて右側への傍記のかたちをとった。
○異同表の「売立本」は、尾形仂氏『芭蕉・蕪村』（花神社・昭和53年刊）所収〈「ほそ道」からの便り〉で言及されている大正11年5月「子爵渡辺家御蔵品入札」目録（東京美術倶楽部）の写真にもとづいて一部推読を加えたものである。

あとがき

もう十年以上も前になろうか。芭蕉晩年の連句作品を読む必要に迫られた佐藤が、何か読み方の基準は作れないかと考えた末、〈見込〉〈趣向〉〈句作〉の三段階で付合の分析をしようと思い立った。その方法によって、『すみだはら』や『別座鋪』の芭蕉一座連句を読み、恐る恐るその分析稿を発表した際、これに関心を示し、自分も使ってみたいと反応してくれたのが小林であった。そして、小林の提案によって、『続猿蓑』の歌仙を二人で読んでみようということになり、巻頭の「八九間」歌仙に取り組んだのが、平成二十二年五月から二十三年三月にかけての時期。一人が一つの句についての原稿を作って送り、それを手にしたもう一人が、その原稿への意見を示しつつ、次の句の原稿を作って送る、という作業をくり返し、数十通の書簡によって一巻の歌仙を読んでいったわけである。

今になって思えば、パソコンのEメールではなく、往復書簡というやや旧式のやり取りをしたことがよかったのであろう。郵便によって送る、ある種の手間を含む作業は、じっくりと考えてから原稿を作ることにつながり、また、自分の書いたことや相手の書いたことに対して、客観的になる時間を与えてくれたように思える。二人で交互に読むことは、相手の考え（の少なくとも一部）を受け止めることでもあり、一人で読んでいてはまず気づかないであろうことに、気がつくことも少なくない。とりわけ、付合の傾向を近視眼的にとらえがちな佐藤にとって、成立の問題を常に視野に置く小林の思考法は新鮮であった。それではもう一巻、今度は次の一巻と、一年に一巻ずつを取り上げ、五巻を読み終えようかとするころから、どちらともなく、これを一書にまとめてはどうかということになった。

それよりも少し前、『21世紀日本文学ガイドブック⑤　松尾芭蕉』（ひつじ書房　平成23年刊）の執筆・編集を担当したことで、ご縁のできたひつじ書房の松本功代表から、俳諧に関する注釈的なものを出すことに関心がある、ということを伺っていた。そこで、『近世文芸研究と評論』誌上に掲載された『続猿蓑』分析稿の抜刷を渡して相談したところ、刊行していただけることになった。その後の約一年間をかけて五巻分の原稿を読み返し、手を入れながら新たな原稿も作り、ようやく入稿。校正に際しては、小林が大阪から駆けつけ、ひつじ書房で方針を再確認することもあり、こうして本書は形を整えていった。共同作業によって成ったこの一書が、共同体の文芸である俳文学の研究に裨益し、新たな研究の共同意識にも結びつくのであれば、これに過ぎたる幸いはない。最後に、この共同作業に加わっていただいた、ひつじ書房の松本功氏と海老澤絵莉氏に深甚の謝意を表したいと思う。

平成二十八年の文化の日に

佐藤勝明
小林　孔

【著者紹介】　①経歴・所属　②主な著書

佐藤勝明（さとう　かつあき）

一九五八年生まれ。①早稲田大学大学院文学研究科博士後期課程満期退学。博士（文学）。和洋女子大学人文学群教授。②『芭蕉と京都俳壇』（八木書店、二〇〇六年）、『芭蕉全句集』（共著、角川ソフィア文庫、二〇一〇年）、『松尾芭蕉と奥の細道』（吉川弘文館、二〇一四年）ほか。

小林　孔（こばやし　とおる）

一九六三年生まれ。①立命館大学大学院文学研究科博士後期課程単位取得満期退学。大阪城南女子短期大学教授。②『近世文芸論』（共著、翰林書房、一九九五年）、『芭蕉』（共著、国書刊行会、二〇〇四年）、『捨女句集』（共著、和泉書院、二〇一六年）ほか。

続猿蓑五歌仙評釈

An Analysis of Five Kasen Renkus in *Zokusarumino*

Katsuaki Sato and Tohru Kobayashi

発行	2017年5月24日　初版1刷
定価	2800円＋税
著者	© 佐藤勝明・小林孔
発行者	松本功
装丁者	大熊肇
印刷所	三美印刷株式会社
製本所	株式会社 星共社
発行所	株式会社 ひつじ書房
	〒112-0011 東京都文京区千石2-1-2 大和ビル2階
	Tel.03-5319-4916　Fax.03-5319-4917
	郵便振替 00120-8-142852
	toiawase@hituzi.co.jp　http://www.hituzi.co.jp/

ISBN978-4-89476-830-7

21世紀日本文学ガイドブック4

井原西鶴

中嶋隆編　定価 二、〇〇〇円＋税

江戸時代初期の出版文化を視野に置き、メディア史・東アジア文化史・テキスト構造など多様な観点から西鶴作品の魅力にせまる。研究案内も充実。西鶴文学を知る最初の1冊。

21世紀日本文学ガイドブック5

松尾芭蕉

佐藤勝明編　定価 二、〇〇〇円＋税

松尾芭蕉の人とその文学を知るための入門書。韻文史に芭蕉が登場した意義をはじめとし、最新の研究成果から興味深いトピックを集めた。芭蕉作品の魅力にせまる最初の1冊。